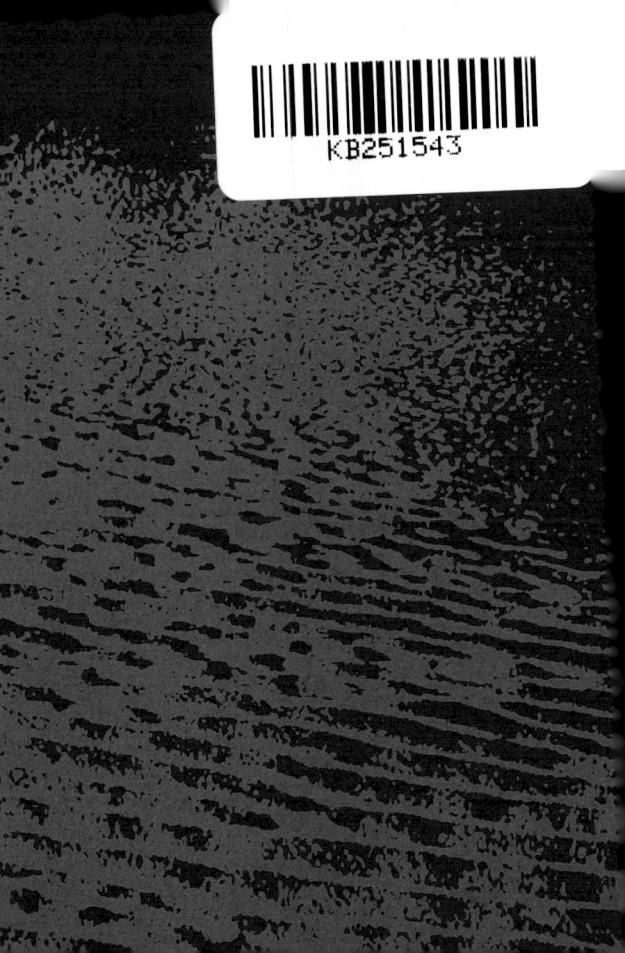

Fantastic Oriental Heroes

노병귀환

老 兵 歸 還

노병귀환 2

남궁훈 新무협 판타지 소설

초판 1쇄 찍은 날 § 2004년 11월 23일
초판 1쇄 펴낸 날 § 2004년 12월 3일

지은이 § 남궁훈
펴낸이 § 서경석

편집장 § 문혜영
편집책임 § 김민정
편집 § 장상수 · 최하나
마케팅 § 정필 · 강양원 · 이선구 · 홍현경

펴낸곳 § 도서출판 청어람
등록번호 § 제1081-1-89호
등록일자 § 1999. 5. 31
어람번호 § 제2-0477호

주소 § 경기도 부천시 원미구 심곡1동 350-1 남성B/D 3F (우) 420-011
전화 § 032-656-4452 팩스 § 032-656-4453
http://www.chungeoram.com
E-mail § eoram99@chollian.net

ISBN 89-5831-326-9 04810
ISBN 89-5831-324-2 (SET)

老兵歸還

노병귀환

■ 남궁훈 新무협 판타지 소설

Fantastic Oriental Heroes

2 화산전(華山戰)

도서출판
청어람

목차

第八章
비무(比武)

비무
比武

제법 한 수가
있는 자, 그러나……

화음에서 시비가 붙어 싸움이 일어난다면, 인근 주민들의 신고를 받은 포쾌들이 나타난다. 하지만 시비가 붙은 인물 중에 화산파의 인물이 포함되어 있다면, 포쾌들은 신고하러 온 주민을 돌려보내고 펼쳐 놓았던 마작판에 다시 주저앉는다. 물론 정신이 온전한 화음의 백성이라면 신고할 생각 따윈 애당초 하지도 않겠지만…….

화음에서 화산파의 존재란 황제(皇帝) 다음이다. 현실적으로는 그보다 위에 있을지도 모른다. 화산파의 눈 밖에 나고도 화음에서 살아갈 방법 따윈 있지도 않고, 일어난 적도 없었다.

눈앞의 사내들을 바라보던 운엽(云曄) 역시 자신의 위대한 사문인 대화산파를 능멸할 수 있는 자가 존재할 수 있다는 것에 적잖이 놀라고 있었다. 적어도 자신의 소매에 네 송이의 매화가 수놓아진 이후, 그와 대적하려 나서는 이는 찾아볼 수 없었다. 그런데 그런 자신을 향해 적대감을 보이는 자가 눈앞에 서 있다.

두 남자와 한 여자. 제법 아름다운 외모의 여인이 적도와 함께 있었지만, 자신과는 아무런 상관도 없었다. 자신의 스승과 함께 수련하고 있는 환정보뇌(還精補腦)의 비술은 색욕을 억제하는 것이 아니라 아예 무덤하게 만들어 버리는 신묘한 것이니, 여인 따위가 자신의 이지를 흐트러뜨릴 수는 없다. 오히려 두 사내 중 나이가 제법 들어 보이는 한 사내가 이목을 다른 곳으로 향하지 못하게 하고 있다. 화산을 능멸하려 한 자가 있다면, 바로 저자일 것이다.

철웅을 쏘아보고 있는 매화검수를 바라보던 이철성은 사태가 제법 심각해지고 있다는 것을 깨달았다. 도대체 저 얼뜨기 같은 놈들이 무슨 말을 한 것인지, 자신을 가로막고 있는 매화검수는 생사대적이라도 만난 것마냥 철웅에게서 시선을 뗄 생각조차 하지 않고 있었다. 이철성은 더 늦기 전에 풀어야 한다고 생각했다, 더 이상 얽혀 버리기 전에.

"잠시 제 말을 들어주십시오!"

이철성의 다급한 외침에 화산파의 제자들은 물론 매화검수마저 이철성에게로 시선이 옮겨졌다. 사람들의 시선을 받은 이철성은 잠시 낮은 헛기침을 하고는 큰 목소리로 말하기 시작했다.

"저는 화산의 속가무문인 태진문의 제자 이철성이라고 합니다. 지금 일어나고 있는 일은 오해에서 비롯된 것이니, 잠시 제 말을 들어주시길 바랍니다."

"오해는 무슨 오해! 네놈들이 화산을 업신 여기고 있으니 화산파의 제재에도 불구하고 출수를 한 것이 아니냐!"

"출수를 한 것은 사실이나 그것은 그쪽의 억지로 인해 부득이하게 일어난 일. 게다가 먼저 칼을 뽑아 든 쪽은 그쪽이 아니오!"

철웅에게 칼을 들이대다 패대기쳐졌던 화산의 제자가 얼굴까지 붉히며 고래고래 소리를 질렀고, 그에 질세라 이철성 역시 작지 않은 목소리로 그자의 말에 맞서며 무고함을 호소했다.

두 사람의 입씨름을 들으며 당시의 상황을 파악해 가던 매화검수는 자신들에게도 실수가 있었음을 알게 되었지만, 굳이 표시 내거나 제자들을 탓하진 않았다. 심하였다 하더라도 화음에서 화산의 위치란 관부와는 별개로 화음의 치안을 담당하는 면이 적지 않았으니 자신과 그리 나이 차는 나지 않지만, 배분상 제자뻘에 해당하는 삼대제자들의 행동은 충분히 타당한 것이었다 생각했다.

그러나 듣고 보니 처음 제자들의 호들갑스런 말들과는 달리 굳이 검을 들어 생사결(生死決)을 해야 할 만큼 큰일도 아니었거니와 상대 중에 화산의 속가 중 제법 위세를 자랑하는 태진문의 제자가 속해 있다는 것도 일의 해결을 대화로 푸는 것이 나을 것이라는 쪽으로 마음을 돌리게 하고 있었다. 그러나 마음을 따라 풀어지던 몸을 일순간에 경직시키는 한마디가 매화검수 운엽의 귓가에 꽂혔다.

"장 선배님, 너무 노여워하지 마십시오. 사문을 믿고 젊은 혈기에 저러는 것이니⋯⋯."

옆에 있던 삼대제자들은 듣지 못할 만큼 작은 소리였을지 모르나 매화검수란 이름은 삼 장 밖의 대화를 듣지 못할 만큼 만만한 것이 아니었다.

기분 나쁜 기색을 굳이 감추지 않고 있던 철웅의 기분을 달래주기 위해 건넨 이철성의 한마디가 화를 가라앉히던 매화검수의 마음에 기름을 부어버린 꼴이 되고 말았다.

"대화산파의 제자가 속가무문 따위에게 무시당할 만큼 녹록해 보였단 말인가……?"

날카로운 눈매로 옅은 살기까지 피워내는 듯 바라보는 매화검수의 모습에 이철성은 무슨 말인가 싶어 눈동자를 굴리다 아차 하는 표정을 지으며 인상을 찡그렸다. 설마 하는 안일함에 말을 너무 쉬이 내뱉어 버리고 말았다. 화산에서…… 매화검수 앞에서…….

"대협! 제 말은 그런 뜻이 아니라……."

"화산의 제자를 욕하는 것은 화산을 욕하는 것. 그대의 그 말은 정녕 화산을 능멸하는 말. 화산의 제자가 사문에 기댄 젊은 혈기만을 가진 것이 아님을 보여주리다……."

사태는 걷잡을 수 없는 상황에 이르고 말았다. 이철성은 자신의 짧은 생각과 무책임한 혓바닥을 탓하고 있었으나, 그런 탓함만으로 검을 굳게 잡은 채 다가오는 매화검수를 막을 수는 없었다. 그런 매화검수의 발걸음을 막은 것은 다름 아닌 철웅이었다.

"잠깐만……."

"……?!"

운엽은 다가서던 발걸음을 멈추고, 자신에게 입을 연 중년의 사내를 바라보았다.

"나는 화산에 볼일이 있는 사람이오……."

"……?"

"오해가 있다면 풀고, 시비가 있다면 가려야겠지만… 어쨌든 나는 화산에 올라야 하오."

"무슨 말을 하고 싶은 것이오?"

"혹여 당신을 상하게 하여 화산에 오르는 일이 어려워질까 하는 말이오."

운엽은 진정 자신의 귀를 의심했다. 누가 누구를 상하게 한단 말인가? 자신은 당당한 대화산파의 매화검수. 화산의 팔장로 중 한 분을 사부로 모시고 있고, 장장 삼십 년간 검만을 바라보고 살아왔다. 화산의 검을…….

조롱이라 받아들였다면 걷잡을 수 없는 분노에 검부터 뽑아 들었겠지만, 토끼의 조롱에 분노하는 범은 없듯이 매화검수가 상할까 걱정하는 눈앞의 사내에 대한 분노보다는 얄팍한 재간을 믿고 설친 어리석은 자에 대한 동정이 앞섰다.

"후… 그럼 어찌해 주면 좋겠소?"

당장 검을 뽑아 들어도 시원치 않을 판국이었지만, 그래도 도문에 몸을 담은 도사인지라 한 가닥 말미를 주어보는 운엽이었다. 마치 유언이라도 들어주겠다는 듯…….

"여기서 끝냅시다."

"……?"

"오해도 여기서 끝내고, 시비도 여기서 끝냅시다."

결과에 승복하라. 뒤탈 따윈 생각하기 싫다. 간단명료한 말이었고, 실현 불가능한 이야기이기도 했다. 화산의 문 앞에서 싸움을 벌이고, 그걸로 끝내자니……. 하지만 운엽의 대답 역시 간단했다.

"좋소. 이 일로 인해 당신들을 화산의 적으로 간주하지는 않을 것이오."

"고맙소."

운엽 역시 지금 이 상황의 시작이 얼마나 사소한 것이었는지 알고 있다. 결국 일이 꼬여 대결로까지 치닫게 되었지만 원래 강호란 그런 곳이니 어쩔 수 없다 생각하였고, 만에 하나 천만에 하나라도 자신이 질 것이라는 것은 생각지도 않았기에 쉬이 그러마라고 대답해 버린 것이다.

"나는 화산의 운엽이라 하오. 당신의 이름은 뭐요?"

문득 자신은 저 중년인의 이름 석 자도 모른다는 것을 깨달은 운엽의 질문에, 봇짐 속에서 사모창과 새로 얻은 창대를 꺼내던 철웅이 고개도 돌리지 않고 짧게 대답했다.

"…장철웅."

철웅은 아무 말 없이 삼절곤 모양으로 접혀 있던 창대를 펴고, 마치 한 쌍으로 맞추어 만든 듯 잘 들어맞는 사모창의 날을 창대에 연결하며, 아련히 들리는 듯한 혁련옹의 한마디를 되새기고 있었다.

"강호란 그런 곳이라네……."

*   *   *

"그래, 자네는 어디로 갈 참인가?"

"글쎄. 아무래도 한중(漢中) 쪽으로 가봐야 할 것 같네."

"한중이라… 아무래도 수월치 않겠구먼. 그쪽으로 들어오는 길목은 산을 넘는 것뿐이니 어느 쪽으로 가야 될지……."

"그래도 가장 어려운 곳이 가장 유력하지 않겠나? 이목을 피해 섬서로 들어오기에는……."

화음의 한 객잔에 자리한 검절과 목현 진인이 담소를 나누는 사이 상현 진인은 객잔 밖의 사람들에게 시선을 던지고 있었고, 검절 옆의 석단룡은 찻잔에 시선을 두고 두 노인의 이야기에 귀를 쫑긋 세우고 있었다.

"그런데 그자가 섬서로 들어오는 것을 어떻게 받아들여야 할까?"

"그게 무슨 말인가?"

"그것을 가지고 있는 그가, 이곳 섬서로 찾아든 이유 말일세. 돌려주기 위함일까?"

"음……."

검절의 물음에 일시 답을 하지 못한 목현 진인이었지만, 그런 목현 진인을 대신하여 창밖을 바라보던 상현 진인이 입을 열었다.

"그냥 돌려주든 무엇을 요구하든… 어쨌든 그가 화산을 찾는 것은 확실합니다."

"그래. 상현 진인의 말마따나 그냥 돌려줄 수도 있겠지만… 무엇을 요구할 수도 있겠지. 그 부분도 생각해 보았나?"

"물론일세. 하지만 무엇을 원하든 우리는 줄 수밖에 없다네. 자네도 알지 않는가? 그것의 가치를……."

'그럼요. 주기야 하겠지요. 일단은…….'

사형인 목현 진인의 말에 상현 진인은 목구멍까지 치밀어 오르던 한

마디를 겨우 목 아래로 내렸다. 혁련옹이 무엇을 요구한다면, 그것은 필시 자하신공만큼이나 귀한 것일 터. 만약 화산의 매화검결 전후반 사십팔식을 모두 요구한다면? 상현 진인은 고개를 가로저을 수밖에 없었다.

세간에 널리 알려진 매화이십사수검법은 전체 검공의 전반부이다. 일대제자들과 그들이 지목한 매화검수들만이 익힐 수 있는 매화검결 후반부는 그 초식이 무림에 알려진 바가 없다.

화산은 매화검결의 후반부를 본 자가 무림에 존재하길 원치 않는다. 아니, 절기의 파훼법이 나오는 것을 원치 않는 것이다. 아직 무림에 매화검결의 후반부를 본 자가 있다는 소문은 들리지 않았고, 무공을 본 자가 남아 있지 않을 경우는 그다지 많지 않았다.

'철저한 살인멸구. 정당한 비무이든… 대결이든… 그 무엇이 되었든……. 화산파가 구파일방으로 남을 수 있었던 큰 이유 중 하나지.'

상현 진인은 현 화산을 비롯한 무림 전체에 흐르는 기운이 마땅치 않았다. 자파의 이익을 위해서라면 무슨 짓이든 용서가 되는 분위기. 자기 자신과의 경쟁이 아닌 다른 자를 누르고 올라서려 하는 무림의 흐름은 이제 문파를 넘어서 무도를 수련하는 개개인에게까지 뿌리 깊게 퍼진 상태였다.

사형제 간이라 하더라도 무공을 수련하는 모습을 보이려 하지 않고, 우연히 타 문파의 무공이라도 흘려보게 되었다면, 생사를 건 대결을 염려해야 했다.

심지어 일부 문파에서는 사파의 무공까지 연구하여 흡수한다는 소문까지 나돌 정도였으니, 정도무림(正道武林)의 앞날은 암울하기만 하였다. 물론 이런 걱정을 하고 있는 자는 상현 진인과 같은 몇몇에 불과하였지만……

상념에 젖어 있던 상현 진인은 객잔 밖의 사람들의 흐름이 달라졌음을 느꼈다. 중구난방의 움직임을 보였던 사람들이 하나의 흐름으로 움직이고 있었다.

'무슨 일이 일어났나?'

하나 둘 발걸음을 옮기던 사람들이 객잔에서 조금 떨어진 한곳으로 쏠리는 것을 알 수 있었다.

'어디서 차력이라도 하는 모양이군.'

구파일방의 일파가 자리한 곳이니 시비가 이는 일은 그다지 없었으나 워낙 무림과 가깝게 지내는 마을이었는지라 차력과 같은 일반인이 보기에도 대단해 보이는 무술 시범은 심심치 않게 일어나는 화음이었다.

대수롭지 않게 여기고 다탁에 놓인 차를 음미하던 상현 진인은 물론 목현 진인마저 소란의 진원지로 몸을 옮긴 것은 그로부터 얼마 지나지 않아서였다.

차력이라 생각했던 병장기 부딪치는 소란 속에서 매화검결을 펼칠 때나 느낄 수 있던 옥함신공(玉函神功)의 기운이 그들을 부르고 있었기에……

*   *   *

창과 검이 부딪칠 때마다 대낮임에도 눈이 부실 정도의 불꽃이 사방으로 튀고 있었다.

사방 오 장 정도의 원을 구성하고 있는 사람들은 자신들의 눈앞에서 펼쳐지고 있는 신기에 벌어진 입을 다물 줄 모르고 있었고, 한쪽에 자리한 화산파의 제자들은 믿을 수 없다는 표정으로 크게 떠진 두 눈을 껌뻑이지도 못하고 있었다.

이철성은 다시금 세상모르고 잠들어 있는 소소를 품에 않은 채 철웅과 운엽의 몸 동작을 하나하나 두 눈에 담고 있었다.

"소소가 나를 보지 못하게 해주게……."

장창을 꼬나 쥐고 일어서던 철웅의 부탁에 이철성은 철웅의 손을 놓지 않으려 애쓰는 소소의 수혈을 짚었다. 그리고… 마치 자신에게 새로운 무공의 세계를 보여주듯 운엽과 철성은 어울리고 있었다.

두 사람의 모습은 철저히 상반되어 있었다.

웅장하고 화려한 동작의 운엽과 최소한의 동작으로 맞받고 있는 철웅. 아직 이렇다 할 절기가 나오거나 내공을 실은 공격이었던 것은 아니었지만 치고, 때리고, 빠지는 동작 하나하나만으로도 고수라 불리기에 손색이 없는 대결이었다.

'놀라운 창술!'

운엽은 놀라고 있었다. 아직 대결을 시작한 초반이라 그리 무리하게 공력을 운용하거나 검결을 펼쳐 보이진 않았지만, 그렇다손 치더라도 장철웅이란 자가 보여주는 창술은 그를 놀라게 하기에 충분했다.

운엽과 철웅의 거리는 길게는 일 장, 짧게는 석 자 사이에서 멀어질 줄을 모르고 있었다. 대체로 창과 같은 장병기의 특징인 거리를 두는 대결을 하지 않는, 참으로 특이한 창법을 구사하는 철웅이었다. 하지만 현란하지 않은 그의 창놀림은 다른 어떤 단병기보다도 효과적으로 운엽의 공세를 막아내고 있었다.

때로는 창의 상하를 번갈아 후려쳐 쌍곤(雙棍)을 휘두르듯, 때론 창끝을 회전시켜 만검(卍劍)을 휘두르듯 실로 오랜 시간 창을 다루어보지 않은 자라면 흉내조차 낼 수 없을 법한 노련한 창의 운용이었다.

자고로 백일창(百日槍) 천일도(天日刀) 만일검(萬日劍)이라 하였지만, 지금 운엽이 느끼는 철웅의 창놀림은 자신의 만일검과 겨루어 밀리지 않을 정도였으니 그 놀람이 오죽하랴.

'제법 한 수가 있는 자. 그러나……'

운엽은 더 이상 시간을 끄는 것은 쓸데없는 시간 낭비라 여기고, 공력을 운용하여 이십사수매화검의 절기를 철웅에게 쏟아 붓기 시작했다.

"하~앗~! 매화노방(梅花路傍), 매화접무(梅花蝶舞)!"

철웅을 향해 일직선으로 쏘아져 오던 운엽의 검이 사방으로 흩어지듯 떨리며 나비가 춤을 추듯 사방에서 철웅을 향해 쏘아져 들어가기 시작했다.

철웅은 검로를 찾지 못한 듯하였으나 이내 한발 물러 창을 풍차처럼 회전시켜 사방에서 날아드는 검을 쳐내어 버렸다.

"매화토염(梅花吐艶)!"

철웅의 창에 튕겨졌던 검을 곧추세우고는 내력을 무겁게 담아 검극을 흔들며 직선으로 쇄도해 들어가는 운엽을 맞아 철웅 역시 몸을 뒤로 뺀 채로 창극을 내지르며 회전시켰다.

타다다다당~!!

검극과 창극이 부딪치며 수십 번의 격타음이 퍼져 나갔고, 소리가 크게 떨린 격타음을 마지막으로 두 사람 모두 전권에서 물러섰다.

운엽이 두어 걸음 물러서고, 철웅이 서너 걸음을 물러선 것을 보아 철웅의 힘이 달림을 알 수 있었지만, 그런 것만으로 승부를 점치기엔 조금 전까지 보여준 두 사람의 무위가 만만치 않았다.

잠시 서로를 노려본 채 숨을 가다듬는 두 사람의 호흡이 주위로 들리곤 있었지만, 처음보다 일 장은 거리를 벌린 채 서 있는 수백 명의 사람들의 코와 입에서는 가느다란 바람 한줄기 새어 나오지 않고 있었다.

두 사람은 서로를 노려보며 미동도 하지 않고 있었지만, 이것이 폭풍 전의 고요와 같은 것임을 모르는 이는 아무도 없었다. 그리고 두 사람의 대치가 조금 길어진다 싶을 무렵, 대치하고 있던 두 사람 사이로 작은 눈꽃 하나가 흩날린다 싶었고, 그들의 시선을 가로지른 눈꽃이 바닥으로 떨어지는 것이 신호라도 된 듯 두 사람은 다시금 땅을 박차 오르며 마주쳐 갔다.

"매화구변(梅花九變)!"

운엽의 검세가 달라졌다 느껴진 것은 그때였다. 초식명을 외치고 달려들던 검극의 변화하는 폭이 넓어진다 싶더니, 회오리를 그리듯 사방을 휘감으며 철웅을 향해 운엽의 검이 쇄도해 들어왔다. 철웅 역시 인상을 굳힌 채 다가오는 검세를 마주 보며 창대를 굳게 쥐어갔다.

'변화가 크다. 읽을 수도 없다. 그렇다면……'

순식간에 거리를 좁힌 운엽의 검을 바라보던 철웅이 갑자기 창극을 뒤로 빼더니 도를 내려치듯 창을 곧추세웠다가 그대로 운엽을 향해 수직으로 내려쳐 버렸다.

슈우엑~!!

철웅의 등 뒤로 숨었던 창이 초승달처럼 크게 휘면서 듣기에도 섬뜩한 파공성을 울리며 운엽의 머리 위로 떨어지고 있었다.

설마 이런 식의 공세로 맞받아치리라곤 상상도 할 수 없었던 운엽은 급히 변화를 거두고, 머리 위로 떨어지는 창대를 막기 위해 검을 머리 위로 들어 올렸다. 검보다 훨씬 공격 거리가 긴 창이었기에 변화를 다 펼치기도 전에 머리로 창을 받아야 할 상황이었으니 어쩔 수 없는 선택이었다. 하지만 철웅의 공격은 그때부터 시작이었다.

카~앙~!!

"윽!"

머리 위로 들어 올려진 구 척에 달하는 창이 수직으로 내려쳐졌으니 그 충격은 수백 근에 달하는 것으로 막는 것만도 역부족이었겠으나, 매화검수란 이름에 걸맞게 운엽은 급히 내공을 끌어올려 잡고 있던 검에 주입하고 나서야 간신히 철웅의 창을 막아낼 수 있었다.

그러나 일격을 막았다 안도할 새도 없이 검과 부딪쳐 튕겨 나오던 창을 옆구리에 낀 채 그대로 허리를 이용해 수평으로 회전시켜 운엽의 비어 있던 옆구리를 가격하는 철웅의 창이었다.

다급히 검을 휘둘러 창을 막았으나 연속되는 좌우 연타에 반격의 시점을 잡지 못하고 연신 뒤로 물러나는 운엽이었다.

좌우로 쇄도하는 창의 속도가 얼마나 빠르던지, 신형을 날릴 틈도 없이 막기에도 급급하던 운엽이 이를 악물고 전 공력을 검에 주입시켰다.

캉—!!

막아내던 검에 내공이 주입되자 운엽은 지체없이 날아오던 창을 아래에서 위로 올려 처버렸고, 들려진 창으로 연타 공격을 할 수는 없었기에 철웅은 창을 풀고 뒤로 물러나야만 했다.

'용서하지 않는다!'

이를 악다문 채 뒤로 물러섰던 운엽은 잠시도 지체하지 않고 물러선 철웅을 향해 신형을 날렸다.

"하~압~ 매개이도(梅開利導), 매화낙락(梅花落落)!!"

작정을 한 것인지 매화이십사검 중 변화를 배제한 공격 일변도의 초식만으로 철웅을 몰아붙이는 운엽이었고, 칼날 가득 내공이 주입되어 새파란 기운을 띤 채 달려드는 운엽의 검에 철웅은 적지 않게 당황하며 연신 뒤로 물러서고 있었다.

'이… 이것이 강호의 검인가?'

팔십 근(斤) 참마도(斬馬刀)도 아니고, 어찌 저 얇은 검으로 이런 충격이 가능한지 이해할 수 없었다. 하지만 이해는 나중이고 당장은 저 검을 어찌 막아야 하는지가 중요했다.

'이러다간 베이고 만다. 저런 무게라면 뼈마저도 한 칼에 갈라지고 말 터……. 정녕… 죽여야 끝이 나는가…….'

철웅은 고민했다. 실상 본신의 실력을 모두 발휘하지 않고 있는 것은 운엽뿐 아니라 철웅도 마찬가지였다. 다만 운엽의 본 실력이 내공을 바탕으로 한 화산파의 절기라면, 철웅의 본 실력은 수많은 전장에서 살아남은 경험에서 이루어진 것. 승패가 아니라 생사를 위한 것이라는 것이다.

생사를 위해서라면 팔 하나를 내주어도 되고, 배에 구멍이 나도 좋다. 그것을 내준 대가로 목숨을 가져올 수 있다면 밑지는 장사는 아닐 테니. 철웅의 싸움은 그런 싸움이었다. 만약 이곳이 화산이 아니었다면, 자신이 화산을 찾아야 할 이유가 없었다면, 그리고 자신의 주위에 둘러쳐 있던 수백의 시선들만 아니었다면 진작 저 화산과 제자의 목숨을 취할 수도 있었으리라.

'이대로… 져주어야 하는가?'

눈앞의 운엽이란 화산 제자 역시 자신의 목숨을 원하는 것 같지는 않다. 만약 원했다면 처음부터 이런 무거운 검을 만들어 달려들었을 테지.

썩 마음에 내키지는 않았지만, 죽이지는 않을 것 같으니 져주는 것이 가장 쉽게 이 대결을 끝내는 길일 것 같았다.

'후훗… 너도 늙었느냐? 스스로 패배하려는 마음이 다 생기고…….'

힘들게 검을 막고 있는 와중에도 철웅은 스스로에게 조소를 보내는 것을 잊지 않았다. 그날 이후, 그곳을 떠난 이후 청수곡을 찾기 전까지만 해도 이런 마음이 든다는 것은 상상할 수도 없었다.

그에게 있어 타협은 죽음이란 글자와 동의어였다. 평생 휘어지지 않기 위해 안간힘을 쓰며 살아왔다. 자신의 아비가 그랬고, 자신의 형제들이 그랬다. 그래서 모두 부러져 버렸다.

자신 역시 그렇게 부러지는 것을 당연하다 생각했었다. 하지만… 청수곡을 찾아가던 그날… 자신은 휘어지고 말았다.

'그래… 한 번 휘어진 것, 두 번이 대수랴……'

철웅은 마음을 굳게 먹고 창을 세차게 휘둘렀다. 그리고……

푸~확~!!

대결은 그렇게 끝이 났다.

사람들을 헤치며 나타난 상현 진인이 본 것은 자신의 제자가 창을 들고 서 있는 한 중년 사내의 어깨를 검으로 꿰뚫어 버린 모습이었다. 꿰뚫린 어깨에선 피분수가 솟구쳤고, 그런 사내를 향해 한 청년이 황급히 달려드는 모습도 볼 수 있었다.

인상을 찌푸리던 상현 진인의 눈에 이채가 떠오른 것은 자신의 제자와 싸웠을 것이라 짐작되는 중년인을 바라본 그때였다.

창을 늘어뜨리고 어깨가 꿰뚫린 채 무릎조차 꿇지 않고 서 있던 사내의 입가에 걸린 작은 미소를 본 것은 눈앞의 운엽이 아니라 군중 속의 상현 진인뿐이었다.

第九章

화산파(華山派)

화산파
華山派

'포성(蒲城)에서 하루가 늦었고, 위남(渭南)에서 이틀의 거리가 벌어졌다. 여산(驪山)에서 다시금 종적을 발견하였다는 보고를 받고 전력으로 달려왔으나……'

어두운 구름이 몰려들어 잔뜩 찌푸려진 하늘을 떠받치고 있는 여산(驪山)의 한 이름 모를 봉우리.

구름 한 점 없이 맑은 날, 서산으로 태양이 기울 무렵. 여산 산봉우리에서 보이는 경치가 참으로 아름답다 하여 섬서팔경의 하나로 꼽히는 여산만조(驪山晚照)는 볼 수 없었지만, 흐린 하늘 아래로 보이는 여산의 모습이라 하여도 그 운치가 여느 절경에 못지않은 장관을 이루고 있었다.

하지만 첨예하게 솟아오른 봉우리의 끝 자락에서 옷깃을 펄럭이며,

해 지는 여산을 주시하고 있던 검은 복면을 두른 청의인의 눈에선 잠 들어가는 여산의 아름다움을 보고 있을 여유 같은 것은 찾을 수 없었 다.

'십 년 전과 똑같군.'

십 년 전, 련(聯)과 자신의 추적을 비웃기라도 하듯 추적을 피해 유 유히 사라져 버렸던 혁련옹. 십 년이 지난 지금, 그때나 지금이나 별반 달라진 것이 없다.

그는 절대 추적자들과 하루 이상의 거리를 좁힌 적이 없다. 천하에 내놓라 하는 추적술을 지녔던 자들 모두가 그랬고, 자신 역시 그 거리 를 좁혀본 기억이 없었다.

'후… 섬서에서 오십 명 이상의 인원을 풀고도 화산의 이목을 피할 순 없다. 조금만 더 옥죄면 잡을 수 있을 만도 하련만……'

령주라 불리는 청의인의 가슴은 답답하기만 했다. 그가 속한 련이 약한 것은 아니었다. 아니, 천하를 뒤집어도 자신의 련에 견줄 문파는 결코 존재하지 않는다 여겨질 만큼 강하다 생각하고 있었다. 감히 천 하의 화산파와도 자웅을 겨룰 수 있을 것이란 호언을 내뱉을 수 있을 만큼…….

하지만 련의 상대는 화산이 아니었다. 화산만이 아니었다. 그렇기에 지금은 그들과 부딪쳐선 안 된다.

'혁련옹만 잡는다면… 련의 계획을 일 년 이상 앞당길 수 있다 들었 다. 자하신검만 얻을 수 있다면… 자하신공만 얻을 수 있다면……'

아스라이 보이던 여산의 풍광이 어둠 속으로 그 자취를 감추어가고 있었지만, 령주라 불린 청의인은 움직일 줄 몰랐다. 그가 풀어놓은 오십 인의 야조(野鳥)가 소식을 물고 돌아올 때까지 그는 움직일 수 없었다.

'오늘도 추적에 실패한다면… 결국 화산에서 기다리는 수밖에 없구나…….'

청의인은 이마에 주름을 잡고 말했다. 추적이 쉽지 않다면 덫을 놓는 것이 나을지도 모른다. 구파일방의 하나인 화산에…….

'살아남은 자는 없어야겠지…….'

방법이 없다. 이런 식의 추적이라면 닭 쫓던 개 꼴이 되기 십상이었으니 다른 선택의 여지가 없었다. 그렇다고 쉽사리 결정 내릴 일도 아니었다. 련의 입장은 어떨지 몰라도 자신과 자신의 수하인 야조들은 근 십여 년 이상 자신과 동고동락(同苦同樂)해 온 피붙이보다도 믿을 수 있는 자들. 소모품으로 생각하기에는 그간의 정리가 얕지 않았다.

화산에 덫을 놓는다는 것은 자살 행위나 마찬가지다. 성공하였다 치더라도 섬서 땅을 벗어나기가 쉽지 않을 것이다. 혹 달아난다 하더라도 련으로 함께 돌아갈 수 있는 야조들은 한 손으로 꼽지 못할 듯싶었다. 더군다나 그럴 리는 없겠지만 만에 하나, 사로잡혀 토설이라도 하게 되는 날에는 임무의 완수 여부를 떠나 련의 행사에 크나큰 악재가 되고 말 것이다.

자의에 의한 살인멸구.

위험한 임무든 위험하지 않은 임무든 그들은 련에서 하사한 한 알의 독단을 항상 휴대하고 다녔다. 생포되기 전에 자결한다. 그것 역시 그들의 임무 중 하나였다.

십 년을 함께한 수족과 같은 자들. 하지만 자신은 련의 임무를 수행하는 령주였고, 련의 명은 인간사의 정리 따위에 흔들릴 수 있는 것이 아니었으니…….

고민의 흔적을 채 지우지 못한 청의인의 눈빛이 여산을 훑고 있었고, 그런 청의인의 시선 속으로 수십 마리의 야조가 날아들고 있었다.

그날 밤, 여산을 벗어난 오십의 인영이 화산으로 떠났다.

＊　　　＊　　　＊

"음……?"

눈을 간질이는 무언가를 느끼며 잠에서 깨어난 철웅은 방 안의 풍경이 무척이나 낯설다 느끼고 있었다. 방 안에 걸린 족자하며, 은은히 풍겨오는 방향, 마치 산사의 그것과 같은 정갈한 느낌의 낯설음.

철웅은 의아함을 느끼며 몸을 일으키려 하였지만, 이내 이마에 골을 지으며 다시 자리에 눕고 말았다.

철웅은 고개를 돌려 일어서려던 자신을 끌어 눕힌 통증의 진원지를 바라보았다.

왼쪽 어깨에 두텁게 감긴 하얀 천과 스멀스멀 배어 나오다 굳어버린 검붉은 핏자국.

조심스레 왼쪽 팔에 힘을 주자 참기 어려울 정도의 깊은 통증이 밀려왔다. 가만히 오른손을 들어 상처를 매만져 보던 철웅은 이내 고개를 젓더니 이를 악물고 몸을 일으켰다.

고통을 참으며 자리에 앉자 누워 있을 때는 볼 수 없었던 풍경이 철웅의 시야에 들어왔다. 다탁과 의자, 격자로 이루어진 방문. 무엇 하나 정성이 들지 않은 것이 없어 보였으나 철웅의 시선이 멈춘 곳은 침상 맞은편에 나 있던 창문뿐이었다.

겨울 찬바람을 막기 위해 굳게 닫혀 있던 창문은 철웅이 내민 손에 의해 작은 마찰음을 내며 밖으로 밀려나 버렸다. 그리고 그리 크지 않은 창을 통해 철웅에게 다가온 것은 그의 짐작대로 저자의 풍경은 아니었으나, 짐작했던 그 어떤 풍경과도 비교조차 할 수 없는 일대 장관이 펼쳐져 있었다.

"오, 아름답구나."

탄성을 지르는 철웅의 눈매를 지나 흐트러진 귀밑머리를 스쳐 지나는 바람에 실린 맑고 찬 기운과 지극히 어울리는 풍경.

시작이 어딘지 찾을 길 없고, 끝 간 데를 보아도 보이지 않는… 마치 승천하는 용의 허리처럼 길게 이어진 산세와 곳곳에 무리진 구름을 허리에 두르고 하늘을 찌를 듯이 솟아 있는 수십의 봉우리들.

하얗게 펼쳐진 거대한 산악의 병풍은 철웅의 시선을 어느 한곳에 집중하지 못하게 하고 있었고, 다시는 볼 수 없을 것이라 여기는 듯 철웅의 두 눈은 그 웅장하고 아름다운 풍광 하나하나를 놓치지 않고 있었다.

철웅과 화산파와의 첫 만남은 그렇듯 조용하게 이루어지고 있었다.

"일어났구먼……."

창가에 서 있던 철웅이 목소리를 따라 고개를 돌리자 방문을 열고 들어오는 낯익은 얼굴과 낯선 얼굴이 보였다.

"아직은 일어나면 안 되네. 어서 자리에 눕게나."

"허허. 괜찮습니다. 그런데……."

철웅이 자신을 반기던 미소를 걷으며 함께 들어온 낯선 이를 바라보자 장 의원은 헛기침을 한 번 하곤 말을 이으려 하였으나 도호를 읊는 상현 진인의 모습에 그냥 한발 물러서 있었다.

무엇인가 대화가 오갈 것을 기대했던 것일까? 아무 말 없이 철웅을 바라보고 있는 상현 진인과 역시나 그런 상현 진인의 시선을 피하지 않는 철웅 사이의 미묘한 정적이 장 의원을 당혹케 하고 있었다. 하지만 정적은 그리 오래가지 않았다.

"무량수불. 빈도는 화산파의 상현자라 하네."

"…장철웅이라 합니다."

간단한 인사. 어쩌면 서로 궁금할 것이 많을 것임에도 두 사람 모두 아무 말이 없었다. 그리고……

"…쾌차하길 빌겠네."

"…예."

상현 진인은 단 두 마디만을 남기고 방문을 나섰다. 오히려 어리둥절해진 것은 장 의원이었다. 어제만 해도 이상타 싶을 정도로 철웅에 대한 것을 물어오던 상현 진인이었건만……

하지만 이상한 것은 철웅도 상현 진인에 뒤지지 않았다.

덤덤한 눈빛은 여전하였지만 방문 밖으로 걸어나가는 상현 진인의 뒷모습에 가만히 고개를 숙이는 모습이, 마치 오래전부터 알던 사이가 아닐까 의심스러울 정도였다.

"험험. 자네가 별나다는 건 익히 알고 있었지만 이 정도일 줄은 몰랐네."

"무엇이 말입니까?"

"자네 여기가 어딘지 아나?"

"화산파가 아닙니까?"

"그럼 방금 나간 그 양반이 누군지는 아는가?"

"허허. 그것까지는 알 리가 없지요."

"음. 방금 전의 그 도사는 상현 진인이란 사람일세. 이곳 화산파의 장로 중 한 명이라고 하더군. 자네를 이곳 화산파로 데려온 사람도 바로 저 사람일세."

"그럴 거라 짐작하고 있었습니다."

"엉? 그런데 아무것도 묻지 않았단 말인가?"

장 의원은 기가 막힌다는 표정을 지으며 철웅을 바라보았고, 철웅은 무슨 소리를 하는 거냐는 표정으로 장 의원을 바라보았다.

"거참. 자네가 어제 싸운 사람이 누군가?"

"화산파의 매화검수이지요."

"그래. 자네는 어제 화산파의 사람과 어깨에 구멍이 날 만큼 크게 싸웠네. 그런데 상현 진인이란 사람은 그런 자네를 이곳 화산파로 불러들였네. 그 이유가 궁금하지 않은가?"

"허허… 그야 차차 알게 되겠지요."

"뭐? 차차?"

철웅의 태평한 대답에 장 의원은 속으로 가슴을 쳤다. 어찌 보면 자신들은 용담호혈(龍潭虎穴)이랄 수도 있는 곳에 들어온 셈인데 철웅은 아무렇지도 않은 듯 말하니 어찌 기가 막히지 않을까. 하지만 뒤이은 철웅의 말에 장 의원은 헛기침을 할 수밖에 없었다.

"형님께서 그렇게 다정히 들어오시는데 제가 걱정할 것이 무엇이 있겠습니까? 무엇인가 이유가 있겠지요."

"끙. 내가 졌네, 졌어."

장 의원은 고개를 내저으며 자리에 앉았다. 그리고 어서 말하라고 재촉하는 듯 자신의 앞에 앉는 철웅을 보곤 무겁지 않은 입을 열기 시작했다.

"어제 자네가 피를 철철 흘리며 쓰러진 것을 구한 것이 저 상현자란 사람이네."

"……."

"공교롭게도 그 매화검수란 놈의 스승이라고 하더군. 그놈의 이름이 운엽이라고 하던가? 어쨌거나 급히 자네를 응급 처치한 후 그 운엽이란 자에게 막 호통을 쳤다 하더군. 나도 철성 그 친구에게 들은 이야기지만, 수행하는 자의 본분을 망각하고 사사로운 감정에 검을 뽑았다나 어쨌다나."

뭐가 그리 통쾌한지 얼굴 가득 고소하단 표정을 지으며 말하는 장 의원의 모습에 철웅은 조용히 마주 웃어주며 다음 말을 들었다.

"어찌 되었거나 자기 제자의 실수로 사람이 크게 다쳤으니 자신이 책임지고 고쳐 놓겠다며 자네를 이곳까지 엎고 왔다는구먼. 노인네 나이도 많아 보이는데 기력도 좋지."

"허허허."

천하의 화산파 장로를 보고 노인네라 말하는 장 의원의 모습에 철웅도 웃지 않을 수가 없었다. 하지만 웃고 있는 얼굴과는 달리 내심 의아함이 이는 것은 어쩔 수가 없었다.

'일면식도 없는 사람이다. 잘은 모르겠지만 강호의 법도란 것이 그런 것은 아닐 것인데… 무슨 이유로 나를 이곳 화산파로 데려온 것일까?'

일반 민가에서도 남이 자기 집 개를 건드리면 자신이 무시당한 양 화를 내는 것이 보통이다. 하물며 자신의 제자와 생사결이라 부를 만한 대결을 한 자신을 돌보아준 것은 쉽게 납득하기 어려운 일이었다.

"그런데… 다른 사람들은 어디 갔습니까?"

고민한다고 답이 보일 만한 일이 아니었기에 철웅은 잠시 생각을 접어놓기로 하였고, 문득 이철성과 소소, 소아가 함께 있지 않음이 궁금해 장 의원에게 그들의 행방을 물었다.

"음… 소소는 바로 옆방에서 자고 있네. 소아는 화산의 경내를 구경한답시고 이곳저곳 기웃거리고 있을 것이고, 철성 그 친구는 목적지에 왔으니 더 이상 함께하기 힘든 모양이야. 아침나절에 어디론가 떠났네. 참, 자네에게 인사도 못하고 떠나는 것이 미안하다고 꼭 안부 전해 달라 하더구먼."

"그랬군요."

그래도 요 며칠 제법 정이 들었는데, 언제 다시 볼 수 있을지 기약도 하지 못하고 떠났다니 조금은 섭섭한 마음이 드는 철웅이었다.

가만히 철웅을 바라보던 장 의원이 철웅의 어깨를 가리키며 꾸짖듯 말을 이었다.

"자네, 천만다행인 줄 알게. 칼이 쇄골(鎖骨)과 견갑골(肩胛骨) 사이에 걸려 삼각근(三角筋)이나 승모근(僧帽筋) 같은 큰 근육이 상하지는 않았네. 어느 하나라도 크게 다쳤으면 평생 팔을 쓸 수 없게 되었을지도 몰라."

다행이라 말하면서도 목소리에 화가 스며 있는 것이 어지간히 놀라긴 놀랐나 보다. 철웅의 이런 모습은 꿈에서도 상상해 본 적이 없었으니…….

장 의원의 마음속 철웅의 존재는 천하제일까지는 아니더라도 누구가의 손에 쉽사리 피 흘릴 존재는 아니었다. 그러니 싸움에 크게 져 하마터면 평생 팔 병신으로 살 뻔했다는 현실이 주는 충격이 그리 작지는 않았으리라. 상대가 매화검수가 되었든 누가 되었든.

"죄송합니다."

"험… 사과 듣자고 한 말이 아니야. 그냥… 험… 조심 좀 하라는 거지. 차라리 내가 있을 때 싸우면 좀 좋았나? 그래도 의형인 내가 명색이 의원인데, 자네가 죽을 만큼 다쳐도 내가 무슨 수를 써서라도 살려 놓을 텐데 말이야. 음… 이런 내가 지금 무슨 말을 하고 있는 거지……?"

철웅은 고개를 돌리고 딴청을 피우는 장 의원의 모습에 가슴 한구석이 울리는 것을 느꼈다. 누가 말해 주지 않아도 지금 장 의원이 보여주는 모습이 진심으로 자신을 생각하고, 걱정하는 모습이라는 것을 알 수 있었다.

하지만 철웅의 고마운 마음 저편에서 울리는 외침은 기쁨보다는 서글픔이 앞서 자리하고 있었다.

'형님… 저를 위하지 마십시오. 아니, 부디 마음만으로 저를 위해주십시오. 마음만으로…….'

철웅의 시선이 뒤돌아 앉은 장 의원을 향하고 있었다. 하지만 철웅이 보고 있는 것은 장 의원이 아니었다.

철웅은 드넓은 벌판을 바라보고 있었고, 그 들판에 자신과 함께 앉아 있는 사람들을 바라보고 있었다.

일신에 갑주를 두른 그 하나하나 용맹스러워 보이지 않는 자가 없었고, 패기가 넘쳐흐르지 않는 자가 없었다. 그런 그들이 철웅에게 이렇게 속삭이고 있었다.

'장군님… 저희를 잊지 마십시오…….'

그들은 철웅을 향해 미소 짓고 있었다. 아무런 미련도 없는 듯이… 여한도 없는 듯이…….

철웅은 감히 그들의 눈을 마주할 자신이 없었다. 철웅은 고개를 숙인 채 누구도 듣지 못할 작은 목소리로 뇌까리고 있었다.

'내가 어찌 그대들을 잊겠는가… 어찌… 어찌…….'

철웅의 두 손을 핏빛으로 물들이며 화산으로 저물던 태양은 말없이 서산으로 잠들어가고 있었다.

*   *   *

정오의 햇살이 석동(石洞)의 입구를 비집고 들어오려 안간힘을 쓰고 있었다.

하지만 석동 깊은 곳에 무겁게 웅크리고 있는 어둠과 맞서기엔 힘이 부쳤는지, 결국 석동 안 일 장 정도의 자리만을 허락받고 더 이상 비추어 들어갈 엄두를 내지 못하고 있었다.

고요하기만 했던 석동 안에 인기척이 느껴진 것은 정오의 햇살을 등에 지고 들어오는 상현 진인의 그림자가 석동 안으로 미끄러져 들어가던 그때였다.

고개를 숙여도 발끝이 보이질 않을 만큼 어둠으로 가득 찬 석동 안을 상현 진인은 무엇이 보이기라도 하는지, 안방 거닐듯 거침없이 걸어 들어가고 있었다.

석동 안으로 한 십 장이나 들어갔을까. 한기가 맴도는 석동의 안쪽에서 기이한 열기를 가진 무언가가 어둠 속에서 상현 진인을 맞이하고 있었다.

석동의 한기와 맞서던 열기는, 석동의 가장 깊은 곳 중앙에 가부좌를 튼 채 좌정하고 있던 운엽의 머리끝 백회혈에 맺혀 있던 희뿌연 아지랑이 같은 것이 간직하고 있던 것이었다.

상현 진인의 인기척이 들려올 때쯤 운엽의 머리 위를 맴돌던 그 아지랑이 같은 기운이 흐르듯 머리를 타고 내려와 운엽의 콧속으로 빨려 들어가고 있었다.

기운이 모두 빨려 들어갈 때까지 상현 진인은 걸음을 멈춘 채 그 모습을 지켜보고 있었고, 한 줌의 아지랑이도 남지 않게 되어서야 감았던 눈을 뜨고 자리에서 일어서는 운엽이었다.

"오셨습니까……?"

허리를 깊이 숙인 운엽의 인사에도 상현 진인은 말없이 운엽을 바라보고만 있을 뿐이었다. 그런 사부의 모습이 익숙했던 것인지, 운엽은 사부의 입이 열릴 때까지 숙였던 고개를 들지 않고 있었다.

"…검이란 무엇이냐?"

"도리(道理)를 수호하는 법기(法器)이고, 수행(修行)을 돕는 도구이며, 선서(善書)의 전파를 수호하는 병기입니다."

사부가 던져 놓은 질문은 지난 삼십 년간 다른 사람이 아닌 자신의 사부에게서 듣고 배운 것이었기에, 무엇을 고민할 필요도 없이 자연스럽게 대답할 수 있었다.

하지만 뒤이은 사부의 질문은 삼십 년간의 배움 어디에서도 그 답을 찾을 수가 없었기에 쉽게 대답할 수 없었다.

"너의 검은 무엇이냐?"

운엽은 상현 진인이 원하는 답을 찾으려 애쓰기보다는, 무엇이 자신의 사부로 하여금 이러한 질문을 하게 하였는지를 찾기 시작했다. 물론 어제 저자에서 있었던, 이름 모를 한 무사와의 대결이 이유라는 것은 어렵지 않게 생각해 낼 수 있었다.

하지만 아무리 생각을 해도 그 대결의 이유와 과정, 결과 어디에서도 사부가 던진 질문의 이유는 찾을 수가 없었으니, 마른침만 꼴깍 삼킬 뿐 닫혀진 운엽의 입술은 떨어질 줄을 몰랐다.

"화산이 언제부터 법기가 아닌 병기를 다루는 무림의 문파가 되었는가?"

상현 진인의 말속에는 꾸짖음이 있었고, 회한이 서려 있었으며, 탄식이 담겨 있었다.

"네가 무사라면 너의 검은 주인을 잘 만난 것이겠지만, 네가 도리를 탐하는 수행자라면 너의 검은 분명 주인을 잘못 만난 것이다. 명색이 도를 닦는다는 수행자가 어찌 허울뿐인 명예를 위해 검을 뽑아 들 수 있고, 어찌 한낱 같은 테두리에 몸담고 있다는 정리를 생각하여 살생을 마다하지 않을 수 있느냐?"

크지 않은 음성으로 말을 이어가고 있는 상현 진인이었지만, 이런 모습이야말로 자신이 여섯 살 나던 해부터 삼십여 년을 함께한 자신의 사부가 화를 억누르고 있는 모습이라는 것을 모를 운엽이 아니었다.

운엽은 자신의 사부가 현재의 화산파의 모습에 실망하고 있다는 것을 느낄 수 있었다. 민중을 구제하고 천리를 탐하는 도교 본연의 모습을 잃어버리고, 명예와 실리를 탐하는 거대한 무림의 문파가 되어버린 화산파의 모습. 그리고 그렇게 변해가는 화산의 모습에 동화되어 버린 자신의 모습에……

"너의 검은 무엇이냐?"

상현 진인은 다시금 운엽에게 질문했다. 처음 질문이 답을 원했던 것이 아니라면 지금의 질문은 분명한 답을 원하고 있었다.

운엽 역시 그것을 알고 있었기에 가볍지 않게, 하지만 억지스럽지도 않은 자신의 생각을 사부에게 전했다.

사부가 원하는 대답, 그리고 자신이 찾아낸 대답.

"…화산의 검입니다."

굳었던 인상이 펴졌다. 상현 진인은 원하는 대답을 들었다. 자신의 제자가 말한 화산이 화산파를 말함이 아니라는 것을 묻지 않아도 알 수 있었다.

'…총명한 아이, 정이 많은 아이이나 책임을 지는 것이 무엇인지 아는 아이이니 스스로 내뱉은 말을 책임지기 위해 애쓸 것이다……. 사부로서의 가르침은 여기까지인 듯싶구나…….'

운엽을 바라보는 상현 진인의 눈빛은 처음의 그것과는 전혀 다른 빛을 띠고 있었지만, 굳이 입가에 미소를 지어 그 눈빛이 대견함과 만족스러움이라는 것을 표시 내진 않았다.

자신의 마지막 제자는 화산파라는 이름이 가진 명예보다 수행자로서의 자기 수련이 무엇보다 중요한 것임을 깨닫게 될 것이다. 그것을 깨닫기만 한다면, 눈앞의 진실을 가리고 있는 세상의 욕망들이 얼마나 부질없는 것인지 알게 되리라.

하나 지금은 아니다. 비록 화산의 검이 되겠노라 단호히 대답하였지만, 그 말이 지닌 무게를 들어 올리기가 얼마나 힘들고 버거운 것인지 아직은 알지 못할 것이다.

지금의 화산파가 뿜어내고 있는 기운. 티끌 같은 이익과 반 푼도 되지 않을 욕심을 채우기 위해 몸부림치는 유혹의 손길을 떨쳐 내는 것이 쉬운 일은 아닐 것이다. 강한 무공만이 도량(道量)의 척도인 것처럼 받아들이는 분위기 역시, 눈 감고 귀 닫는다 하여 쉬이 흘려 보낼 수는 없을 것이다.

하지만 상현 진인은 자신의 마지막 제자를 믿고 있었다. 다른 어떤 제자들보다 총기가 뛰어난 아이였고, 믿음이 가는 아이였다. 그런 아이가 스스로 판단하여 대답하였고, 책임이란 것이 무엇인지를 아는 아이이니 머지않아 곧은 길이 어떤 길인지를 깨닫게 될 것이리라.

"…떠나거라."

"…예?"

운엽은 자신이 잘못 들었나 싶어 고개를 들고 사부를 보았다. 하지만 그는 잘못 듣지 않았고, 그의 사부도 잘못 말하지 않았다.

"화산을 떠나거라. 나아가 세상을 보거라. 네가 왜 화산의 검이 되어야 하는지… 너의 눈으로 직접 보고 깨달은거라."

"…수색에 참여하라는 말씀이십니까?"

운엽은 의아해했다. 자신의 사부는 분명 화산파의 변질을 마땅치 않게 여기고 있었다. 한데, 그런 변질의 정점이라 할 수 있는 혁련옹 수색에 참여하라니……

"굳이 무엇을 하라는 것이 아니다. 혁련옹을 찾아도 좋고, 자하신검을 찾아도 좋다. 아무 생각 없이 세상을 주유해도 좋다. 단, 왜 그를 찾아야 하는지, 왜 자하신검이 필요한지, 과연 그를 찾아야 하는 것인지, 그것이 진정 필요한 것이지 네가 직접 보고 느껴보란 것이다."

"예."

"돌아오지 않아도 좋다. 이후… 너의 모든 행동은 나의 이름이 아닌 너의 이름으로 행하도록 하여라."

"사, 사부님?!"

운엽은 자신의 귀를 의심했다. 사부의 이름이 아닌 자신의 이름으로 행동하라니……. 문외의 활동에서 자신의 이름을 내걸 수 있는 경우는 단, 두 가지 뿐이다.

파문(破門)과 하산(下山).

물론 자신이 지금 파문을 당하는 것이 아니라는 것은 알고 있었다. 하지만 파문을 당한다 하여도 지금만큼 당혹스럽지는 않을 것이다.

도문에서 하산이라 함은 제자가 능히 일가를 이룰 수 있음을 스승이 인정하고 배움의 끈을 스승이 스스로 끊는 것을 말한다. 하지만 이제 겨우 이립(而立:서른 살)을 넘긴 자신에게 하산하라는 말은 쉽사리 납득할 수 없는 일이었기에 마음이 다급해진 운엽은 외치듯 말했다.

"사부님, 뜻을 거두어주십시오. 이 미천한 제자는 아직 사부님께 배워야 할 것이 이루 헤아릴 수 없을 만큼 많습니다. 어찌 이 제자를 이토록 당혹케 하십니까?"

"아니다. 이제 네가 배워야 할 것은 내가 아니라 세상에 물어보아야 할 것이다. 나의 가르침을 벌써 잊었더냐? 간파세사(看破世事)라 하였다. 이치(理致)는 하늘에만 있는 것이 아니다. 네가 얻어야 할 큰 이치가 어디에 있는지, 세상에 물어보도록 하여라. 그리고… 부디 깨닫길 바라마."

상현 진인은 마지막 말을 마치고, 운엽의 경악 어린 표정을 뒤로한 채 발걸음을 돌렸다.

물론 마음이 편한 것은 아니었다. 운엽은 자신의 품에서 떠나 보내기에는 아직 어리고, 미숙한 부분이 많은 아이다. 하지만 운엽이 화산의 울타리를 벗어나 무엇을 보고, 배우고, 느끼게 될지는 알 수 없다 하여도, 지금이야말로 보내야 할 때라는 것만은 분명히 느낄 수 있었다.

눈가에 어리던 옅은 수막이 방울 지는 것도 느끼지 못한 채, 옷자락 끌리는 소리조차 나지 않을 만큼 조심스레 일어선 운엽.

석동의 입구를 지키고 있던 밝은 빛 무리 속으로 사라지는 사부의 뒷모습을 감히 바라보지도 못하고, 입술을 깨문 채로 멀어지는 상현 진인을 향해 하직 인사를 올리고 있었다.

화산의 검이 되겠다는 사부와의 약속을 가슴 깊이 새기며…… 마지막이 될지도 모르는 사부의 뒷모습을 망막 깊이 새기며……

*　　　*　　　*

막고위와 이철성이 다시 만난 것은 화산파의 제자들이 연락을 취하기로 미리 약조하였던 위남(渭南)의 어느 객잔에서였다.

"그동안 고생이 많았네."

"제가 뭐 한 일이 있어야죠."

얼굴을 보지 못한 지 겨우 칠 일 남짓 하였지만 사제지간의 반가움은 몇 년 만의 만남에도 부족하지 않을 만큼 깊었으니, 그들을 바라보는 진사무와 금평등의 얼굴에 조금은 부러운 기색이 어렸다.

"사형, 여기 이분들은……."

"청사표국의 진사무라 합니다."

"금평이라고 합니다……."

"저는 초미이고, 이쪽은……."

어느새 막고위와 한 무리를 짓는 것이 어색하지 않게 되어버린 진사무 일행이 이철성과 통성명을 하였다.

"그래. 그동안 별일없었는가?"

"예. 그것이……."

막고위는 자신이 들은 혁련웅과 자하신검의 이야기를 전하기 시작했다. 그의 이야기를 들으며 진사무와 그 일행은 고개를 끄덕이며 장단을 맞추었으나, 막고위가 검절과의 일을 이야기하지 않고 대화를 끝내려 하자 말없이 듣고만 있던 초미가 나서며 그때의 일을 끄집어내기 시작했다.

"어머? 막 공자? 왜 정말 중요한 이야기는 하질 않는 거죠?"

"그게 무슨 소립니까, 초 소저?"

"호호. 이 공자님의 사제 분이 얼마나 용감하였는지 직접 보셨어야 하는데."

"저, 초 소저. 그 이야기는……."

"글쎄, 저희가 떠나기 전 화산파에서……."

평소에도 말이 많던 초미가 검절의 등장과 산문에서의 시비, 그리고 분란에 뛰어든 막고위의 대담한 행동과 검절과의 담판까지 마치 한편의 경극을 보듯이 자세하고도 흥미진진하게 이야기하였다.

그 이야기를 듣고 있던 좌중마저 고개를 끄덕이며 동조하니 막고위는 큰일을 벌이다 들킨 어린아이마냥 얼굴이 홍시처럼 벌게져 고개를 들지 못하였고, 이야기를 다 들은 이철성은 대견하다는 눈빛으로 사제를 바라보았다.

"자네, 정말 장하구만. 천하의 검절 어른을 상대로… 하하."

"사, 사형… 그게……."

"뭘 그렇게 쑥스러워하고 그래요? 막 공자가 얼마나 대범하였는지 이 공자께서도 보셨어야 했는데……."

초미는 마치 전공을 세운 낭군의 일을 떠벌이는 처자처럼 막고위의 일이 자신의 일인 것인 양 즐거워하며 막고위를 치켜세우고 있었다.

"자네가 그리 담대한 모습을 보였다니 사부님께서 들으신다면 분명 자네의 기백을 높이 칭찬하실 것이네."

"…사형."

"으이구, 이런 쑥맥! 검절 어른 앞에 나설 때처럼 좀 당당해 봐욧!"

"…초 소저?"

초미의 고함에 움찔 놀라면서도 옅은 미소를 지우지는 못하는 것이 사형에게 칭찬을 받아서인지, 아름다운 초미가 자신에게 관심을 보이는 것이 좋아서인지 구분할 순 없었지만, 그런 막고위를 바라보는 초미의 눈빛이 예사롭지 않은 것을 보면 오래지 않아 좋은 소식이 들릴지도 모르겠다 생각하는 이철성이었다.

이철성과 막고위를 비롯한 객잔에 자리한 화산파 속가무문의 인물들 대부분은 저마다 객잔의 자리를 차지하고 앉아 이야기꽃을 피우며 한가로운 시간을 보내고 있었다.

하지만 이층으로 오르는 계단을 막고 서 있는 두 사람의 매화검수가 눈을 빛내며 미동도 하지 않고 사위를 경계하고 있는 탓인지, 이철성은 물론이고 객잔에 모여 있던 수십 명의 속가무문 인물 모두 그리 큰 소리는 내지 못하고 있었다.

목현 진인과 검절은 아무도 없는 이층에 앉아 조용히 담소를 나누고 있었다.

"쯧쯧… 본산을 떠나기 전 그리도 주위를 시켰건만……."

"허허, 속가에서 추려 보냈다 하여도 아직 어린아이들이 아닌가. 이정도의 소란도 없다면 그것이 더 이상해 보일 것일세. 허허."

목현 진인은 검절의 이야기에도 좀처럼 굳어진 인상이 펴지질 않고 있었다. 자고로 무인이란 항상 자세를 단정히 하고, 준비된 마음을 가지고 있어야 하거늘……. 속가는 어쩔 수 없단 평소의 생각을 새삼 떠올리고 있는 목현 진인이었다.

목현 진인은 위남에 당도하자마자 자신이 이끌고 내려온 매화검수들을 사방으로 풀어 주변에 산재한 제자들을 찾아 그간의 상황을 알아오도록 지시하였다. 아마 늦은 저녁이 지나서야 소식이 당도할 것이니

이 무료한 시간을 어찌 달랠지 고민 아닌 고민을 하고 있는 목현 진인이었다.

"그런데… 저 아래 모인 아이들 중 초가 놈의 여식들이 있다지?"

"응? 아! 그렇네. 초연과 초미라 하였던가?"

"화산파와 초가 놈이 언제부터 그렇게 사이가 좋았는지 모르겠구먼. 험."

목현 진인은 검절의 말에 내심 쓴 웃음이 나왔지만, 오랜 지우인 검절 앞에서 그런 내색을 보일 수는 없었다.

검(劍)과 도(刀)라는 두 병기는 지난 수백 년간 만병지왕(萬兵之王)이란 명예로운 칭호를 얻기 위해 치열한 경쟁을 해왔다. 일세를 풍미한 검객(劍客)이 등장하였을 때는 검이, 경천동지할 도법을 구사하는 도객(刀客)이 나타났을 때는 도가 그 명예를 거머쥐었었다.

물론 검이 도에게 만병지왕이란 칭호를 내어준 적은 손에 꼽을 만큼 적었으나 언제나, 어쩌면 영원히 그 자리를 넘볼 것이 분명한 것이 바로 도였기에 검객과 도객은 서로의 병기를 은연중 무시하고, 자신의 병기에 대한 은근한 자존심을 내세우는 것을 주저하지 않았다.

천하 무림인의 태반이 두 가지 병기 중 하나를 사용하고 있었으니 그러한 신경전은 늘상 벌어지는 무림의 흔한 얘깃거리에 불과할지도 몰랐으나, 그런 비슷하면서도 다른 두 병기의 절정이라 불리는 검절(劍絶)과 도절(刀絶)은 보통의 무림인들이 생각하는 것보다 훨씬 심각하게 서로를 경원시하고 있었다.

"허허, 본 파의 장문인과 도절 초한상 대협이 오래전부터 호형호제하는 사이 아닌가. 어찌하다 보니 같이 합류하게 되었네."

"허어… 자네는 이번 일이 얼마나 비밀을 요하는 일인지 모르는가? 외인인 나보다 더 천하태평일세."

"장문인의 명이니 어쩌겠나. 사실 초씨세가의 도움이라도 받고 싶을 정도로 상황이 급박한 점도 있고……."

은밀히 나눈 장문인과의 대화에서 섬서의 남동 방향에는 이미 초씨세가의 은밀한 수색이 시작되었다는 이야기가 있었다. 몇 명이나 동원되었는지, 어떤 이가 나섰는지는 알 수 없었으나 평소 장문인과 도절의 친분을 본다면 그리 녹록한 자들이 나선 것은 아니리라.

'초씨세가의 이십팔숙(二十八宿)이 나섰을지도 모르지…….'

이십팔숙(二十八宿). 초한상을 따르는 스물여덟 명의 절정도객. 초한상조차 삼 인 이상의 합격은 막아내기 힘들다 말할 정도로 도(刀)에 일가를 이룬 스물여덟 명의 절정도객이다. 더군다나 무림사에서 그 유래를 찾아보기 힘든 천멸진(天滅陣)이라는 이름의 도진(刀陣)마저 펼치니, 천하의 화산파마저 초씨세가가 있는 상주 땅에 들어갈 때는 그들의 눈치를 살펴야 할 지경이었다.

"장문인께서는 속가무문보다도 그들을 더 믿고 계시지. 어떤 면에서는 초씨세가의 개입이 큰 도움이 될 수 있을지도 모르고……."

"흥, 그런 무식한 자들의 도움이라도 필요하다 말한다면 할 수 없지만, 행여 나와 마주치는 일은 없도록 해주게."

"허허, 그러지. 내 명심하겠네."

도를 사용하는 자들에 대한 검절의 생각은 '무식한 자들'이라는 한마디에 함축되어 있는 듯했다. 목현 진인 역시 굳이 지우와 언쟁을 할 필요는 없었기에, 그런 무식한 자들이 여러모로 쓸데가 많다는 것을 강조하거나 하지는 않았다.

"그보다 일전에 자네가 말해 주었던 그 청년은 이번에 함께 왔는가?"

"음? 아, 막고위란 청년 말이로군. 그래, 함께 왔네. 아마 저 아래에 있을 것이네만… 왜? 한번 보겠는가?"

"아니, 지금은 아니고. 어느 정도 일이 정리되면 만나보겠네."

"그래. 속가무문이라고는 하나 화산에서 퍼져 나간 가지 같은 친구이니 잘만 키운다면 화산에 큰 보탬이 될 걸세."

찌푸려져 있던 인상이 봄눈 녹듯 풀어지는 것을 보니 검절이 보통 마음에 들어하는 것이 아닌 듯했지만, 목현 진인은 담담히 미소 지어 줄 뿐이었다. 아무리 싹수가 보인다 할지라도 아직은 속가무문의 어린 아이 따위에게 정신을 팔 때가 아니었다. 혁련웅을 찾고 자하신검을 되찾은 후에라도 속가무문의 어린 무사 정도는 언제든지 만날 수 있다 생각했기 때문이고, 자신의 지우가 보는 앞에서 무엇이 아쉬운 듯 속가의 인물과 만나는 모습을 보이기 싫은 탓도 있었다.

이런 저런 사담이 오가는 사이, 계단을 걸어 올라오는 발소리가 들렸다. 누군가 자신들이 있는 이곳으로 올라온다면 그 이유는 혁련웅과 관련된 것이 틀림없기에, 이야기를 나누던 목현 진인과 검절의 시선이 이층으로 올라오는 발소리를 따라 옮겨지고 있었다.

매화검수를 나타내는 네 송이 매화가 소매에 수놓인 청의 장삼을 입고 올라온 삼십대 후반의 청년 하나가 표정을 굳힌 채 목현 진인에게 다가와 정중히 포권했고, 그 청년이 고개를 들기도 전 목현 진인은 서둘러 청년을 다그쳤다.

"무슨 일이냐?"

"그의 종적을 발견했습니다."

주위를 한 번 살핀 청년은 고개를 숙이고 목소리를 낮추며 말하였다.

"어디냐?"

"…그것이."

"…어서 말해 보거라."

"…종남산 부근에서 그를 보았다는 자가 나타났습니다."

"종남?!"

목현 진인의 미간이 찌푸려졌고, 검절은 한 손으로 수염을 쓸어 내리며 눈빛을 굳혔다.

섬서의 호랑이 종남.

당당한 구대문파의 일좌이며, 화산과 지척에 위치한 또 다른 전진의 일맥. 하지만 이미 도문으로서의 색은 바랜지 오래이고, 무림의 거대 문파로서의 껍질만 남은, 화산과 함께 섬서를 받치고 있는 또 하나의 기둥이었다.

비록 도문으로서의 모습은 찾아볼 수 없다 하나 종남파에 내려오는 비전들은 화산과 같은 전진도문에 뿌리를 두고 있으니, 무공의 오묘함이나 정제된 깊이는 결코 화산에 뒤지지 않는 것이었다. 종남파의 비전절기인 태을검(太乙劍)은 화산파의 매화검법보다도 도문의 색이 짙은 검법으로, 능히 매화검법과 자웅을 겨룰 수 있는 절기였다.

"…음."

상대가 종남이라면 천하의 화산파라도 쉽게 움직일 수는 없다. 종남파가 화산파의 행사에 함부로 참견하지 못하는 것과 마찬가지로, 화산파 역시 종남파 안으로 숨어든 혁련옹을 잡기 위해 어떤 식으로든 종남파의 양해를 구해야 한다. 일의 내막과… 혁련옹에 대해 설명하지 않을 수 없다.

검절은 지우의 고민을 도울 수 없어 안타까워하고 있었다. 하지만 그가 도울 수 있는 일은 아무것도 없었다. 구파일방 중 두 곳이 서로 얽히게 생긴 마당에 독보천하하는 검절이 무엇을 도울 수 있겠는가.

"어찌할 생각인가?"

조심스런 지우의 물음에도 답하지 않고 얼마간 더 고심하던 목현 진인의 눈에 결단의 빛이 어렸다. 그리고……

"가야지. 종남이 아니라 그보다 더한 곳일지라도 가야만 하네."

한 사람을 찾아 한 물건을 회수하면 모든 것이 깨끗이 마무리될 것이라 여겼던 일이, 섬서무림을 발칵 뒤집어놓을 문제가 될지도 모르는 상황이 되어가고 있었다.

하지만 목현 진인에게 다른 선택의 여지는 없었다. 자하신검, 자하신공의 후반부는 화산의 그 무엇보다도 우선하는 것이었기에.

일단 본산의 장문인에게 전서를 띄워 상황을 알렸으나 섬서 전역에서 수색 중이던 이, 삼대제자 이백여 명은 따로 불러들이질 않았다.

만에 하나 잘못된 정보라면 일을 그르칠 수도 있겠거니와 자신이 데리고 나온 육십 명에 달하는 매화검수만으로도 혁련옹을 찾을 수 있고, 만에 하나 종남파와 불미스러운 일이 발생한다 하더라도 능히 대처할 수 있다 판단했기 때문이다.

함께 온 백여 명의 속가무문 인원은 셋으로 나누어 육십의 인원은 섬서 각지의 수색에 동참하게 하였고, 제법 실력이 있는 자 서른 명 정도만을 추려 자신과 함께 종남행에 함께하기로 하였다. 이철성을 비롯한 막고위와 그 일행이 포함된 서른 명을……

목현 진인이 종남으로 떠난 것은 다음날 아침.

여산에서부터 밤새워 내달린 오십 인의 야조가 새벽을 틈타 화산으로 스며들던 그때였고, 하산을 명받은 운엽이 간단한 행장만을 꾸린 채 산문을 나서며 삼십 년간 자신이 몸담았던 화산을 바라보며 한숨 짓던 그때였으며, 어깨의 통증을 참고 일어난 철웅이 화산의 새벽 공기를 들이마시며 연화봉의 일출을 바라보고 있던 그때였다.

혁련옹이 종남산을 떠나 초씨세가가 자리한 상주로 향하던 바로 그때였다……

*　　　　　*　　　　　*

"실어증?"

"그렇소. 한번 보아주시겠소?"

찻잔에 손을 가져가는 상현 진인의 앞에는 검은 도복에 상투를 틀어 올린 사십대 여도사가 마주 앉아 있었다. 입고 있는 도복과 상투만 아니라면 귀부인이라 불려도 손색이 없을 만큼 단아한 자태. 찻잔에서 피어오르고 있는 청아한 다향처럼 여도사의 몸에서 풍기는 온화한 기운이 실내를 가득 채운 듯해 보였다.

청상 진인(靑祥眞人). 여단도(女丹道)를 수련하는 남천문파(南天門派)의 당대 장문인이며, 오로지 여인만이 수련할 수 있는 여단공(女丹功)이란 도문비전을 극성으로 익혀 당당히 화산팔선(華山八仙) 중 한 사람으로 추앙받고 있는 여걸이었다. 이미 환갑을 넘긴 지 오래이건만, 지닌 바 도력과 내공이 어찌나 심후한지 모르고 본다면 아무리 높게 잡아보아도 사십대 이상으로 보기 힘들 정도로 고운 외모를 간직하고 있는 여도사였다.

청상 진인은 예전부터 좋은 지우처럼 알고 지내왔던 상현 진인이 찾아와 꺼낸 얘기에 귀가 솔깃하였다.

"호호, 병이 났으면 의원을 찾아가야지 어찌 도문을 찾아왔답니까?"

"마음을 다친 모양이오. 큰 충격을 이기지 못하고 그리되었다 합디다."

남천문파는 대대로 주술과 도력으로 마음의 병을 치유하는 비전이 전해 내려오고 있어 한 해에도 수십 명씩 '혹시나' 하는 심정으로 화산을 찾아들었고, 올라온 이들 대부분이 화산의 도력에 감탄하며 수만 냥의 은자를 감사의 표시로 풀어놓고 내려갔다.

고작 마흔 명이 조금 넘는 남천문파가 화산파의 본당이라 할 수 있는 상청궁과 비견될 정도의 남천궁을 차지할 수 있었던 이유이기도 하였으니, 황금의 위력은 천하도문의 상좌인 화산파라 하더라도 어찌할 수 없는 모양이었다.

"그래… 이번엔 어느 집 여식이랍니까?"

조금은 허허로운 웃음을 지어 보이며 상현 진인에게 물어보는 청상 진인이었다. 병마로 인해 고통받는 중생을 구제하는 일에 어찌 선후가 있고 경중이 있을까만은, 남천궁의 문을 두드리는 자들 중 권세를 부리지 못하는 집안이 없었고, 부귀를 누리지 못하는 집안의 사람이 없었으니, 누구를 탓할 수도 없는 일이었지만 마음 한편이 씁쓸해지는 것은 어쩔 수 없는 청상 진인이었다. 그것이 화산에서 남천문파가 짊어져야 할 몫이었으니……. 하지만 상현 진인의 대답은 청상 진인의 기대에 크게 어긋나고 있었다.

　"허허, 이번엔 내 얼굴을 보아 도움을 주었으면 하오."

　"호오, 도우님이 아는 사람이오?"

　"내가 아는 사람은 아니고… 그 아이를 데리고 다니는 사람에게 빚이 좀 있소."

　청상 진인의 눈에 이채가 어렸다. 꽤 오랜 세월 알고 지낸 상현 진인이었고, 그가 누군가에게 쉽사리 빚을 지거나 할 사람이 아니라는 것을 알고 있었기에, 이 늙은 도우가 진 빚이 무엇인지 궁금해지고 있었다.

　"호호, 남천문파의 법술이 얼마나 비싼지는 알고 계시지요?"

　화산의 다른 누군가가 들었다면 경망스런 말이라며 인상을 찌푸릴 만한 어투였지만, 지우나 다름없는 상현 진인이었기에 이런 농도 부려 볼 수 있었다. 하지만 되돌아온 상현 진인의 대답까지 농으로 받아들이기엔 말속에 숨은 진심이 너무나 무겁게 들려왔다.

　"허허, 내가 가진 것이 무엇이 있겠소. 팔이라도 하나 드리리까?"

　"이런, 이거 농도 함부로 못하겠습니다. 이리도 매정히 말씀하시니……."

"허허, 미안하오. 진 빚이 팔 하나 값이니 그만큼은 내놓을 수 있단 말이었소."

청상 진인은 조금은 야속한 상현 진인의 말에 섭섭한 마음이 들었으나, 그가 진 빚이 팔 하나라는 이야기에 놀라 되물었다.

"아니, 어쩌다가 그런……."

"얘기하자면 내 허물이니 그냥 모른 척해 주시구려. 허허."

청상 진인은 궁금함을 못 이겨 지우의 허물까지 들춰낼 정도로 야박한 성품은 지니지 못했기에, 고개를 살래살래 흔들며 더 이상의 말을 이어가진 않았다.

이런 저런 사담이 이어졌으나, 결국 소소라는 아이를 오후 자시공(子時功) 수련 전까지 데려가기로 약조한 것을 끝으로 어색해진 자리는 금세 파해졌다.

남천궁을 나가는 상현 진인의 뒷모습을 바라보는 청상 진인의 눈에 한 가닥 아련함이 머물고 있었지만, 어느새 등 뒤로 다가와 자신을 기다리는 인기척을 느끼고는 낮게 도호를 읊조리며 돌아서는 청상 진인이었다.

"재희로구나. 그래, 무슨 일이냐?"

"…화산에 외인이 잠입했습니다."

"외인(外人)?"

청상 진인에게 외인의 침입을 알린 것은 남천궁을 떠받치고 있는 커다란 기둥의 어두운 그림자 속에 서 있던, 두꺼운 면사로 얼굴을 가린 재희였다. 얼굴의 태반을 가린 복면 사이로 보이는 것이라곤 검고 커다란 눈동자뿐이건만, 사람을 빨아들일 것만 같은 맑고 영롱한 두 눈만으로도 면사로 가려진 미모가 상당함을 짐작케 해주고 있었다.

"몇 명이나 되느냐?"

"제 눈으로 확인한 인원은 십여 명 정도 되었지만, 그들이 화산으로 잠입한 경로가 모두 다른 것을 보아 다른 자들이 더 있을 수도 있습니다."

"그것이 언제냐?"

"대부분 인시(寅時:오전 3시~5시)와 묘시(卯時:오전 5시~7시) 사이에 잠입하였습니다."

"음, 지금 어느 부근에 있느냐?"

"연화봉 중턱, 오부능선 직전, 본산 경계 근처에 머물고 있습니다."

"음."

청상 진인의 고운 아미가 살짝 찌푸려졌다. 감히 화산파에 잠입한 외인이라니, 그것도 화산의 거의 모든 전력이 외부로 빠져나간 이때에.

어떤 목적으로 찾아온 자들인지는 모르나 선자불래 내자불선(善者不來 來者不善)이라 하였다. 한두 명도 아니고 십여 명이 넘는 인물이 야음을 틈타 화산으로 스며들었다면, 필시 좋은 목적으로 찾아온 자들이 아닐 공산이 컸다.

하나 골이 진 아미와는 달리 청상 진인의 머리에 떠오른 생각은 큰 변괴가 났다는 것이 아니라 '번거롭다'였다.

많은 인원이 자리를 이탈하였다고는 하나, 명색이 구파일방의 하나인 화산파다. 고작 십여 명의 인물들로 어찌할 수 있는 곳이 아니다. 다만 어떤 뜻을 가지고 온 자들인지는 모르나 사람의 이목을 피해 잠입하려 한 괘씸한 자들이니, 가만히 앉아 두고 볼 수만은 없는 일이었다.

사람들이 비었으니 경계가 허술했기도 하였을 터, 모르긴 몰라도 아직 이 사실을 아는 이는 화산에 자신과 재희 두 사람뿐일 것이다.

"상궁 장문인에게는 내가 직접 가겠다. 재희 너는 그들의 동태를 예의 주시하도록 하여라."

"…예."

남천문파, 아니, 화산파 전체를 통틀어도 자신의 제자를 쉽게 제압할 수 있는 자를 찾기 힘들 만큼 경지가 높은 아이이니 여럿이 움직이는 것보다 나을 것이라 판단한 청상 진인이었기에, 화산에 잠입한 외인의 감시를 믿고 맡길 수 있었다.

그렇게 명을 내리곤 서둘러 상현 진인이 사라진 상청궁 방향으로 발길을 옮기던 청상 진인의 뒷모습을 향해 가만히 고개 숙이던 재희가, 미풍에 실려 날아간 듯 어느 순간 흐릿한 잔영만을 남긴 채 남천궁에서 사라져 버렸다.

무림의 누군가 보았다면 자신의 눈을 의심했을지 모를 만큼 신비스러운 신법이었으나 화산파 안에서도 그녀의 존재를 아는 자가 몇 되지 않으니, 그 신비스러운 신법의 이름이 절전되었다 알려진 화산의 암향표(暗香飄)라는 것은 재희와 그녀의 사부, 단 두 사람만이 간직한 비밀로 남아 있었다.

第十章
인연(因緣)

인연
因緣

오늘, 그녀는
자신의 존재를 되찾았다

화산에서 만든 금창약(金瘡藥)의 효능이 좋은 것인지, 전장에서 단련되어 몸의 회복이 남달리 빠른 것인지, 제법 큰 상처임에도 불구하고 자리에 누운 지 이틀 만에 철웅은 바깥 거동을 할 수 있었다.

상처에 찬바람을 쐬는 것은 좋지 않다고 장 의원이 극구 만류하였으나 철웅은 가벼운 산보 정도로 생각하는지 괜찮다 말하곤, 소소를 데리고 상청궁 본전 옆에 마련되었던 객방을 나섰다.

철웅은 도사들이 입는 남색의 도복을 얻어 허리 매듭도 하지 않고 긴 장포처럼 어깨에 걸치고, 도복 안에서 어깨와 팔을 건(巾)으로 묶고 목덜미 어림에서 매듭 지어 최대한 움직이지 않도록 한 채 경내를 거닐고 있었다.

정신이 온전치 않아도 철웅의 몸이 좋지 않다는 것은 아는지 예전처럼 팔에 매달리거나 하지는 않았지만, 언제나처럼 철웅의 그림자처럼 붙어 함께 행동하는 소소의 모습은 변함이 없었다.

일 다경 정도를 걷던 철웅이 화산의 전각들과 제법 멀리 떨어진 산 중턱 커다란 바위에, 아슬아슬한 모습으로 지어진 작은 도관을 바라보곤 소소와 함께 발걸음을 옮겼다.

가까이 다가가 보니 어지간한 마을이라면 어렵지 않게 볼 수 있는 공자묘 정도의 크기에, 얼마나 오랜 풍상을 견뎌내었는지 처마 곳곳이 삭아버려 스산한 기운마저 느껴지는 곳이었다. 하지만 그저 사람들과 부딪치기 싫어 한적한 곳을 찾아온 것이니 건물의 상태나 모습 따위는 별 의미를 가지지 못했다.

"휴… 소소야, 여기에서 잠시 쉬자꾸나."

아무 말 없이 도관으로 이어진 돌계단에 주저앉는 소소를 바라보며 철웅은 작은 한숨을 내쉬었다. 먹고, 자고, 입는 것 같은 간단한 의사소통 이외에 어떠한 이야기도 통하질 않았다. 얼핏 보면 기억을 잃은 것 같기도 하고, 어찌 보면 마음을 걸어 잠근 듯 보이기도 했다.

의형의 얘기로는 약재로 나을 병이 아니라 했다. 내버려 두면 저절로 나을지도 모르지만, 어쩌면 평생을 저렇게 살아야 할지도 모른다 했다.

남은 방법은 귀신도 부린다는 도교의 법술뿐이다. 소문을 듣자 하니 귀신 들린 자에게서 귀신을 쫓기도 하고, 원인 모를 병을 치유하는 일도 흔하다 하였다. 그런 도사들의 모태 같은 화산이니 한줄 희망이나마 가질 수 있었다. 그리고 원래 계획했던 바와는 많이 다른 경로를 통하였지만, 어찌 되었든 그들은 지금 화산에 들어와 있었다.

"미안하구나……."

얼어붙은 돌계단에 서린 얇은 얼음을 손가락으로 미끌거리는 소소를 차마 마주 보지 못하고, 저 멀리 보이는 낙안봉에 시선을 둔 채 철웅이 말했다.

"나조차 내 마음을 모르겠다만, 너에게는 미안하구나. 내가 너를 구한 것이 잘한 일인지 잘못한 일인지 모르겠지만, 절로 네게 미안한 마음이 드는 것을 보면… 휴… 모르겠구나. 너를 그 음적에게 겁간당하도록 그냥 놔두어야 했다는 뜻은 아니다만… 어쨌든 너에게는 참으로 미안하구나."

사십여 년의 짧지 않은 생을 살아온 철웅이었지만, 평생의 난제를 만난 것처럼 마음이 편치 않았다. 이유야 어찌 되었든 자신으로 인해 정신이 온전치 못하게 된 아이이다. 책임을 회피할 마음도 없다. 어쩌면 어느 누구보다도 화산파에 큰 희망을 걸고 있는 것이 철웅 자신일지도 몰랐다.

마치 갚을 수 없는 채무에 시달리는 사람처럼 철웅의 마음 한 자락은 소소에 대한 미안한 마음이 두텁게 응어리지고 있었다. 평생 이런 짐을 짊어진 채 살아가고 싶은 마음은 없었기에, 하루라도 빨리 소소가 예전의 모습을 되찾기를 바라고 있었다.

"이 정도의 활 솜씨로 사냥을 할 바엔, 차라리 그 활로 땅을 파 이랑을 내고, 그 살로 땅을 솎고 파종이나 하는 것이 나을 것 같네요!"

철웅은 피식 웃어버렸다. 첫 만남에서 소소라는 아이는 맹랑하게도 자신에게 일장 훈계를 하곤 사라져 버렸었다. 자신이 쏜 화살이 아니었다면 독사에게 물려 비명횡사할 뻔했던 주제에…….

'후후… 아마 평생 알 수 없겠지…….'

또렷이도 기억나는 그 모습이 얼마나 맹랑하고 귀엽던지, 철웅의 입가엔 미소가 번지고 있었다. 하지만 그가 들었던 소소의 두 번째이자 마지막 목소리는 그의 마음을 짓누르고 있던 커다란 돌탑에 큼지막한 돌 하나를 더 얹어놓고 있었다.

"…추워."

소소의 목소리가 머리 속을 울리며 나지막이 퍼지자 철웅의 가슴에도 한줄기 찬바람이 이는 것만 같았다. 왜 자신을 따르는지 이유는 알 수 없지만, 자신마저 없다면 이 작고 가녀린 아이는 마음속 추위를 견디지 못하고, 겨울 들판에 내버려진 날짐승의 새끼처럼 새하얗게 얼어 죽을 것만 같았다.

"…널 절대 혼자 내버려 두지 않으마."

차갑게 손이 얼어버릴 만큼 얼음을 만지며 장난치던 소소가 철웅의 마지막 말에 고개를 들고 갸우뚱거렸다. 그리고 평소에는 볼 수 없었던, 아니, 철웅이 단 한 번도 본 적이 없었던 환한 미소를 지어 보였다.

너무나도 아름다운 모습. 단지 박속같은 하얀 이가 보일랑 말랑 할 정도의 미소였지만, 그 모습 하나만으로 주변의 풍경이 변하는 듯한 착각이 일 정도로 사람의 마음을 동하게 하는 미소였다. 그러나 소소의 아름다운 모습에 마음이 동할 여유 따윈 가질 수가 없었다.

마치 자신의 말을 알아들은 듯한 소소의 모습. 처음으로 감정을 표현한 듯한 그 모습에 너무 놀라 한참을 바라보고 있었으나, 이내 소소의 미소가 백치의 그것과 같음을 알았기에 철웅은 마음에 일었던 긴장을 풀고, 어색하게 마주 미소 지어주는 것으로 마음을 달랬다.

소소를 바라보던 철웅의 고개가 돌아가며 조용히 한곳을 응시하기 시작한 것은, 소소가 미소를 걷고 다시금 얼음을 만지며 신기해하던 그 무렵이었다.

"거기 누구요?"

삭풍이 흩날리는 연화봉 중턱. 동장군 서릿발에 나뭇잎이 모두 떨어져 발가벗겨졌다 해도, 원체 빽빽이 들어선 나무숲이었는지라 정오의 햇살마저 쉬이 비집고 들어가지 못한 숲 속에서 철웅에게 답할 이를 찾기는 힘들 듯했다.

하지만 철웅의 시선은 나무 숲에서 떠날 줄을 몰랐고, 조용히 소소를 자신의 뒤편으로 보내는 신중함마저 보이고 있었다. 무엇을 느꼈는지 간간히 불어오던 삭풍마저 잠잠해지고, 오 장 정도의 거리를 두고 철웅과 나무 숲 사이에는 묘한 정적마저 감돌고 있었다.

언제까지나 이어질 것 같았던 정적을 깨어버린 것은 숲을 바라보던 철웅이 아니라 조용히 자리하던 숲이었다.

부스럭.

철웅은 숲의 요동을 말없이 바라보고 있었다. 나무 숲에서 일던 요동이 잠잠해지고, 철웅과 나무 숲 사이에 한 사람이 나타나 철웅을 바라보고 있었고, 얼굴을 가린 두꺼운 복면 아래에서 흘러나온 목소리는 놀랍게도 맑은 여인의 음색이었다.

"미안합니다. 엿볼 마음으로 있었던 것은 아닙니다."

철웅의 앞에 모습을 드러낸 재희.

말없이 서로를 바라보고 있는 두 사람 사이로 잠시 멈추었던 삭풍이 조용히 스쳐 가고 있었다.

"처음 뵙는 분 같군요……."

왜 그랬는지 모른다.

언제나처럼 그저 살짝 고개를 숙여 보이곤 자리를 떠나도 되었다. 아무 일 없었다는 듯 시선이 좇지 못할 만큼 표홀한 신법으로 사라진다 하여도 그녀를 탓할 사람은 없었다. 하지만 그녀는 떠나지 않았다.

화산에 몸을 의탁한 십오 년의 세월 동안, 그녀가 누군가에게 먼저 말을 걸어본 것이 처음이란 것을 철웅이 알 리 없었지만, 자신도 모르게 떨어져 버린 말문에 흠칫 놀란 재희 역시 무엇이 그녀로 하여금 십오 년간 닫혀 있던 입술을 열게 한 것인지 알 수 없었다.

"장… 철웅이라 합니다."

놀란 것은 철웅도 마찬가지였다. 더듬거리는 입술이야 그렇다 치더라도, 주책없이 뛰는 가슴과 자신도 모르게 조금씩 고개를 드는 하체의 변화가 다 무엇이란 말인가? 하지만 이내 정신을 차리고 민망스럽고 부끄러운 자신의 모습에 스스로를 호되게 꾸짖는 철웅이었다.

'못났구나. 고작 여인의 미색 따위에 흔들릴 만큼 나약한 자였더냐? 못났구나, 못났어. 이리 못난 자를 위해 그들이 희생하였더냐. 지하에서 비웃을 그들의 모습이 눈에 선하구나…….'

철웅의 눈빛에 아픔 하나가 스치고 지나갔다. 가슴에서 시작한 한 가닥 아픔이 그의 정신을 쓰다듬자 온몸을 휘감던 기이한 열기가 봄눈 녹듯 사라져 갔고, 거칠어지던 숨결도 차분히 가라앉고 있었다. 잠시 감았던 눈을 떴을 때, 그는 원래의 모습으로 되돌아와 있었다.

그런 철웅의 변화를 눈여겨보던 재희의 눈빛에 이채가 어렸다. 그녀 역시 자신이 발걸음을 떼지 못한 이유를 찾고 있었다. 어지간한 고수라 하여도 쉽사리 느끼기 힘들 만큼 미약하게 흘려진 기척을 알아챈 사내의 능력 때문이라 생각되기도 하였고, 어린 소녀의 아픔을 함께 아파한 사내의 마음에 동하였기 때문 같기도 하였다. 하지만 담담한 신색을 되찾은 철웅의 모습에 또 다른 이유 하나가 더해지게 되었다.

'다르다.'

백인백색(百人百色)이라 하나, 그녀를 바라보는 사내들의 반응은 백인일색(百人一色)이었다.

음욕(淫慾). 두꺼운 천으로 얼굴을 가리고, 헐렁한 장포로 몸을 가려도, 이 저주받을 도화의 기운 앞에서 사내란 존재는 발정난 수캐 그 이상도 그 이하도 아니었다. 오죽하면 천하 도교의 성지라 불리는 화산파에서도 그녀의 면사를 벗기지 못했을까. 여인이라면 꿈에도 바라 마지않을 아름다움이 그녀에게 있어서는 진정 벗어나고픈 저주일 뿐이었다.

한데, 장철웅이란 사내는 달랐다. 붉어지던 눈빛이 차갑게 내려앉았고, 거칠던 숨결도 잠잠해졌다. 일찍이 겪어보지 못한, 어쩌면 사내라는 존재에게 처음으로 접한 평범한 반응이었기에 호기심이 동하는 것을 어쩌지 못하는 재희였다.

"먼저 자리하고 있었던 것 같은데, 우리가 방해를 한 것 같습니다.

미안합니다."

목소리마저 덤덤해졌다. 가식이 아니었다. 이 사내는 진정으로 자신을 그저 지나가던 사람처럼 대하고 있다. 음욕의 대상이 아닌, 한 사람으로……

"아닙니다. 저야말로 두 분의 대화를 허락없이 듣고 말았으니 송구스럽습니다."

조금은 달라진 여인의 목소리에 이상한 느낌을 받은 철웅이었지만, 그리 싫지는 않은 느낌이었기에 웃으며 답했다.

"시답지 않은 이야기였으니 괘념치 마십시오. 그런데… 화산의 도인이신 것 같군요?"

"예. 소개가 늦었습니다. 재희라 합니다. 남천문의 청상 진인을 사부로 모시고 있으나, 아직은 수행자의 신분이니 도인이란 칭호는 가당치 않습니다. 그런데 어느 분을 찾아오신 분들이신지……?"

"누구를 찾아온 것은 아니나 어찌하다 보니 화산에 잠시 머물게 되었습니다. 지금은 상현 진인이란 분께 의탁하고 있습니다."

"아… 그러셨군요. 상현 진인을 찾아오신 분들의 이야기는 들었습니다. 그럼 저 아이가 소소겠군요?"

"아니, 어찌 소소를……?"

처음의 오 장(五丈) 남짓했던 두 사람의 거리가 언제 손 뻗으면 닿을 만큼 가까워졌는지 모른다. 시선조차 마주치지 못했던 두 사람이 소소를 사이에 두고 마주친 시선을 떼지 않고 있다는 것 역시 본인들은 느끼지 못하고 있었다.

재희가 살아온 스물다섯 해 동안 그 어떤 사내보다 지금 이 사내와 가장 많은 말을 나누고 있다는 것도, 마흔일곱 해를 살아온 그 역시 여인과 이토록 오랜 이야기를 나누어본 기억이 별로 없다는 것도 지금의 두 사람에겐 그다지 중요한 일이 아니었다.

　"그럼, 소저의 사부님이 우리 소소를……."

　"예. 제 사부님의 도력이라면 장 소저의 병세를 치유하실 수 있을 것입니다."

　"아… 다행입니다. 정녕 다행입니다……."

　소소를 바라보는 철웅의 시선, 그 눈빛에 담긴 안도와 기쁨. 시샘이 날 정도로 애틋한 그 눈빛에 재희는 아무 말도 할 수 없었다. 가만히 손 올려 소소의 머리를 쓰다듬는 모습은 세상 그 어떤 아비의 모습보다도 인자해 보였고, 바라보는 것만으로도 마음이 따뜻해지는 듯한 눈빛은 그녀의 기억 어디에서도 찾을 수 없는 것이었기에 아련히 다가오고 있었다.

　잠시의 시간이 흐르고 조금은 어색한 시간이 이어 흐르려 할 때, 가만히 소소를 바라보던 철웅이 흐름을 자르며 물었다.

　"혹 큰 흉이 있으신 겁니까?"

　"네?"

　무슨 소리냐는 듯 눈을 떠 보인 재희였지만, 이내 무엇을 묻는 것인지 깨달을 수 있었다.

　"아, 이 면사 말씀이시군요."

　"실례가 되었다면 용서하십시오. 다른 뜻이 있었던 것은 아닙니다."

　"아, 아닙니다."

재희는 당황하고 있었다. 설마 이런 물음을 받게 되는 날이 올 줄은 상상조차 하지 못하였다. 사내란 존재와 마주 앉아 이런 대화를 할 수 있게 되는 날이 오는 것 역시 기대하지 못한 삶이었기에, 이런 질문을 받을 것이라곤 꿈에서라도 생각지 못한 것이었다.

무어라 해야 하나. 자신에게 씌워진 도화의 저주를 말해 주어야 하나? 자신이 너무 아름다워 자신의 얼굴을 본 남자들이 정신을 차리지 못해 얼굴을 가리고 다닌다고? 누구도 쉽게 받아들이기 힘든 대답이고, 혹 그것이 진실이라 하여도 심히 민망스러운 대답이었는지라 잠시 망설이고 있었다.

한데 미묘한 것이 여인의 마음이라, 자신을 담담히 받아주는 사내를 만나고 보니 한 가닥 욕심이 생겨나고 있었다.

'이 사내라면… 보여주어도… 괜찮지 않을까……?

여인의 가슴에 피어난 조그맣던 바람은 담담한 철웅의 눈빛을 바라보며 눈덩이처럼 불어나고 있었다. 왜 벗고 싶지 않겠는가? 그녀 역시 아름다움을 뽐내고 싶고, 자유롭게 날아가고픈 스물다섯의 여인인 것을.

고민은 깊었으나 길지는 않았다. 무슨 의도가 있거나 바람이 있었던 것은 아니었다. 그저 자신을 평범한 사람으로 바라봐 주는 사람이 있다면 그것으로 족했다. 누구라도 좋았다. 자신을 아무렇지 않게 보아만 준다면…….

고개를 모로 돌리고, 머리 뒤의 끈을 푸는 조심스런 손길마저도 사내에게 있어선 천하에 다시없을 유혹이었으나 철웅은 그 모습을 피하지 않았다.

스윽……

흘러내린 면사가 내건 주문에 화산의 시간이 멎어버렸다. 바람이 가던 길을 멈추어 섰고, 노송이 눈꽃을 부르던 손짓을 멈추어 버렸으며, 흩뿌리며 나리던 눈꽃도 하늘에 박혀 내려올 줄 모르고 있었다.

예로부터 미인을 칭할 때 침어낙안(浸魚落雁)의 용모와 폐월수화(閉月羞花)의 아름다움이라 곧잘 말하곤 하였지만, 면사를 걷어낸 재희의 용모는 그런 몇 마디 언어로 형용할 수 있는 것이 아니었다.

눈처럼 희고 투명한 피부[雪膚]에 크고 빛나는 검은 눈동자[明眸]. 주사빛으로 물든 입술과 살짝 벌어진 입술 사이로 보이는 박속같이 하얀 치아[朱脣皓齒]. 언뜻 전한(前漢)의 조비연(趙飛燕)이 환생하였다 착각할 만큼 이지적이고 기품이 느껴지는 아름다운 얼굴이었다.

그녀를 바라보는 철웅의 눈빛 역시 놀라움으로 크게 떠져 있었고, 정지되어 버린 시간에서 움직이는 것이라곤 얼음 장난을 치는 소소뿐인 듯했다. 정적은 꽤 오랜 시간 지속되었고, 살짝 내리감은 재희의 눈은 이 어색한 침묵이 어떤 식으로든 깨어지길 빌고 있었고, 여도사의 바람을 들은 하늘의 조화인지 침묵은 그리 오래가지 못했다.

"도무지 알 수가 없군요. 그 면사의 의미를……"

"……?!

침묵을 깨고 들려온 목소리에 내리감았던 눈을 크게 뜨고 철웅을 바라보았다. 변함없다. 자신의 얼굴을 보았음에도 변화가 없다. 아니, 변화는 있었다. 아름다움을 바라보는 눈, 흐뭇한 미소. 그러나 거기까지였다. 호의라 생각되는 친근한 느낌이 전달되곤 있었으나 어떤 갈증이나 욕망 따위는 읽을 수가 없었다. 그는 도화의 저주에서 벗어나 있었다.

'나를… 보고 있어. 아무렇지 않게……'

재희는 다시 한 번 철웅의 얼굴을, 그 눈빛을 뚫어져라 바라보았다. 그리고 들려오는 철웅의 목소리에서 희열을 느끼고 있었다.

"왜 그런 면사로 얼굴을 가리고 있었는지 모르겠소. 너무나… 아름다운……."

한줄기 눈물이 그의 말을 멈추게 했다.

"아니, 내가 무슨 실수라도……."

뺨을 타고 흐르는 눈물이 무색할 만큼 환한 미소를 지으며 고개를 살래살래 젓는 재희의 모습이, 보는 사람의 마음을 요동치게 할 만큼 아름다웠으나 철웅은 흐르는 눈물을 보며 마음 한구석이 아려움을 느끼고 있었다.

아무도 이해하지 못할 것이다. 이십오 년이었다. 누구와도 얼굴을 드러내고 이야기하지 못하였다. 그녀의 삶은 고독이었고 단절이었다. 그녀의 아름다움은 철저히 그녀를 세상에서 고립시켰고, 도화의 저주는 그녀의 존재 자체를 감추기 급급하게 만들었다. 누구의 접근도 허용하지 않았고, 누구와의 접촉도 있을 수 없었다. 그녀를 지키기 위해 그녀의 부모가 그랬고, 그녀의 사부가 그랬다. 그녀의 존재는 부정당했었다.

그리고 오늘, 그녀는 자신의 존재를 되찾았다.

소매로 눈물을 찍어낸 재희가 철웅에게 말했다.

"추태를 보였습니다."

"아닙니다. 제가 무슨 실수를 한 것 같은데……."

"아닙니다. 장 대인께서 잘못하신 것은 하나도 없습니다. 저도 모르게 감정이 격해져서 그런 것이니 마음 쓰지 마십시오."

재희는 환한 미소를 띠며 말했다. 아름다운 여인이 웃어주는 것을 달가워하지 않을 남자가 어디 있을까. 철웅 역시 그녀의 웃음에 마주 웃었다.

"즐거웠습니다. 오늘은 이만 헤어져야 할 듯합니다."

"예."

"그럼……."

급히 이별을 고하는 재희의 모습에 섭섭한 마음이 들었지만, 추태란 생각이 들었는지 스스로에게 고소를 지어주는 철웅이었다.

'어리석은 자야. 무슨 생각을 하는 것이냐? 단지 호의를 보인 것뿐이었거늘.'

조용히 면사를 다시 두른 재희가 일어나고, 철웅 역시 자리에서 일어나 떠나는 재희를 마중하였다.

"그럼……."

"……."

철웅의 배웅에도 말없이 서 있던 재희. 잠시 시간을 지체하던 재희가 가만히 고개를 들어 철웅을 바라보았다.

"후일… 다시 찾아뵈어도 되겠지요?"

"허허, 언제라도……."

멀어지는 재희의 모습을 바라보는 철웅의 눈빛에는 채 지워지지 않은 어떤 감정이 남아 있었다. 스스로 부정하고 있다 해도 마음이 동하였던 것만은 어쩔 수 없었나 보다. 그도 사내였으니까……. 하지만 감

정에만 충실하기엔 그의 어깨에 얹혀진 삶의 무게가 그리 가볍지만은
않았다.

'외로운가?'

스스로에게 물었다. 잊고 있던 여인의 지분내가 사내임을 자각시켰
는지도 모른다. 하지만 그의 입가에 걸린 작은 조소는 호사스런 잡념
을 비웃어 버렸다.

'염치없는 자. 넘보지 못할 여인이다……. 어울리지 않아…….'

스스로 생각해도 우스운 상상이다. 지천명을 바라보는 자신이니, 언
감생심 꿈도 못 꿀 상대다. 누가 들으면 미친 늙은이라는 소리를 듣기
딱 좋은 상상…….

하지만 결국 참았던 한마디를 내뱉은 다음에야 소소의 손을 붙잡고
상청궁으로 향할 수 있었다.

"뭐, 기왕 꿈꿀 바에야……."

그도 사내였다.

  *   *   *

"허허… 내가 길을 잘못 든 것인가?"

"아니오."

"그럼 여기가 낙남(洛南)이 맞는가?"

"그렇소."

"그런데 어찌 상주 초씨세가의 이십팔숙이 이곳에 계시는가?"

간간히 눈발이 날리고 있는 낮은 설산(雪山) 사이의 한 관도. 화산과

불과 하루 거리에 있는 이곳에 왜 혁련옹이 나타났는지도 알 수 없었지만, 초씨세가의 이십팔숙이 어떻게 그런 혁련옹의 움직임을 짐작하고 길목을 막을 수 있었는지 역시 알 수 없었다. 하지만 혁련옹은 자신을 쫓는 것이 분명한 초씨세가의 이십팔숙이 눈앞에 있음에도 입가에서 미소를 지우지 않았다.

이십팔숙. 검은 방갓으로 얼굴을 가리고, 두꺼운 검은 장포에 허리에는 털가죽으로 만든 도갑을 하나씩 꿰어 찬 채 미동도 하지 않고 관도를 막아서고 있는 자들. 스물여덟 명 중 단 한 사람만이 서 있었다 하더라도 관도를 막아서기에 충분해 보이는 자들.

빈틈없이 굳건히 서 있는 자세 하나만 보아도, 방갓을 꿰뚫고 나올 듯한 눈빛만 보더라도 절정고수라 불리기에 손색이 없는 자들이었다. 하지만 그런 칼날 같은 기도의 이십팔숙을 눈앞에 두고도 미소를 지우지 않는 혁련옹의 배포에는 천하의 이십팔숙이라 하여도 혀를 내두르지 않을 수 없었다.

"이 늙은이를 쫓는 이가 제법 있다는 것은 알았지만, 초씨세가에서도 관심이 있는지는 미처 몰랐네."

"우리를 알고 있다니 길게 말하지 않겠소. 같이 가주셔야겠소."

이십팔숙의 중앙. 검은 방갓, 검은 장포와 참으로 잘 어울리는 검은 수염을 가슴 어림까지 기른 오십대 중반의 사내가 한발 나서며 혁련옹에게 말했다.

"어딜 가잔 말인가?"

"화산."

"허허… 자신있는가?"

"……?!"

챙 넓은 방갓 아래의 눈매가 가늘어졌다. 칼 하나에 기대 살아가는 자들에게 긴 말은 그다지 소용이 없을 때가 있다. 지금이 바로 그런 때라는 것을 자신도 알고 있고, 눈앞의 혁련옹이란 자도 알고 있을 것이다. 가기 싫다면 갈 수 밖에 없게끔 만드는 것이 자신의 임무다. 그리고 그것은 자신의 도가 가능하게 해줄 것이다.

앞서 있던 사내가 검은 방갓을 살짝 끄덕이자, 그의 등 뒤에서 검은 병풍 같은 그림자들이 바람처럼 좌우로 펼쳐졌다. 스물여덟 명이 귀신 같은 신법으로 눈 깜짝할 새에 도주 가능한 모든 방위를 포위하고, 오른발이 앞으로 반 발자국 나가고, 왼발이 어깨와 수평을 이루는 초씨세가 특유의 발도세(發刀勢)에서 비롯된, 풀리지도 않은 도갑에서 뿜어지는 예리한 기운이 그물같이 사방을 촘촘히 얽으며 사지를 옥죄어 오고 있어도 혁련옹의 미소는 지워지지 않고 있었다.

천멸진. 초씨세가를 천하제일도세라 불리게 한 이십팔숙의 천멸진이 펼쳐지려 하고 있었다.

모르는 이가 보았다면 이십팔숙과 마주한 이가 천하의 흉명이 자자한 대마두라 생각할지도 모른다. 그마만큼 무림에 알려진 천멸진은 절대강자를 잡기 위한, 포획진(捕獲陣)의 성향이 강한 진이었으니, 만약 가주(家主) 초한상(楚寒霜)의 특별한 당부가 아니었다면, 절대 눈앞에 있는 오 척 단구의 노인을 잡기 위해 천멸진을 발동하는 일은 일어나지 않았을 것이다.

"자네는 아우님들과 함께 이곳으로 가게."

“예? 이곳은 낙남(洛南)이 아닙니까?”

“낙남이 맞네.”

“좀 전에 떠난 화산파의 사자는 혁련옹이란 자가 이곳 상주로 오고 있다 하지 않았습니까?”

“아닐세. 그는 이곳으로 오지 않네.”

“예? 어찌……?”

“좀 전 용사부(龍師父)가 다녀가며 나에게 그러더군. 그는 상주로 오지 않을 것이라고. 그가 이곳으로 오는 것처럼 행동하는 것은 단지 추적자들의 시선을 흐리기 위한 것뿐이라고 말이야.”

“그렇다면…….”

“그는 화산으로 가고 있네.”

초씨세가의 책사(策士)와도 같은 용사부가 한 말이라면 이십팔숙의 맏형인 그로서도 쉽사리 부정할 순 없다. 그마만큼 지략에 있어서는 초씨세가는 물론, 천하에서도 그 맞수를 찾기 어렵다 말할 수 있을 만큼 재주가 비상한 사람이었으니까.

“그렇다면 군이 저희가 나설 필요가 없지 않습니까?”

“아니지. 그래도 나서야만 하지.”

“그는 제 발로 화산으로 가고 있다 하지 않으셨습니까?”

“화산이… 혁련옹의 몸값으로 그것을 내놓았네.”

“예? 설마 그것이라면?”

“…그래. 초씨세가의 족쇄, 아니, 나 초한상의 족쇄를 풀어주기로 했네.

그러기 위해 그를 반드시 잡아야 하네. 나와 우리가 날아오르기 위해⋯⋯."

모든 논쟁은 그것으로 끝났다. 이제 화산파의 부탁이 아닌, 세가의 비상(飛翔)을 위해 반드시 그를 잡아야 한다. 자신과 이십팔숙, 초씨세가의 미래를 위해.

"천멸진의 발동을 허락하네."
"예? 천멸진까지야⋯⋯."
"만일을 위해서일세. 지난 수십 년간 그림자조차 밟혀본 적이 없다는 자이니 확실히 하는 것이 좋을 것이야."
"예."

"허허⋯ 초씨세가의 이십팔숙이 펼치는 천멸진(天滅陣)의 진세에 갇힌다면, 비조(飛鳥)가 아니라 승룡(昇龍)이라도 빠져나가지 못한다더니, 과연 명불허전이구먼."

혁련옹의 감탄사에 황보광의 상념은 깨어졌고, 눈앞의 노인이 혁련옹임을 확인한 이상 주저할 이유가 없었다.

"⋯같이 가주서야겠소."
"허허. 그보다는 나에게 물건이 있는지부터 확인해야 하는 것 아닌가?"

자신의 눈짓 한 번이면 온전한 시신조차 남기기 힘든 지경이라는 것을 아는지 모르는지, 허허로운 웃음을 지우지도 않으며 말을 걸어오는 혁련옹의 모습에, 오히려 쉽사리 대하지 못할 무엇인가를 느끼고 있는 이십팔숙의 첫째 벽력도(霹靂刀) 황보광(皇甫洸)이었다.

"우리의 임무는 당신을 화산으로 데려가는 것뿐이오."

"허허. 그래? 자신있는가?"

"……?!"

또다시 묻는다. 자신이 있느냐고. 들어줄 가치도 없고, 듣고 고민할 가치도 없는 말이다. 천하를 다 뒤져봐도 이십팔숙의 천멸진에 갇히고도 잡을 자신이 있느냐 물을 수 있는 자는 눈앞의 혁련옹이 전부일 듯싶다. 하지만 그럼에도 자신있다 말하지 못하는 것은 자신과 형제들이 발동한 천멸진을 의심하는 것이 아닌, 단지 뒤통수를 간질이는 어떤 느낌 때문이었다.

수많은 대결과 격전을 치러본 자에게만 찾아오는 그런 느낌. 사람이 가진 본능이 아닌, 무인만이 가질 수 있는 본능 같은 그 느낌. 분명한 위험 신호였다. 하지만……

"무인은 입으로 답하지 않는 법!"

황보광의 나직한 일갈을 신호로 둥근 원을 이루며 혁련옹을 감싸고 있던 이십팔숙의 기운이 빠르게 흐르기 시작했다.

네 명의 도객이 한발을 내딛고 사방(四方)을 점한 채 혁련옹의 발목을 붙잡고 있었고, 여덟 명의 도객이 건(乾), 태(兌), 이(離), 진(震), 손(巽), 감(坎), 간(艮), 곤(坤) 팔괘(八卦)의 여덟 자리를 점하듯 버티고 서서 사방(四方)의 자리에 있던 도객들의 등을 떠받치며 힘을 보태고 있었다.

열 명의 도객이 사방(四方)과 서북(西北), 서남(西南), 동북(東北), 동남(東南)의 사유(四維), 그리고 상하(上下)의 십방(十方)을 차단하듯 둥근 원진을 넓게 이루며 혁련웅이 빠져나갈 기회를 철저히 차단했고, 천멸진의 진세 밖에서 황보광과 함께 여섯 명의 도객이 진을 지휘하기 시작했다.

십방의 기운이 진(陣)으로 흘러 들어가 팔괘의 기운과 함께 천멸진이란 반구(半球) 안에 혁련웅을 가두어 버린 듯한 느낌을 주고 있었다. 혁련웅 역시 그런 기운의 흐름을 느낀 것인지 가만히 고개를 들어 머리 위를 천천히 둘러보는 시늉을 하였다.

"정녕 해볼 참인가?"

약간의 노기마저 느껴지는 혁련웅의 카랑하지만 낮게 깔리는 듯한 목소리에, 이십팔숙의 눈에는 분노보다도 안쓰러움이 스치고 있었다. 천멸진의 무서움을 모르는 자.

진법을 파훼하는 방법은 두 가지뿐이다. 생로를 찾아 진의 흐름을 끊고 나가거나 진법의 기운보다 강한 기운으로 단번에 깨버리는 것. 두 가지 모두 천멸진에는 해당 사항이 없다. 천멸진에 생로는 없다. 사방(四方) 모두 생로(生路)이며, 동시에 사로(死路)이다. 차륜으로 핍박하는 사방 중 어찌어찌하여 한 방위를 깨고 나간다 하여도 팔괘가 버티고 있다. 사방의 차륜에서 틈을 찾는다 하여도 팔괘와 사방의 사이의 틈도 없을뿐더러 팔괘 모두 사로이고, 팔괘를 받치는 십방 역시 생로가 없다. 끝없는 차륜이 지속될 뿐이다.

또한 스물여덟 명의 절정도객을 힘으로 깰 수 있는 자가 있다면, 그는 그 어떤 진으로도 잡을 수 없을 것이다. 이미 인간일 수 없기에.

소림의 백팔나한진이나 무당파의 칠성검진, 화산의 매화검진 역시 마찬가지. 천하에 위명이 자자한 검진의 가장 큰 특징은 완벽한 검진을 만들기 위해 피나는 연습을 하여 구성원 간의 호흡을 맞추어야 한다는 것과 어지간히 수련을 하지 않은 자는 발동 자체가 불가능할 만큼 진을 구성하는 개개인의 높은 무공을 요한다는 것이다.

열을 모아 백의 힘을 내는 것이 진의 묘용인 만큼 고수라 불리는 자들이 모여 펼치는 절진을 힘으로 감당할 자가 있다는 것 자체가 있을 수 없는 일이니, 스물여덟 명의 절정고수가 동원되는 천멸진을 힘으로 깨어버리는 것은 천상(天上) 신장(神將)이 현세(現世)한다 하여도 결코 쉽지 않은 일일 것이리라.

"빈틈없는 진세. 과연 천하에 손꼽히는 검진이라 할 만하군. 아니지, 도객들이 펼치니 도진인가?"

살갗이 따갑다 느껴질 정도로 강렬한 기세의 바람이 진 안에 휘몰아치고 있으련만 진의 중앙에 버티고 있는 혁련옹의 눈빛에서 긴장의 기색은 찾을 수 없었다. 더 이상 시간을 끌어봐야 얻을 것이 없다 판단한 황보광이 진을 변화시키려 할 때 천멸진의 기세를 뚫고 나온 한줄기 전음성이 그의 귓가를 울렸다.

"진을 풀게."

말도 안 되는 말. 다 잡은 고기를 고기가 놓아달란다 하여 놓아줄 수는 없는 일. 진 안에 갇힌 혁련옹의 말 따위는 그냥 무시해 버리고 진을 발동시켜야 한다 생각했다. 하지만 황보광은 그리하지 않았다. 급할 것도 없었을뿐더러, 혁련옹의 목소리에 섞인 각오가 예사롭지 않았기 때문이다.

"항복인가?"

"진을 풀지 않는다면 모두 죽일 수밖에 없네."

일고의 가치도 없는 협박. 누가 누구를 죽인단 말인가? 기가 차 헛웃음이라도 나와야 하겠지만, 어찌 된 일인지 그의 말에 귀를 기울이게 되는 황보광이었다.

"…이십팔숙이 그리 우습게 보이오?"

"글쎄. 천하에 초씨세가의 이십팔숙을 우습게 볼 자가 몇이나 될까. 하지만 학정홍(鶴頂紅)이라면 자네들보다 더한 자들이라도 우습게 볼 수 있을 듯한데……."

"…미친, 그런 물건이 있을 리가……."

"내가 누구라 생각하는 건가? 내가 바로 혁련옹일세……."

황보광의 머리가 빠르게 회전하기 시작했다. 도대체 저 늙은이의 말을 믿어야 하는가? 학정홍(鶴頂紅)이라니…….

학정홍(鶴頂紅). 극독 중의 극독이고, 해약없는 독으로도 유명한 독이다. 세간에서는 곤륜에 산다는 선학의 이마에 있는 작은 돌기에서 뽑아낸 독이라 알려져 있지만, 그것은 말 지어내길 좋아하는 사가들이 퍼뜨린 허무맹랑한 낭설일 뿐이다. 실제 학정홍을 가지고 있다 알려진 곳은 사천(四川) 당문(唐門)과 운남(雲南) 만독곡(萬毒谷) 단 두 곳뿐이고, 학정홍이 학령(鶴靈)이라는 이름의 국화에서 뽑아낸 독이라는 것은 무림에 어느 정도 식견이 있는 자라면 알고 있을 만한 것이었다.

천하에 단 두 곳만이 가지고 있다는 독을 자신이 가지고 있다 말한다면 코웃음을 쳐야 하겠지만, 그 말을 한 사람이 천하의 기보를 한 손에 움켜쥐고 있다는 혁련옹이었기에 황보광은 주춤할 수밖에 없었다.

"진 안에서 하독(下毒)한다면 당신도 무사하진 못할 터……."

"허허… 나야 살 만큼 살았으니 무엇이 아쉬울까. 거기다 천하의 이십팔숙이 동행해 준다면야 저승길이 외롭진 않을 터……. 그리 손해 본다는 마음은 들지 않는구먼. 그리고 안될 말이지만, 내가 죽을 일은 없을 것이네."

늙은 생강이 맵다더니 과연 무림에서 수십 년간 그림자도 밟힌 적 없다는 혁련웅이었다. 그러나 무작정 진을 열어놓아 줄 수도 없는 일. 그냥 손을 털고 일어나기엔 뿌리칠 수 없는 조건이 혁련웅의 목에 걸려 있었다.

'반드시 잡아야 하네……. 우리가… 날아오르기 위해…….'

하지만 황보광의 고민도 잠시. 진 안에서 들려온 혁련웅의 목소리에 결국 천하절진이라는 천멸진이 개진(開陣)도 못한 채 거두어지고 말았다.

"믿지 못하겠다면 하는 수 없지."

혁련웅의 두 손이 품 안으로 들어갔고, 그 모습을 빤히 보고 있었음에도 섣불리 명령을 내리지 못한 황보광이었다. 물론 막을 순 있었다. 하나 죽어버린 혁련웅은 아무런 가치가 없었으니, 발만 동동 구를 뿐이었다.

품에서 나온 혁련웅의 두 손엔 서로 다른 두 가지의 물건이 들려 있었다.

혁련웅의 오른손에 들린 검은 자기 병 안에 무엇이 들었는지는 알 도리가 없었지만, 그의 왼손에 들린 하얀 옥과 같이 생긴 작은 막대가 무엇인지는 황보광도 익히 알고 있었다.

'피독주…….'

피독주라 하면 으레 구슬을 생각하곤 하지만 지금 혁련웅의 손에 들린 하얀 막대야말로 강호에서 최상으로 치는 피독주 중의 피독주였다. 막대 모양으로 피독주를 만드는 문파는 천하에 오직 한곳뿐이다.

사천의 당문.

천 가지 암기[千手]와 만 가지 독[萬毒]의 종가(宗家)이며, 의가로서도 천하에서 손꼽히는 오백 년 전통의 무림세가. 마음먹어 죽이지 못할 자가 없고, 마음먹어 살리지 못할 자가 없다는 독술과 의술의 양검을 한 손에 움켜쥔 천하제일세가. 그런 당문에서 만들어지는 피독주의 모양이, 지금 혁련옹이 들고 있는 것과 같은 작은 막대 모양이었다. 게다가 백옥과 같은 하얀색인 것을 보니, 최상품의 피독주가 틀림없었다. 피독주와 학정홍이 만났을 때의 결과는 알 수 없었지만, 맨몸으로 부딪쳐야 할 자신들보다야 나을 것이 분명했다.

"이놈을 구하기 위해 꽤 비싼 값을 치렀지. 하지만 자네들과 이렇게 있으니 그 값이 결코 과한 것이 아니었다는 생각이 드는구면."

"당신 손에 들린 것이 당문의 피독주인지, 극독이라는 학정홍인지 무엇으로 증명할 텐가?"

"허허. 천하의 이십팔숙이 목숨을 걸어야 할 때가 오늘인가?"

황보광은 어금니를 깨물었다. 차라리 혁련옹의 목을 베는 일이었다면, 아무 문제 될 것이 없었다. 몇몇이 학정홍에 희생당할 수도, 아니, 이십팔숙 전원이 목숨을 내놓아야 한다 하여도 황보광은 주저없이 진을 발동시켜 버렸을 것이다. 하지만 어쩌랴. 화산이 원하는 것은 살아 있는 혁련옹이지, 굳게 다문 입술이 영원히 떨어지지 않을 주검은 아니었으니. 더군다나 생각지도 못했던 당문의 피독주까지 가지고 있으니, 칼자루가 혁련옹에게 넘어간 것을 인정해야만 했다.

이십팔숙의 천멸진 최초의 패배였고, 진을 발동조차 하지 못한 최악의 패배였다.

하지만 다 잡은 고기를 놓쳤다는 현실에 분노할 새도 없이 황당함과 어이없음을 느끼며 혁련옹의 뒤를 따르게 된 이십팔숙이었다.

"어서 안 오고 뭐 하나? 자네들 나를 쫓는 길 아니었나? 말동무 정도라도 해준다면야 화산까지 같이 가도 되겠지만……."

나무 토막 하나도 베지 못한 채 뽑았던 도를 다시 도갑(刀匣)에 넣어야 했던 이십팔숙은 떫은 감을 씹은 표정을 하면서도, 성큼성큼 앞서가는 혁련옹의 뒤를 따를 수밖에 없었다.

수십 년간 추적당하여 잡혀본 적이 없다는 혁련옹이 너무 쉽게 자신들의 앞에 나타난 것을 이상히 여길 틈도 없이, 자신들이 펼친 천멸진에 아무런 대비도 하지 않고 갇혀 버린 것이 수상하다 여길 틈도 없이…….

그렇게 혁련옹은 이십팔숙이라는 천하제일의 보표들을 거느리고 화산을 향해 걸음을 옮기고 있었다.

*   *   *

"외인(外人)의 침입?"

내실에서 외마디 신음이 들린 것은 남천궁의 청상 진인이 상청궁에 들고 얼마 지나지 않아서였다.

"예. 확인된 인원은 대략 십여 명 내외라 하더이다만, 그보다 더 할 수도 있다 봐야지요."

"음… 하필이면 이런 때에……."

기별도 없이 찾아온 남천궁파 청상 진인이 들려준 외인의 침입 소식은 화산을 대표하는 천주궁파의 장문인인 매화검선 옥현 진인의 이마에 작은 골을 내고 있었다.

화산이란 곳이 천하에 그 문호를 개방하고 있는 도문이기에 외인의 잦은 출입은 그다지 이상스러운 일은 아니다. 하지만 화산을 찾는 이가 길이 아닌 산으로 숨어들었다면 그 의도가 좋지 않은 것임은 삼척동자라도 짐작할 수 있는 것이었다.

"허어, 거참. 그래, 그게 언제였답니까?"

"제자의 말로는 어제 야음을 틈타 산을 오르는 것을 보았다 합니다. 하지만 아직 그들의 움직임이 우리 화산파의 경계라 할 수 있는 오부 능선을 넘지도 않았고, 또 그 인원이 얼마 되지 않는지라 감시만을 명해 놓고 이렇게 찾아온 것입니다."

당연한 일이었다. 화산에서 일어나는 대소사는 거의 전부 천주궁파가 주도한다 하여도 과언이 아니었다. 더군다나 외인의 침입과 같이 험한 일이라면 더 더욱 여인들로만 구성된 남천궁파가 나서서 처리할 문제가 아니었다.

"감히 화산파를 제집 드나들듯 할 수 있다 여기는 자가 있다니. 알았소. 아무래도 인원의 공백이 생기니 경계에 소홀함이 있었던 모양이오. 이번 일은 다른 장로들과 상의하여 당장 처리하겠소. 중요한 사실을 알려주어 고맙소이다, 청상 도우."

"…별말씀을. 그럼."

옥현 진인의 대답을 들은 청상 진인은 조용히 고개를 숙여 보이곤 곧 자리에서 일어섰다.

일어서던 청상 진인의 입에서 작은 한숨이 새어 나오는 것도 눈치 채지 못할 만큼 경황이 없었던 것은 아니나, 그녀가 흘린 한숨의 의미를 알고 있었기에 옥현 진인은 말없이 마주 고개 숙여 내실을 나가는 청상 진인을 배웅할 뿐이었다.

'답답도 하겠지요. 남천문파라면 명색이 화산을 지탱하는 삼대교파의 하나……. 하나 화산에서 여인들이 할 일은 그리 많지 않다오.'

옥현 진인의 독백이 청상 진인에게 가 닿을 리 없었지만, 청상 진인의 어지러운 심사는 옥현 진인의 마음과 별반 다르질 않았다.

'처음 남천문의 장문이 되었을 때… 남천문파를 화산의 중심에 세우겠노라 했던 다짐이 아직 생생하건만… 이만하면 되었다 싶어도, 돌아보면 볼수록 갈 길이 멀기만 하구나…….'

남천궁파는 대대로 여인만을 제자로 삼아온 교파다. 한때는 황실의 여인들 중에서도 남천궁파의 지도를 받은 이가 적지 않았을 정도로 그 위세가 대단하였던 적도 있었다. 하나 법기보다 병기로서의 검을 택한 화산의 변화를 따라잡기엔 역부족이었다.

화산은 구대문파라는 위명을 이어가기 위해 법술과 도력으로 이름난 남천궁파 대신 양생과 무공으로 천하에 이름 높은 천주궁파를 선택하였다. 그리고 화산의 선택을 뒤집기 위해 남천궁파와 청상 진인이 가야 할 길은 멀고도 험한 길이었다.

길의 험함을 알고 있으니 보다 쉬운 길을 찾게 되는 것은 인지상정.

그녀의 고민을 달래는 작은 바람 하나가 빗장이 느슨해진 마음 한구석을 비집고 있었다.

'만약… 자하신공만 얻을 수 있다면…….'

상청궁을 나서는 청상 진인의 무거운 발걸음에 채인 작은 욕심 하나가 조용히 싹을 틔우고 있었다.

*　　　　*　　　　*

"괜찮으시겠습니까?"

"안 괜찮을 건 또 뭔가?"

제법 따사로운 햇볕이 연화봉 끄트머리에 걸린 정오의 화산. 석로를 따라 길을 걷는 철웅과 장 의원이 말을 주고받고 있었고, 소아와 소소가 그 뒤를 따르고 있었다.

"그래도 놓고 온 짐이 꽤 많을 것인데……."

"그 상현자란 양반에게 물었더니 연화봉의 오부능선 위쪽만 아니라면, 화산의 어디라도 집을 짓든 굴을 파든 아무도 상관치 않을 것이라 하더군. 거기다 시간이 조금만 더 흐른다면 누군가 우리 짐에 집적거릴지도 모르는 일이고……."

급하게 화산으로 몸을 옮긴 까닭에 화음에서 구입한 물건은 물론 어지간한 여장들까지 모두 객잔에 맡기고 온 일행이었다. 이것저것 합하면 양도 많을뿐더러 장 의원의 짐 중에는 의서나 약재 등 제법 값 나가는 물건도 여럿 있어 영 마음이 개운치 못했던 모양이었다.

저자에서의 싸움은 물론 철웅 일행이 화산파의 사람들과 동행한 것을 본 화음 사람이 태반이었고, 화음 땅에서 화산파와 연관된 사람들의 짐을 어찌하려는 간 큰 사람이 생각보다 많지 않음을 장 의원이 알 리가 없었다.

"그렇다고 병자인 자네를 데려갈 수도 없는 노릇이고, 소아와 둘이서 쉬엄쉬엄 다녀와야지. 정히 안 되면 돈을 주고 사람을 부려도 되고, 어쨌든 자네가 그리 걱정할 일이 아니니 그 인상 좀 펴게."

"허허. 제가 무슨 인상을……."

"에이, 짐 걱정이 다가 아니실 텐데… 더 이상 풀뿌리는 죽어도 못 먹겠다고 한 사람이 누구더라?"

조용히 뒤따르던 소아의 한마디에 장 의원의 어깨가 움찔하였다. 철웅이 고개 돌려 소아를 바라보니 먼산을 바라보는 눈길에 장난기가 가득 들어차 있었다.

"이, 이 녀석아, 누가 무슨 말을 했다고 그리는 것이냐?!"

"장 대인, 장 의원님 말씀에 속지 마세요. 사실은 고기가 먹고 싶어서 저리 서두르시는 것이니……."

"너, 너 지금 무슨 소리를… 허험."

소아의 말에 발끈한 장 의원이었지만, 자신을 바라보며 웃고 있는 철웅의 눈과 마주치자 무안한 듯 헛기침을 하며 먼산으로 시선을 돌려 버리고 말았다.

"허허. 안 그래도 입이 좀 궁금하던 참인데 잘되었군요. 오시는 길에 고기는 좀 그렇고, 지마병(芝麻餅:채소와 곡물로만 만든 만두의 일종)이나 당호로(糖胡蘆:짚 꾸러미. 설탕에 조린 과일을 꼬치에 꿰어 파는 경과(京菓)류를 말함)라도 좀 사다 주십시오."

"허허, 그렇지? 알았네. 내 잊지 않고 꼭 사옴세."

마음 좋은 의제가 맞장구를 쳐주니 넉살 좋은 웃음이 절로 지어지는 장 의원이었다. 듣고 있던 소아가 입을 삐죽 내밀어보았지만, 화산의 벽곡이 입에 맞지 않는 것은 매한가지였는지라 나왔던 입술은 금세 들어가 버렸다.

화산파의 도인들은 육식을 하지 않는다. 간혹 육류를 마다하지 않는 교파도 있었지만, 대부분의 도인은 화기(火氣)가 몸 안에 침투하는 것을 철저히 금하였기에 채식이나 벽곡으로 끼니를 해결하였다.

화산의 벽곡은 더덕, 마(麻)와 같은 약초와 사과, 대추 같은 과실을 솥에 쪄서 만든다. 몇몇 교파에서는 벽곡단이라 하여 비전의 방법으로 약재를 배합하여 경단으로 만들기도 하는데, 한 알의 벽곡단으로 하루의 끼니를 해결할 수 있다 하니 참으로 놀라운 일이었다. 물론 하루에 두 끼니, 그것도 일반인보다 훨씬 적은 양만으로 연명을 하는 도인들이니 일반인이 복용한다면 어떨지 모르는 일이었지만……

이런 저런 이야기를 나누다 보니 어느덧 화산의 산문에 가까워진 일행이었고, 짧은 이별을 하기 위해 산문 앞에서 걸음을 멈추었다.

"그럼, 조심해서 다녀오십시오."

"자네도 몸조리 잘하게. 내가 보기에도 자네의 회복이 참으로 빠른 편이라 큰 걱정은 안 하겠네만……"

"화산을 내려갔다 오는 일도 수고스러운 일입니다. 조심해서 다녀오십시오."

"허허. 알았네. 아마 내일 이맘때쯤이면 올라올 수 있지 않을까 싶네. 나도 나이가 들어 그런지 힘든 일은 피하고 싶네. 가능하면 사람을 써서 짐을 올릴 것이니 너무 심려 말게나."

"꼭, 그렇게 하십시오."

"그래. 그럼 다녀옴세."

"너도 잘 다녀오너라. 형님 좀 잘 보살펴 드리고."

"예, 대인. 저만 믿으십시오. 장 의원님은 제가 잘 보살펴 드릴 테
니."

"맹랑한 놈. 내가 너를 보살펴야지 네가 나를 보살피려 드느냐?"

"뭐, 그렇다는 거지요. 헤헤."

"하하하."

아는 체를 하는 어느 화산제자의 인사에 답례를 하고 산문을 나서
는 장 의원과 소아가 보이지 않을 때까지 철웅은 산문을 떠나지 않았
다.

조그만 점이 되기도 전, 눈이 내려앉은 나뭇가지들 사이로 장 의원
과 소아의 모습이 사라져 버리자 그제야 소소의 손을 잡고 내려왔던
길을 오르는 철웅이었다. 하지만 몸을 돌려 몇 발자국 떼기도 전, 철웅
은 걸음을 멈추고 석로를 내려오는 한 사람을 바라보며 인상을 굳히고
있었다.

석로를 따라 산문을 향해 걸음을 옮기고 있던 그자의 모습이 가까워
질수록, 다가오는 자의 걸음에 맞추어 어깨의 통증이 따라 울리는 것
같다 느끼는 철웅이었다.

철웅과 삼 장 거리를 남짓하고 걸음을 멈춘 사내의 눈에 이채가 떠
올랐다. 그리고 조용히 입을 여는 사내였다.

"어깨는 괜찮소이까?"

철웅과 마주 선 사내, 화산은 그를 운엽이라 불렀다.

*   *   *

"너무 가까운 것 아닙니까?"

"뭐가?"

"저것 말입니다."

흡사 나무가 말을 한 것이 아닐까 착각이 들 정도로 사내들의 은신은 완벽했다. 별다른 위장을 하거나 특별한 기술을 사용한 것도 아닌데, 신경을 곤두세우고 유심히 살피지 않는다면 그곳에 사람이 있다는 것을 알아채기가 쉽지 않을 듯했다.

수백 년은 족히 된 듯한 커다란 고목의 나무 둥치 어림에 있던 작은 웅덩이 속에 몸을 웅크리고 있는 두 사람. 머리까지 가린 채 그들의 어깨에 덮인 하얀 장포 여기저기에 회색의 무엇인가가 점점이 칠해져 있어 교묘하게 쌓여 있는 눈과 그 주변의 사물들 사이에서 쉽게 찾을 수가 없었다.

두 사람 중 한 사람이 손가락을 들어 십여 장 정도 떨어진 어느 나무를 가리켰다.

"나도 알아. 여기가 화산의 경계와 그다지 멀지 않은 곳이란 걸."

사내가 가리킨 나무에 묶여 있는 붉은 표찰. 자신들이 은잠한 곳에서 불과 사오 장 정도밖에 떨어져 있지 않은 나무에 매달려 있던, 화산의 영역임을 알리고 있는 붉은 표식은 보지도 않은 채, 옆에 있던 다른 사내가 고개도 들지 않고 말을 잘랐다.

"지금은 화산 인원 대부분이 섬서 전역으로 흩어져 있어 경비도 예전만 못하다. 뭐, 온전한 상태였다 하더라도 일 년 내내 인적이 없을 이런 계곡에까지 신경을 쓰진 않았겠지만……."

"그래도……."

"야, 사오(四五). 너는 다 좋은데 너무 소심한 게 탈이야. 화산의 말코들이 이곳까지 찾아올 일도 없을뿐더러, 온다손 치더라도 그들이 우리를 발견할 일 따위는 없을 테니 걱정 따윈 집어치워라."

소심한 동료에게 핀잔을 주면서도 혹시 누가 들을까 그리 큰 소리를 내진 못하는 사내였다. 핀잔을 받은 사오란 사내는 툴툴거리는 표정을 지으면서도 연신 눈을 굴려 주위를 살피는 소심함을 잃지 않았다.

런의 십이외당(十二外堂) 중 추적을 전문으로 하는 막야당(莫野堂) 야조(野鳥)에 편성된 지 이제 겨우 두 달째. 배운 무공이라곤 도장에서 배운 권각술 몇 가지와 제법 쓸 만하긴 하지만 연원도 모른 채 주워 배운 경공뿐. 스물다섯이 될 때까지 무림에서 변변한 무명 한번 날리지 못했던 그가 은자 열닷 냥이라는 거액의 보수를 손에 쥐었을 때, 런을 위해서라면 지옥불이라도 뛰어 들어갈 수 있겠다 싶었다.

지난 두 달간, 제법 고된 생활을 하긴 하였지만 그가 속한 런과 그의 동료들을 바라보며 무언가에 두려움을 느끼거나 쫓긴다는 생각은 해본 적이 없었다. 하지만 지금은 얘기가 달라졌다.

화산파. 처음 자신의 직속 상관인 야령주의 명을 들었을 때는 자신의 귀를 의심했었다. 그리고 차가운 눈에 뒤덮인 화산에 납작 엎드려 몸을 숨기고 있는 자신을 자각했을 때, 그는 런에 들어온 후 처음으로 막연하나마 두려움을 느끼고 있었다.

"일삼(一三)… 안 무서워요?"

"뭐?"

"여기는 화산파란 말입니다. 일삼은 어떤지 몰라도… 전……."

"휴… 사오야. 너 올해 나이가 몇이라 했지?"

"서른셋입니다……."

"풋! 장난치지 말고, 진짜 나이."

련의 선배인 일삼이 웃으며 물어보자 자신도 모르게 마음이 흔들림을 느꼈다.

"스물… 다섯이요."

"그래. 그 정도 되는 줄 알았다. 나는 올해 마흔하나다. 진짜 나이가 마흔하나다. 내가 련에 처음 들어왔을 때가 딱 너만한 나이였었지. 련에서 십오 년을 지내면서 참 많은 일을 했다. 너도 조금은 알겠지만, 우리 련은 무림에서 아직 그 존재를 아는 자가 없다. 우리가 행사를 하여도 우리 이름을 내걸고 행사를 한 적은 단 한 번도 없지. 나 역시 련에서 내세우는 다른 방파의 이름으로 활동한 것이 대부분이었으니까. 그중에는… 재수없게도 구파의 인물들과 싸워야 했던 적도 몇 번 있다."

"예? 정말요?"

"조금 되긴 했지만 몇 해 전에 화산의 매화검수와 싸워본 적이 있다."

"헉! 매화검수."

"그래, 매화검수. 결과가 어땠을 것 같으냐?"

“뭐, 당연히······.”

소심한 마음에 이기지 못했을 거란 말을 차마 꺼내지 못하는 사오를 보고는 피식 웃은 일삼이 이야기를 이어갔다.

“그래, 한 십여 초 겨뤄보니까 실력을 알겠더라. 정말 무서운 검이지. 우리 야조들의 주특기인 경공이 아니었다면 살아서 도망치기 힘들었을 거야.”

“그렇겠죠······.”

“무섭지 않느냐고? 당연히 무섭지. 무서운 놈들이 사는 곳 앞마당에 숨어 있는데 당연히 무섭지. 하지만······.”

“······?”

“너나 나 같은 하급 무사들에게는 무서워해도 된다는 명령 같은 것은 떨어지지 않아. 시키면 시키는 대로 죽으라면 죽는 시늉이라도 해야지. 그러라고 그 비싼 돈을 들여 우리를 고용한 거 아닌가······.”

“······.”

“그래도 우리는 나은 편 아닌가? 잽싸게 달아날 튼튼한 두 다리라도 있으니. 허허.”

“···예.”

“그리고 우리 야조들도 믿는 구석이 있지 않느냐?”

“십조들 말입니까?”

“그래. 그놈들이 있으니 쉽게 칼밥 먹을 일은 없을 거야. 오십 마리 야조 중에 앞에 선 열 마리의 야조는 맹금(猛禽)이니까.”

사오라 불린 청년의 머리 속에는 열 명의 야조가 떠오르고 있었다. 오십 명이 모인 야조. 사십 명의 야조가 뛰어난 경공술과 추적, 은잠술

등으로 선택된 자들이라면, 일조(一鳥)부터 십조(十鳥)라 불리는 열 명의 야조는 다른 사십 명의 야조를 지키는 호위병과 같은 존재였다.

그들을 생각하니 조금은 마음이 놓이는 사오였다. 진짜 매화검수가 찾아온다 하더라도 그들이라면……

한줄기 삭풍이 목덜미를 훑고 지나가자 웅크리고 있던 두 사람은 고개를 움츠리며 나누던 대화를 멈추었다. 은잠 중에 대화를 나누는 것은 분명 해서는 안 되는 일이었지만 아무도 없는, 앞으로도 아무도 찾지 않을 것 같은 외진 곳이었기에 잠시 마음을 풀어놓았던 것이었지만, 그래도 은잠은 은잠인지라 더 이상의 대화는 이어지지 않았다.

그들의 대화를 듣고 있던 삭풍도 더 이상 들을 것이 없다는 듯 그들을 스쳐 다른 곳으로 날아가고 있었건만 무엇을 더 들으려는 것인지, 그들의 등 뒤로 얼마 떨어지지 않은 나무 뒤에 서 있던 검은 면사의 그녀는 움직일 줄을 몰랐다.

*　　　*　　　*

유난히도 잠을 이루지 못하던 소소를 겨우 재웠다. 몸에 찬바람이 들었는지 미열이 나는 듯도 하였지만, 새근거리며 잠든 모습을 보니 한잠 푹 자고 나면 괜찮을 듯도 싶었다. 잠든 소소를 한참이나 더 토닥여 준 후에야 방으로 돌아와 습관처럼 창을 열어 고개를 내밀고, 밤하늘 외롭게 떠 있던 만월이 그려논 화산의 야경을 말없이 바라보고 있었다.

"어깨는 괜찮소이까?"

겨우 능선이나 구분 지을 수 있을까. 더하고 덜하고의 차이일 뿐, 어디 보나 암흑 천지인 화산을 바라보던 철웅의 귓가로 한 가닥 목소리가 실려오는 듯했다.

'훗, 매화검수… 운엽이라 하였던가?

의형을 배웅하고 돌아서던 그의 앞에 나타난 매화검수. 운엽이란 이름도 알고, 화산의 매화검수라는 것도 알지만 그보다는 자신의 어깨에 그다지 자랑스럽지 못한 흉터 하나를 새긴 자라는 것이 먼저 기억에 남은 자였다.

승패를 떠나 몸에 상처를 입고 피를 흘린다는 것은, 복마전 같은 전장을 누비며 수십 번도 더 그런 경험을 하였던 철웅에게 있어서도 그다지 유쾌한 일은 아니었으니, 자신에 몸에 새겨진 수십 개의 상처 중에서도 제법 큰 축에 속할 것이 분명한 어깨의 흉터를 남긴 자를 어찌 잊을 수 있겠는가.

자신에게 상처 입힌 자를 살려준 적이 없었던 철웅이기에 더 더욱 그러할 것이고.

'그래도 뜻밖이었다. 승자의 기세는 여전하였으나 나를 염려하듯 던진 말은 진심. 무림인이란 족속들은 모두 그런 것인가?

색다른 경험이었다. 피 끓는 전장만을 누빈 철웅에게 있어 안부를 물어줄 적 따위가 존재할 리 없었으니까.

고사를 보면 서로를 인정한 지기(知己) 같은 적도 있다 하더라만, 삼십 년을 전장에서 살아온 철웅이었지만 아직까지 그런 복이 찾아왔던 적은 없다. 이번에 죽이지 못하면, 다음에 만날 땐 기필코 없앤다. 그것이 적으로 간주된 인간을 대하는 법이었고, 창검이 번득이는 전장에서 살아남는 법이었다.

그런데 이자는 자신이 휘두른 칼에 어깨가 잘릴 뻔한 자신을 보고 걱정을 하고 있었다. 동정 같기도 하고, 승자의 아량을 베풀어보려 하는 것 같기도 하였지만, 그보다는 진심으로 걱정스러워하는 마음이 조금은 더 큰 듯 보였다.

'도인이라 이건가?'

화산파의 도인들은 수련이 오래면 마음도 넓어져 도량이라는 것이 대해와 같아진다 하지만 지나가는 말로 사문 욕 좀 보았기로서니 백주 대낮에 칼을 휘두른 자의 도량이 대해와 같다 말하면 지나가던 개가 웃을 일이니, 도인이라 특별히 사람을 위하는 마음이 커서 그런 것 같지도 않았다.

'결국… 무림인이란 말인데…….'

객잔에 앉아 사람들이 나누는 이야기 속에서도 그렇고, 가끔씩 의형이 들려주던 무림의 이야기를 들었을 때도 그랬다.

한 자루 칼에 생을 의지하며 사는 자들. 자신이 협객(俠客)이라 불리길 좋아하고, 대의(大義)를 위해 희생하기를 꺼리지 않고, 강함을 얻기 위해서라면 어떠한 고난도 마다하지 않는 자들.

서로의 강함을 비교하기 위해 목숨을 건 대결이라 하여도 흔쾌히 치루는 자들.

대결 와중에서도 서로의 마음을 검으로 읽는다 말하고, 서로를 인정하면 상대의 성취를 칭송하며 사흘 밤낮을 술로 지새우며 교분을 나누는 자들.

그러다가도 상대의 칼에 크게 다치거나 죽기라도 하는 날에는 대(代)에 대(代)를 이어서라도 복수의 칼을 놓지 않는 그런 자들.

생각해 보니 그리 많진 않았지만 자신이 겪어본 무림의 사람들도 가지각색이었다. 의(義)를 위해 마을을 습격한 산적들에게 맞선 이철성, 막고위 사형제들 같은 사람들이 있는가 하면, 자신이 원하는 바를 얻기 위해 함부로 힘을 부리던 하월루의 흑주문 무사들 같은 자들도 있었다.

스치는 인연이라 하여도 마음이 통하는 자에게 선뜻 술 한 잔을 건네는 혁련옹 같은 사람도 있고, 사문의 명예, 자신의 명예를 위해 검을 드는 운엽 같은 자도 있었다. 어찌 무림이란 테두리에서 모든 이를 짜 맞추어 평할 수 있을까.

'따지고 보면 그러하지 않은 자가 세상에 어디 있을까? 자신이 하는 일에 떳떳하길 바라고, 원하는 것을 얻기 위해 최선을 다하고, 좋은 경쟁자를 만나는 것을 반기고, 어제의 적이 오늘의 친구가 되는 일 역시 비일비재한 일……. 무림인이라 부르는 자들도 백인(百人) 중에 일인(一人)이고, 백색(百色) 중에 일색(一色)일 뿐. 그래, 그도 행동에는 떳떳하다 하여도 결과에는 사람의 도리로서 미안해하는 것일 게다. 어찌 그 마음을 탓할 수 있을까.'

철웅은 자신이 생각한 무림에 대해 이해하고 있었고, 수긍하고 있었다. 그리고 세상의 일부분으로 살아가는 그런 자들의 모습을 보고 있자니 자신의 모습이 그들의 모습에 투영되고 있음을 느꼈다.

'너는 무엇이냐? 이제 더 이상 갑주(甲冑)를 입고 마상(馬上)에서 대군을 호령하던 너란 존재는 없다. 네가 모든 것에서 잊혀지기를 원했던 그 순간, 너는 사라졌다. 너에게 남은 것이라곤 수십, 수백의 목을 베고도 웃을 수 있는 혈향(血香)의 저주와 수천의 피를 머금은 장창(長槍) 한 자루가 전부이다. 네가 그것마저도 잊을 수 있을까? 정말 그 모든 것을 잊고 밭을 일굴 수 있겠느냐? 약초를 캘 수 있겠느냐? 이제 무림이라는 너와 어울릴 듯한 세계를 알게 되었으니 마음이 흔들리느냐? 무림인이라는 자들과도 능히 맞설 수 있는 힘이 있으나 그 힘만으로 너를 무림인이라 부를 수 있느냐?

그의 고민은 쉽사리 동요를 멈추질 않았다. 청수곡을 찾을 때만 하더라도 이런 마음이 들어 자신을 괴롭힐 것이라고는 상상도 하지 못하였건만……. 그저 벽촌의 촌민으로 조용히 살아가면 모든 것이 자연스레 흘러갈 듯하였건만 청수곡을 찾은 이후 무엇 하나 마음먹은 대로 되는 일이 없는 것 같았다.

그는 달아나고 싶었다. 죽고 죽이는 전장에서 피와 살이 튀던 그곳에서… 지치고 피곤한 몸을 달래고 싶어 청수곡을 찾았다. 세상을 찾았었다. 자신을 위하는 의형도 만났고, 언제까지인지는 모르지만 아끼고 보살펴야 할 소소라는 아이도 생겼다. 모든 것이 그가 원하던 것과 닮아가는 듯하였다.

하지만 그것이 전부가 아니었다. 하늘이 무심한 것인지 그가 원치 않았던 방향으로 그는 향하고 있었다. 어쩌면… 그의 내심에서는 그것을 원했는지도 모른다. 익숙했던 그 생활을… 그리워하고 있었는지도 모른다.

갈등하고 번민하는 자신을 바라보면 볼수록 가슴은 터질 듯 답답해지고, 목은 타는 듯 메말라 갔다. 미련일 수도 있고, 욕심일 수도 있다. 산천에 파묻혀 여생(餘生)을 보내고자 한 다짐은 그렇게 조금씩 흔들리고 있었다.

타다 남은 모닥불의 마지막 불꽃처럼 끈질기게 불씨를 놓지 않는 추잡한 욕심이 자신에게 남아 있다는 것을 느끼는 순간, 그의 기억 저편에서 한 노인의 목소리가 들리는 듯하였다.

"무림이란 그런 것이네……."

아무 말 없이 왼쪽 어깨를 쓰다듬어 보던 철웅의 시선이 허공으로 향했고, 야공에 걸려 있던 만월이 그런 철웅을 말없이 마주 보고 있었다.

                    *   *   *

연화봉의 거체를 넘지 못한 만월의 기운이, 거대한 어둠의 장막으로 화해 연화봉의 서쪽 능선을 뒤덮고 있었다. 발밑에 걸리는 것이 흙인지 눈인지조차 분간할 수 없을 정도로 사위는 어두웠고, 울창한 숲이 우거진 서쪽 능선은 그 어둠에 걸맞는 적막함을 품고 있었다.

삭풍의 찬 기운이 도를 지나친 것인지, 작은 들짐승의 부스럭거림이나 날짐승의 퍼덕임조차 들리질 않는 기괴한 침묵이, 연화봉 중턱에 넓게 퍼져 있던 스산한 분위기를 한껏 고조시키고 있었다.

숲의 침묵이 깨어진 것은 한껏 부풀어 오른 만월이 힘겹게 연화봉의 봉우리를 타 넘던 그때였다.

들릴 듯 말 듯한 사박거리는 소리가 잠자던 숲을 깨웠고, 잠이 덜 깨뒤척이는 듯한 작은 움직임이 찾아온 발걸음을 맞이하고 있었다.

"이칠(二七)입니다."

달빛이라도 환히 비춘다면 사내가 걸어온 길에서 어떤 흔적을 찾아낼 수도 있겠지만, 이대로만 삭풍이 불어준다면 바람에 휩쓸린 눈발에 한 식경도 지나지 않아 그런 흔적 따윈 사라지고 말 것이다.

이칠의 등장에 반응하여 작은 소란이 일어났던 숲의 한쪽에서 문을 열고 나오는 듯 몇 명의 사내들이 모습을 드러내었다.

"혁련옹을 찾았습니다."

"그래?! 어디냐?"

"화음으로 들어섰습니다. 그런데……."

"……?"

"…꼬리가 있습니다."

"꼬리?"

"이십팔숙입니다. 초씨세가의……."

"뭐? 이런 제길!"

야령주의 인상이 복면 속에서 구겨져 버렸다. 자신들이 화산으로 잠입한 것이 어제 새벽. 일단 잠입에 성공하여 연화봉의 진입로를 확인하고, 혁련옹을 납치할 만한 장소 등을 선정하느라 하루를 소비해 버렸다. 그리고 대강의 계획이 짜여진 후 몇몇을 내려 보내어 혁련옹의 출현을 감지하도록 지시했었다. 그런데……

'젠장. 혁련옹, 너무 빨리 화산에 당도하였다. 아직 준비가 완전하지 않은데. 거기다 이십팔숙이라니? 도대체 혁련옹과 그들이 무슨 관계가 있기에 함께 행동한단 말인가?'

한 번 좁혀진 야령주의 이마는 좀처럼 펴질 생각을 하지 않고 있었다. 자신들은 오십, 그들은 스물여덟, 수적으론 분명 자신들이 우세하다. 하지만 이십팔숙이라는 이름은 감히 스물여덟 명의 무사란 말로 셈할 수 있는 그런 존재들이 아니었다.

'승산이 없다. 십조와 내가 모두 상대한다 하여도 역부족. 소문이 맞다면 이십팔숙 하나를 상대하기 위해 십조 중 두셋은 합공을 해야 평수를 이룰 수 있을까? 젠장.'

"본련으로 보낸 전서의 회신은?"

"아직……."

'후… 혁련옹이 화음에 들어섰다면 저자에서 지체하지는 않을 것이다. 내일 날이 밝으면 바로 올라오겠지. 본련으로 보낸 전서가 아무리 빨리 도착한다 하여도 잘해야 오늘 오전에야 도착하였을까? 게다가 전서에는 이십팔숙에 관한 내용 같은 것은 적지 않았으니 얼마의 응원이 오게 될지도 알 수가 없다. 시간도 문제고, 인원도 문제구나……'

야령주의 머리는 분주히 돌아가고 있었다. 물론 철수(撤收) 따위는 계획 안에 넣지도 않았다. 어떻게 하면 이십팔숙을 따돌리고 혁련옹을 잡을 수 있을까만이 그의 머리 속을 헤집고 있는 생각의 전부였다.

"이호, 덫을 놓아야겠다."

"함정 말씀이십니까?"

"그래."

야령주의 명(命)에 야령주만큼이나 이마에 골이 잡히는 이호였다. 물론 지금 상황에서 그들을 상대하자면 함정 외에는 도리가 없어 보이긴 하였다. 하지만 자신들은 군인이 아닌 무림인이었다. 사람을 잡는 함정 따위는 만들어본 일도 없었을뿐더러 어찌어찌 만든다 하여도 상대는 천하의 이십팔숙이었다. 급조된 함정 따위로 그들의 몸에 생채기 하나라도 낼 수 있을지는 의문이었다.

"함정 따윈 필요없네."

느닷없이 들린 나직한 목소리에 야령주와 이호는 화들짝 놀라 부러질 것처럼 급히 목을 꺾었다.

그들이 은잠하고 있던 숲 속. 그들의 은잠을 비웃기라도 하는 듯 그들의 뒤에서 천천히 걸어나오는 사람이 있었다. 아니, 사람들이 있었다.

"오랜만이군, 야령주."

"……!!"

야령주는 눈앞에 나타난 십여 명의 인물들을 보고 어안이 벙벙해졌다. 그들이 어찌 이곳에 나타난 것인가?

"이런, 이런… 자넨 우리가 전혀 반갑지 않은가 보군?"

"마, 막야당(寞野堂)의 강추(强椎)가… 적기당주(赤旗堂主)를 뵙습니다."

야령주 강추의 앞에 나타난 붉은 장포의 사람들. 무릎을 꿇고 상관을 맞이한 강추의 머리는 빠르게 회전하고 있었고, 얼마 지나지 않아 옅은 미소를 입가에 지을 수 있었다.

련의 십이외당 중 능히 수위를 다툴 수 있는 무력을 지닌 적기당이 어떻게 알고 찾아온 것인지, 무슨 이유로 화산파에 나타나게 되었는지는 중요하지 않았다.

단지 이십팔숙을 저지할 수 있는 원군이 도착하였다는 것만이 중요한 것이었다. 어쩌면 오십 마리의 야조가 살아 돌아갈 길이 보일 것 같았다.

*　　　　*　　　　*

중원천지를 아무리 둘러본다 하여도 검은색의 옷을 입은 자를 찾기란 쉽지 않다. 흉색(凶色)이라 하여 흑색의 옷은 가급적 삼가기 때문이기도 하였고, 무림인이라 불리는 자들 중에 흑의를 입고 다니는 자가 적지 않았기에 혹여 사사로운 시비에 휘말릴까 싶어 의식적으로 피하는 것이기도 하였다.

객잔에 있던 장 의원과 소아의 눈에 한 무리의 흑의인들이 눈에 띄게 된 것은 조금 늦은 조반을 들고 있던 진시(辰時) 초였다.

"엉? 소아야, 저 사람 혹시 혁련옹이 아니냐?"

장 의원의 부름에 무슨 소린가 싶어 고개를 돌렸던 소아가 입가에 미소를 지으며 장 의원의 말에 맞장구를 쳐주었다.

"그러네요? 며칠 전에 보았던 혁련옹이 맞아요. 가서 아는 체라도……."

"아니, 잠깐만."

자리에서 일어나려던 소아를 다시금 앉힌 장 의원의 시선은 길 맞은편에 서 있던 혁련옹에게서 떨어지지 않았다. 아니, 혁련옹보다는 그의 뒤를 따르는 수십 명의 흑의인들을 바라보고 있었다는 것이 맞는 말일 것이다.

'저자들, 분명 무림의 인물들이다. 설마 혁련옹에게 무슨 일이 벌어

진 건……'

칼을 찬 수십 명의 무림인이 노인 한 명을 겹겹이 둘러싼 채 머물러 있으니 자신도 모르게 그런 생각이 들었던 장 의원이었지만 혁련옹이 무어라 말하고 거리로 나서자 주섬주섬 그의 뒤를 따르는 흑의인들의 모습에 그런 것은 아니구나 싶어 마음의 긴장을 풀었다.

'뭐… 굳이 아는 체를 한다 하여도 길게 나눌 말이 없으니 의제에게 그를 보았다는 말이나 전해야겠구나.'

장 의원은 이내 혁련옹의 일을 기억 한쪽에 묻어두고는 들던 조반을 마치고 소아와 함께 저자로 나왔다. 짐을 이고 화산을 같이 오를 사람을 찾기 위해 저자의 한쪽으로 걸음을 옮겼다.

혁련옹이 향한 길의 반대 방향으로……
철웅이 있던 화산의 반대 방향으로……

*　　　　*　　　　*

"과연 화산이야. 절경이구면, 절경이야."

화음의 저자를 빠져나와 화산으로 향해 나 있는 좁다란 관도를 걷고 있던 혁련옹이 말을 건네었지만, 이십팔숙 중 누구도 그의 말에 답하는 이는 없었다.

"나와 함께 화산에 오르기만 하면 자네들의 임무란 것도 끝나는 것인가?"

"…그렇소."

벽력도(霹靂刀) 황보광(皇甫洸)의 마지못한 대답에 아랑곳하지 않고 질문을 이어가는 혁련웅이었다.

"나를 데려가면 무엇을 준다 하던가, 그 말코도사들이?"

날카로운 혁련웅의 질문에 섬뜩한 눈빛으로 혁련웅을 쏘아보는 황보광이었지만, 그런 눈빛만으로 혁련웅에게서 어떤 변화를 기대하기는 어려울 듯했다. 조용히, 하지만 한 점 동요도 없이 마주 쏘아보는 혁련웅의 모습에, 한숨을 내쉬며 눈빛을 거두고 고개를 돌려 버리는 황보광이었다.

"당신이 알 바 아니오."

"그래? 그럼 지금이라도 헤어져 따로 산을 오르기로 하세나."

고개를 돌리며 한발 내딛는 혁련웅의 행동에 이십팔숙 모두 긴장하며 도갑으로 손을 가져갔지만, 조용히 그들을 제지하는 황보광의 손짓에 입술을 깨물며 도갑으로 향했던 손을 거둘 수밖에 없었다.

"미안하오. 그것은 말해 줄 수 없소. 하지만… 화산에 함께 오를 수 있게 해준 것은 고맙게 생각하고 있소."

황보광의 목소리에는 비참함이 어려 있었다. 천하가 좁다 하며 한 자루 도에 몸을 맡기며 살아온 절대의 도객들이 늙은이 하나를 어찌지 못하고 휘둘리는 심정이 오죽할까. 하나 무너진 자존심을 회복하는 것보다 세가의 비상(飛翔)이 우선이었다. 자신의 몸과 마음을 의탁한 초한상이라는 사람과 함께 웅지를 펼 수만 있다면, 오십 평생에 오직 한 사람에게만 굽혔던 자존심일지라도 얼마든지 버릴 수 있었다.

그런 사내의 마음이 전달되었는지, 농으로 일관하던 지금까지와는 다른 느낌의 목소리가 흘러나오고 있었다.

"허허, 농이었네 농. 뭐, 어차피 화산으로 가려던 길이니 누구와 함께 가든 그것이 무슨 대수겠는가. 피차 좋은 게 좋은 것이지. 어쩌면 강호에서의 마지막 선행이 될지도 모르는데……."

너스레까지 떨며 길을 걷는 혁련옹의 행동에 황보광은 물론 이십팔숙 모두 얼굴이 달아오름을 느꼈지만, 혁련옹의 말속에 담긴 한줄기 비장함이 더욱 그들을 부끄럽게 하고 있었다.

황보광 역시 알고 있었다, 혁련옹이 오르는 이 길의 끝에 무엇이 도사리고 있는지 알 수 없음을. 실로 무림 최고의 절기라 불릴 수도 있는 화산의 무공이 담긴 물건을 지닌 혁련옹이다. 그런 물건을 지니고 화산을 오르는 것 하나만 보더라도 그는 범인(凡人)일 수 없다. 그리고 화산이 그리 안전한 곳이 되지 못함을 그도 알고 있었고, 혁련옹도 알고 있었다. 그럼에도 그는 화산을 오르고 있는 것이다.

어찌하여 이런 사실을 자각하지 못하고 있었을까. 한 사람의 무인으로, 강호의 선배로, 그는 충분히 존경받을 수 있는 자였다.

'실로 대범한 사람. 이런 사람이나 핍박하기 위해 그토록 수련에 매달린 것이 아니거늘. 우리 역시 일문(一門)에 매인 몸. 당신을 돕지 못함을 용서하시구려. 하지만……'

"화산의 산문을 넘을 때까지… 우리가 당신을 지킬 것… 입니다."

그의 어투가 달라졌고, 행동이 달라졌다. 가던 길을 멈추어 서서 가만히 고개를 숙여 보이는 황보광. 그리고 그의 행동에 전염된 듯 일제히 고개를 숙이는 이십팔숙들. 그리 크지 않은 동작의 목례일 뿐이었지만, 그것이 의미하는 바는 감히 작다 말할 수 없는 것이었다.

천하의 누가 있어 이십팔숙의 예를 받을 수 있을까. 예를 받은 혁련옹 역시 이채를 띤 눈으로 그들을 바라보다 가만히 고개를 마주 숙여 보이는 것으로 그들의 예에 보답하였다.

더 이상 다른 말은 필요치 않았다. 그들은 강호의 사내들이었다.

第十一章
위기(危機)

 危機

'움직이고 있다?!'

하마터면 감시하고 있던 자들을 놓칠 뻔한 재희는 한참을 헤맨 뒤에
야 자신이 감시하던 자들을 찾을 수 있었다. 자신이 보았던 십여 명의
복면인은 물론 근 칠십 명에 달하는 적지 않은 수의 복면인들까지.

'심각하다. 이 정도의 수라면 본산을 넘볼 수도 있다.'

재희는 조용히 몸을 뒤로 뺐다. 감시는 여기까지다. 더 이상은 가까
이 접근하기도 어려울뿐더러 서둘러 이 사실을 사부와 본산에 알려야
만 했다. 그들과 본산의 거리는 지척. 늦으면 천추의 한을 남길 수도
있는 상황이었다.

하지만 그녀는 발걸음을 돌리질 못했다.

"오호, 어떤 고인이 나타나셨나 했더니 여도사가 아니신가?"

"그러게 말일세. 하도 미세한 기척이었는지라 매화검수라도 나타났나 싶었는데, 정말 뜻밖이로군……."

붉은 장포를 뒤집어쓴 두 명의 사내. 그녀와 겨우 삼 장 남짓한 거리까지 다가와 있었지만, 그녀는 그들의 움직임을 읽지 못했다.

'고수!'

자신이 감시했던 자들보다 훨씬 강한 자라는 것을 느낄 수 있었다. 재희의 앞에 나타난 두 사내는 막야조의 맹금, 십조 중의 두 사람이었다. 세 사람의 십조라면 감히 이십팔숙과도 동수를 이룰 수 있을 것이라 말하던.

"본진에 조금 늦게 합류한다 하여도 꼬리를 붙이고 갈 수는 없지."

"그렇지. 거기다 이런 여도사를 그냥 죽여 버리는 것도 사내가 할 짓은 아니고 말이야…… 흐흐."

재희는 온몸에 소름이 돋는 것을 느꼈다. 사내들은 이미 그녀의 저주에 걸려들어 버렸다. 사내들의 복면 사이로 보이는 두 눈은 이미 색욕으로 번들거리고 있었고, 토끼를 앞에 둔 여우마냥 천천히 사냥감을 훑어 내리고 있었다.

고개 아래의 무리가 움직이기 시작했다. 근 칠십 명의 인원이 이동함에도 발길에 채인 눈발조차 날리지 않을 만큼 조심스러우면서도 빠른 이동이었다.

'산문 쪽이다!'

재희의 마음은 조급해졌다. 서둘러 본산에 알려야 하건만 눈앞의 두 사내는 그녀를 보내줄 마음이 없는 것이 분명하였다. 사내들은 고개 아래의 무리가 모두 떠나는 것을 기다리고 있을 만큼 여유가 있었고,

그들이 모두 떠난다면 그녀를 향해 덮쳐들 것이 분명했다. 그리고 그녀의 예상은 빗나가질 않았다.

"자, 그럼 시작해 볼까? 옛날부터 여도사들의 몸은 어떤지 궁금했었어."

"그래? 나는 한 번 맛본 적이 있지. 흐흐. 나처럼 심지 굳은 자가 아니라면 자네는 앞으로 여도사만 찾아 헤매게 될 거야. 흐흐흐."

"호오, 그 정도인가?"

"크크, 내 특별히 자네를 위해 처음을 양보하도록 하지."

"고맙네. 흐흐흐."

귀를 틀어막고 싶을 정도로 지독한 음담패설을 주고받으면서도 그들은 재희와의 거리를 좁혀왔다. 뒤로는 함부로 뛰어내리기 쉽지 않은 고개가 그녀의 발목을 붙잡고 있었고, 앞에는 두 마리의 짐승이 그녀를 노리며 다가오고 있었다.

'어차피 승부란 겨루어보아야 아는 법.'

재희는 눈앞의 사내들을 노려보며 수중의 검을 뽑아 들었다. 작은 마찰음도 들리지 않았을 만큼 자연스레 검을 뽑는 모습이 예사롭지 않았지만, 음심으로 가득 찬 사내들의 눈에 그런 것이 보일 리 없었다.

"크크, 반항하지 않는 계집만큼 재미없는 것도 없지."

오른쪽에 있던 사내가 그녀의 모습에 비웃음을 흘리며 등 뒤에 매달려 있던 유엽도(柳葉刀)를 꺼내 들었고, 좌측의 사내는 장포 속에서 손이 나오질 않는 것으로 보아 암기를 사용할 듯싶었다.

타~핫!!

재희의 손에 들린 장검이 다가오던 사내들과의 공간을 가르는 것으로 싸움은 시작되었다.

여인이 쓰기에는 무리가 있어 보이는 삼 척 장검이었으나 그녀의 손에서 놀아나는데 있어 어떠한 흐름의 무리도 찾을 수가 없었다.

"하앗!"

채—채—채—

매화검법과는 다른 지극히 절제된 검의 놀림이었다. 화려하지도 않았고, 웅혼하지도 않았다. 변식이 배제된 실초무변의 직선 공격이 유엽도를 든 사내의 시야를 어지럽히며 달려들었다. 하지만 유엽도의 사내는 자신의 상체를 휩쓸어오는 검극의 놀림에 놀라지 않고, 유엽도를 마주 휘둘러 검세의 진입을 막아갔다.

삼 척 장검의 공격이라 하더라도 손목 어림의 놀림으로 사방위를 휘저으며 달려드는 상하좌우의 교차된 베기 공격이었기에 검의 잔영이 흩어져 보일 만큼 빠른 공세가 이어졌다.

하지만 사내는 당황하지 않고 유엽도를 수직으로 세워 재희와 마찬가지로 손목을 좌우로 비틀어 달려드는 검의 공세를 바깥으로 쳐내며 어렵지 않게 공격을 무마시키고 있었다.

서너 합을 더 겨루던 두 사람이 거리를 벌이며 떨어진 것은 전방으로 내지르기만 하던 검세를 거두고, 마치 풍차처럼 몸을 회전시키며 수직으로 연달아 검을 뿌리는 재희의 검을 맞받아치던 사내가 그 여력을 감당치 못하고 장검의 검격에서 벗어나기 위해 검을 쳐내고 급히 몸을 내빼고 나서였다.

하지만 거리를 두고자 몸을 빼내던 사내를 집요하게 따라붙는 재희의 검에 사내는 유엽도를 마주 뿌려대며 검의 공세를 마주쳐 나갔다.

창—! 창—!

"이런, 빌어먹을 계집!"

일방적으로 밀리는 것에 화가 났는지, 한걸음 떨어져 상황을 바라보고 있던 동료의 눈에 담긴 비웃음을 읽었는지 연신 뒷걸음질치던 사내가 쌍소리를 뱉음과 동시에 그가 휘두르던 유엽도의 기세가 달라지고 있었다.

수세에 몰린 것처럼 보였던 사내의 유엽도에 푸르스름한 기운이 맺히고, 검극을 막아서던 도세의 반경이 점차 넓어지기 시작했다. 도가 휘젓고 다니는 공간이 점차 넓어지면서도, 검이 뚫고 들어갈 틈은 오히려 좁아지는 것이 내려치는 도가 빨라졌음을 의미하고 있었다.

유엽도가 훑고 지나갈 때마다 바람이 내지르는 괴성이 울리고 있었지만, 파리한 기운이 맺힌 도에 감히 맞부딪칠 용기는 없었는지 재희는 연신 몸을 뒤틀어 내려쳐지는 도를 피하기만 할 뿐이었다. 그나마 음욕이 앞서 있던 사내였기에 공격의 목표가 재희가 아닌 재희의 검이었기에 몸을 틀어 피하는 것만으로도 위기를 모면할 수 있었다.

'놈, 힘으로 제압해 보려는 심산이냐?'

이를 악다문 재희의 눈빛이 일순 굳어지며, 무모하다 싶을 정도로 빠르게 장검을 휘둘러 내려치던 유엽도와 맞부딪쳐 갔다.

까앙—!

순식간에 파란 기운을 머금은 재희의 장검이 아래로 휘둘러지던 유엽도와 마주치자 굉음과 함께 사내의 유엽도가 튕겨 올랐다.

'허엇?! 이 계집의 내공이 나를 능가하는구나!'

사내가 놀라 당황하는 사이 사내의 허점이 시야에 잡혔고, 기회를 놓치지 않고 검을 수평으로 휘두른 재희였지만, 사내의 허리를 노리던 검은 때마침 날아온 한 자루 비수에 의해 원하던 바를 이루진 못하였다.

태~앵!

"크윽~!"

비록 방향이 틀어졌다곤 하지만 급히 몸을 빼내던 사내의 가슴 어림을 한 치 깊이로 베어버리고 나서야 움직임을 멈추었고, 아쉽지만 휘둘러졌던 검을 가슴 어림으로 끌어당겨 또 다른 공격에 대비하는 재희였다.

"괜찮나?"

"퉤! 괜찮네. 이런 빌어먹을 계집, 네년의 가랑이를 찢어놓지 않는다면 내 성을 갈겠다."

얼굴이 상기된 채 자신의 가슴을 어루만지는 사내의 입에서 욕설이 퍼부어졌고, 그런 사내가 눈치 채지 못한 비웃음을 입가에 매달고 있던 사내가 재희를 바라보며 음흉한 미소를 짓고 있었다.

"재롱은 여기까지다. 뭐, 생생한 계집과 하는 것이 좋지만, 우리도 바쁜 몸이라서… 팔다리 하나쯤은 떼어놓고 해도 상관없단 말이지. 흐흐."

징그러운 눈빛으로 재희를 훑어보던 사내의 손에는 어느새 들렸는지 두 자루의 비수가 양손에 들려 있었다. 그자가 던진 비수는 내공이 주입된 자신의 검을 막을 수 있을 만큼 위협적인 것이었기에 재희는 함부로 검을 휘두를 수 없었다.

"잠깐 기다려. 저년은 반드시 내 손으로 무릎 꿇려야겠어. 감히 이

몸에 상처를 입히다니… 살려달라고 애걸복걸하게 만들어주지.”

동료의 대답도 기다리지 않은 채 유엽도를 말아 쥔 사내는 번개 같은 신법으로 재희를 향해 쇄도해 갔다.

챙―챙―

격한 감정에 몸을 맡긴 탓인지, 유엽도의 움직임이 더욱 빨라져 있었다. 쉴 새 없이 몰아치는 사내의 공격에 선기를 빼앗긴 재희였지만, 남천문파 내에서도 손꼽히는 무공을 지닌 그녀가 쉽사리 무너질 것 같지는 않았다.

하지만 상대의 무공도 만만한 것이 아니었고, 아직 전권으로 뛰어들지는 않았다 하더라도 또 다른 적을 배후에 둔 상태였기에, 시간이 지날수록 그녀에게 불리한 것만은 분명했다. 더군다나 그녀의 마음을 더욱 조급하게 만드는 것은 산문으로 향한 복면인 무리들이었다.

‘어서… 어서 알려야 하는데……’

사내의 공격이 일변한 것은 잠시 신경을 분산시킨 그때였다. 검을 향해 종횡으로 날아들던 공격이 급히 방향을 틀며 가슴을 노리며 날아들었다. 놀란 재희가 다급히 검을 비껴 들어 유엽도의 방향을 틀었으나 몸이 밀착될 만큼 가까운 거리로 다가오는 것을 허용하고 말았다.

퍼~억!

“아악~!!”

사내는 기회를 놓치지 않았다. 비껴진 유엽도를 한 손으로 유지하면서 좌수로 정권을 말아 쥐고는 근접해 있던 재희의 면상을 후려친 것이다. 머리를 울리는 강한 충격에 일순 몸이 휘청였고, 거리를 더욱 좁히며 날아든 사내의 무릎이 복부를 강타하자 들고 있던 장검마저 놓쳐

멀찌감치 날아가 버리고 말았다.

사내의 손이 번개같이 움직여 재희의 마혈과 아혈을 제압하는 것으로 싸움은 끝이 났다.

"이런 씨팔. 감히 이 몸에 상처를 입혔으니, 네년의……."

욕설을 퍼부으려던 사내의 입이 굳어지고 있었다. 혈도가 제압된 채 힘없이 쓰러져 있던 재희에게서 그리 떨어지지 않은 곳. 그녀의 얼굴을 가리던 두꺼운 면사가 하얀 눈밭 위를 구르고 있었다.

꾸~울꺽.

목울대를 울리는 침 삼키는 소리가 싸움 끝에 찾아온 적막을 깨고 있었다. 사내들의 눈에 어리던 음욕의 기운이 더욱 짙어지며, 무언가에 홀린 듯이 그녀에게 다가오고 있었다.

재희의 눈은 절망으로 물들고 있었다. 사지는 굳어져 손가락 하나 움직일 수가 없었고, 외마디 절규마저 지를 수가 없었다.

"이, 이런 계집이 화산에 있었다니……."

말까지 더듬거리며 다가온 사내가 거칠게 그녀의 도복을 벗겨내기 시작했다.

풀어헤쳐진 상의와 발가벗겨진 하의. 하늘을 향해 봉긋이 솟아오른 가슴에 차가운 삭풍이 스치고 지나가자 분홍빛의 유두가 파르르 떨며 단단해지고 있었고, 가슴을 타고 내려와 둔부로 이어지는 세류요(細柳腰)의 곡선은 차마 말로 형용하기 힘들 만큼 유연하게 굴곡져 있었다.

세류요에서 시작한 풍만한 둔부와 도톰히 올라와 있는 여인의 비지(秘地). 허벅지에서부터 종아리로 이어지는 여인의 다리는 그 어떤 장인이 달려든다 하여도 감히 재현하지 못할 만큼 아름다움의 극치를 보여주고 있었다.

그녀의 육체는 세상 그 어떤 사내라도 거부하지 못할 유혹, 그 자체였다.

'태상노군이시여… 제발…….'

혈도를 제압하여도 눈물이 흐르는 것은 막을 수가 없는지, 두 눈을 타고 흘러내리는 눈물이 그녀의 뺨을 타고 흘러내렸다. 하나 여인의 눈물은 색욕으로 이지를 상실한 사내들을 자극할 뿐이었다.

"허, 헉…….'

"하… 아…….'

유엽도를 휘두르던 사내가 재희의 가슴을 움켜쥐고는 천천히 입술을 가져가고 있었고, 다른 사내는 재희의 종아리에서부터 허벅지까지 천천히 핥아 오르기 시작했다. 한 여인을 두고 두 사내가 탐하는 천인공로할 만행이 저질러지고 있음에도 천하도문의 성지 화산은 침묵할 뿐이었다.

'아, 정녕… 정녕… 저를 버리시나이까…….'

사내들의 뱀과 같은 혀가 그녀의 몸을 스치고, 모든 것을 포기한 그녀의 정신이 하얗게 변해가고 있을 무렵, 그들의 등 뒤로 낮고 스산한 목소리가 들려왔다.

"개 같은 놈들…….'

하늘은 그녀를 버리지 않았다.

*   *   *

기척도 없이 다가온 목소리에 놀란 사내들이 다급히 몸을 바로 하였다. 유엽도를 다루던 사내는 어느새 내렸는지 무릎께까지 내려가 있던 바지를 추스르느라 허둥지둥하고 있었고, 비수를 던졌던 사내는 다급히 품을 뒤져 비수를 찾고 있었다.

"어? 이건 또 뭐야."

사내들은 어이가 없었다. 다급히 경계한 자신들이 우스워 보일 정도로 자신들을 놀라킨 사내의 모습은 별 볼일 없었다.

헐렁한 도사의 복장을 어깨에 걸치고, 왼쪽 어깨는 건으로 묶어 어깨에 고정시킨 모습. 그다지 강렬한 기운도 느껴지지 않는 얼굴에, 병기(兵器)마저 없는 듯하였으니 긴장하였던 마음을 풀고 피식 웃음마저 터뜨리는 사내들이었다. 일시지간이었지만 도화의 저주마저 풀린 듯하였다.

"이것 참. 아무리 말코들 북적이는 화산이라지만, 이런 골짜기까지 뭐 주워 먹을 것이 있다고 나타난 것이냐?"

"혹시 이년을 만나려고 온 것 아닐까?"

"오호… 이를 어쩌나. 그것도 모르고 혈도까지 짚어버렸으니… 크크, 이년과 그런 사이라면 잠시 기다려라. 적당히 놀고 나서 네놈 차례도 줄 것이니. 크크크."

"크크, 어서 떠나라. 이년을 던져 준 대가로 목숨만은 살려주마."

사내들의 조소에도 철웅의 표정은 변화가 없었다. 단지 차갑게 침잠되어 가는 눈빛만이 그의 마음을 말해 주고 있을 뿐.

철웅을 바라보던 재희의 눈빛은 절망으로 물들고 있었다. 사내들에게서 떼어진 철웅의 시선이 그녀에게 향하고 있었다. 온몸이 발가벗겨진 그녀에게.

'제발… 나를 보지 말아요…….'

재희의 마음은 절망을 넘어 나락으로 추락하는 듯하였다. 단 한 번의 만남이었으나 태어나 처음으로 자신을 있는 그대로 바라보아 준 사람. 무어라 설명하긴 힘들었지만 그는 특별한 존재로 기억되고 있었다. 그런 그가 자신을 바라보고 있었다, 온몸이 발가벗겨진 자신을.

철웅은 말없이 고개를 돌리곤 자리를 떠났다. 재희의 눈이 감겼고, 감겨진 눈에선 눈물조차 나오질 않았다.

'이해… 할게요.'

어찌 보면 그는 자신과 아무런 상관도 없는 사람이었다. 이자들과 싸우게 된다면 필시 크게 다치거나 죽고 말 것이다. 떠나는 그를 사내들이 붙잡지 않는 것만 해도 다행이라 여겼다. 그럼에도 그녀의 마음은 천 갈래 만 갈래 찢기는 듯하였다. 그렇게 찢어지려던 그녀의 마음을 붙잡는 소리가 들린 것은 떠나는 그의 발자국 소리가 여섯 번 들린 후였다.

철그렁.

다시금 재희를 향하려 하던 사내들의 귓가로 쇠 긁는 마찰음이 들렸고, 사내들은 인상을 구기며 다시 몸을 일으켰다.

"이런 염병할, 뒤지려고 작정을……."

스윽.

욕설을 퍼부으려던 사내의 입이 멈추어 버렸다.

사내가 조금 멀리 떨어져 있던 여인의 장검을 주위 들은 것은 이해할 수 있었다. 원래 정파라 불리는 것들이야 소소한 것에 목숨을 거는 그런 작자들이니까. 하지만 저자의 행동은 뭐란 말인가? 장포를 벗어 바닥에 떨어뜨리고는 들었던 장검을 어깨로 가져가 자신의 어깨를 그 어버리는 저 모습은.

철웅의 손에 들린 장검이 어깨 부위를 스치고 지나가자 왼손을 받치 고 있던 건과 함께 두껍게 동여매져 있던 붕대들이 하나하나 떨어져 나가기 시작했다. 이를 악문 채 장검을 쥔 손으로 피가 엉겨 떨어지지 않던 붕대마저 뜯어내자, 이제 겨우 붙을락 말락 하던 상처가 터져 살 갖 사이로 조금씩 피가 흐르고 있었다.

"미, 미친놈."

"……."

사내들은 치를 떨었다. 얼핏 보기에도 그저 그런 상처가 아니었다. 게다가 살갖과 붙어버린 천을 저렇듯 잡아 뜯는 것이 얼마나 고통스러 운 일인지 잘 아는 그들이었기에 눈앞의 사내가 다시 보이기 시작하였 다.

"죽고 싶다면 죽여주는 수밖에……."

비수를 손에 들었던 사내의 손이 휘둘리며 양광을 받아 반짝이던 비 수가 허공을 갈랐다. 하지만 별 볼일 없어 보이던 사내의 심장을 꿰뚫 을 것이라 믿어 의심치 않았던 사내의 비수는 사내를 지나쳐 숲 속 어 딘가로 사라져 버렸다.

'피했다?'

비수를 던졌던 사내는 놀람보다는 어이가 없었다. 꽤나 고수 소리를 듣는 자들이라 하여도 자신의 비수를 칼로 쳐내어 막아내긴 하여도 저리 쉽게 피하진 못한다. 한데 저자는 호들갑 한 번 떨지 않고, 몸을 비트는 것만으로 자신의 비수를 피해 버렸다.

자존심이 상했는지 다시금 비수를 준비하는 사내였지만, 자신을 지나쳐 나가는 유엽도의 사내를 바라보곤 들었던 비수를 소매 속으로 집어넣었다.

"놈, 한가락 재주가 있는 모양이다만, 재주는 그걸로 끝이다."

말이 끝나는 시점에 이미 사내의 유엽도는 철웅의 심장을 노리며 빠르게 날아들고 있었다.

캉—!

심장을 향했던 유엽도가 비껴 들린 장검을 타고 옆으로 흘러 버리자 철웅은 지체없이 몸을 회전시키며 사내의 목을 향해 검을 휘둘렀다. 사내는 자신의 뒷목을 향해 날아드는 장검에 놀라 다급히 몸을 틀어 장검을 막았다.

카강—!

몸을 회전시킨 반동 때문인지 한 손으로 휘두른 장검이었건만 검에 실린 경력이 만만치 않았다. 재빨리 반격을 하고 싶었으나 틀어진 몸의 중심이 마땅치 않았기에 보법을 밟아 두어 걸음의 거리를 넓힌 사내가 유엽도를 비스듬히 하고는 철웅을 노려보며 말했다.

"제법이군. 하지만 이번엔 용서없다. 하~앗!"

비스듬했던 유엽도에 내공을 불어넣은 채 달려드는 사내를 바라보던 철웅의 눈빛이 차갑게 굳어갔다.

'저 파리한 기운은 내공이란 것이 담긴 것. 맞서면 승산이 없다는 걸 비싼 값을 치루고 배웠지.'

철웅은 사선으로 올려 쳐지던 유엽도를 바라보고 있다가 몸에 닿기 직전이 되어서야 몸을 비틀며 도를 피했다. 정확히 도가 올려 쳐지는 각도를 벗어나지 않을 만큼만 몸을 뒤집었기에 중심을 잡기에는 무리가 없었다.

중심을 잡기에 무리가 없으니 반격도 어렵지 않은 일. 머리끝으로 도가 스치자마자 몸을 바로 하며 검을 내질렀고, 자신의 목 줄기를 향해 날아드는 검을 보고 놀란 사내가 다급히 몸을 뒤집으며 검을 피했다.

검을 피한 사내가 몸을 뒤집으면서 좌수의 권을 말아 쥐고는 철웅의 면상을 후려쳤다.

실전에서 흔히 쓰는 방법이었지만 의외로 명문대파라 불리는 곳의 제자들은 이런 편법에 약하였기에 여러 차례 이득을 보았던 방법이었다. 하지만 철웅은 명문대파의 자제가 아니었다.

면상을 향해 주먹이 날아들자 지체없이 쥐고 있던 검의 상하를 바꿔 쥐고는 굽혀진 팔꿈치로 주먹을 맞이했다. 그리고 난전이 시작되었다.

빠각!

챙—! 탁, 탁, 탁, 챙—!

검과 도가 어우러지면서도 권과 각이 쉴 새 없이 오가는 일장 박투가 벌어지고 있었다. 어느새 바꾸어 들었는지 유엽도를 역으로 바꿔 쥐고는 철웅의 검을 막아서는 사내였다. 철웅의 왼팔은 아직 사용하기에 무리가 있었는지 대부분 각법(脚法)과 퇴법(腿法)으로 사내를 상대하였고, 사내 역시 그것을 눈치 채고, 각법은 막으면서도 적수공권인 왼 주먹을 연신 내지르고 있었다.

파바바박―!!

탁탁! 챙―!

마치 미리 손발이라도 맞추어본 사람들마냥 쉴 새 없이 오가는 병기와 권, 각의 내지름에 한발 떨어져 보고 있던 비수의 사내마저 놀랍다는 표정으로 그들을 지켜보고 있었다. 한참을 지켜보던 사내가 문득 고개를 돌려 누워 있던 재희의 나신을 바라보았다.

'흐흐, 설마 지지는 않겠지. 자네가 힘써주는 덕에 내가 먼저 이 우물(尤物)을 차지하게 되는구면. 흐흐.'

들고 있던 비수를 챙겨 넣은 사내가 허리춤을 끌러갔다. 그리고 그를 맞이하듯 누워 있는 재희의 몸 위로 자신의 몸을 겹쳐 갔다.

'아, 안 돼!'

울부짖고 싶었지만 한 올의 목소리도 입 밖으로 새어 나오지 않는 재희였기에 철웅의 뒷모습만 애처롭게 바라볼 뿐이었다.

사내의 발기된 양물이 눈에 보이고 모든 것을 체념하고 있을 즈음, 그 모습을 바라본 유엽도의 사내가 외마디 고함을 질렀다.

"이… 빌어먹을 놈아! 나는 여기서 박 터지게 싸우는데 네놈은 그짓 할 생각이나 하다니, 네놈이 그러고도 동료냐?!"

무엇이 억울한지 시뻘겋게 달아오른 얼굴로 고함을 지르던 사내의 모습에 철웅은 다급히 검을 휘둘러 사내를 베어갔다. 사내 역시 고함을 지르던 와중에도 날아드는 검을 유엽도를 들어 막으며 다시금 좌수를 날렸다.

'이놈 걸렸다! 나보다는 네놈이 급할 터, 네놈의 심기가 흔들렸으니 이젠……'

퍼~억~!

동료의 고함에도 아랑곳하지 않고 양물을 삽입하려던 사내의 귀에 무엇인가 터져 나가는 소리가 들리고, 사내는 하려던 동작을 멈추곤 미소를 지으며 생각했다.

'크크, 드디어 끝났나 보군. 다른 건 몰라도 저놈의 좌수는 꽤 쓸 만하지. 이년과는 달리 전력으로 후려쳤으니 싸움은 끝이 난 것이다. 크크, 아쉽지만 약속은 약속이니 나중에 싫은 소리 안 들으려면 저놈에게 선수를 양보해야겠군.'

사내는 아쉬운 듯 자신의 양물을 바라보다 다시금 바지춤을 올리며 일어섰다. 그리고 자신의 동료에게 수고했다는 말을 전하려 고개를 돌린 순간, 자신의 눈을 의심해야 했다.

분명 한 사람은 서 있었고, 한 사람은 죽은 듯 누워 있었다. 하지만 서 있던 자의 손에 들린 것은 분명 동료의 유엽도가 아닌, 계집이 쓰던 장검이었다.

장검을 들고 있던 사내의 왼쪽 어깨에선 붉은 선혈이 하염없이 흘러내리고 있었고, 장검을 든 사내의 눈과 눈이 마주친 순간, 등골을 타고 오르는 서늘한 기운에 자신도 모르게 한 모금 마른침을 삼켜야 했다.

유엽도의 사내가 쾌재를 부르며 철웅의 면상을 향해 좌권을 내지르는 순간, 사내의 시야를 가리며 날아드는 하나의 주먹을 보아야 했다. 두 개의 주먹이 서로 얽히며 날아갔고, 사내의 얼굴에 철웅의 주먹이 작렬하는 순간, 철웅의 왼쪽 어깨에서 피분수가 뿜어지며 사내의 얼굴을 함몰시켜 버렸다.

'너는… 왼쪽 어깨에… 상처가……'

사내가 이승에서 떠올린 마지막 의문이었고, 죽어서도 억울하다 말할지는 모를 일이었지만 어쨌든 그는 죽었고 철웅은 살아남았다.

어깨의 통증이 이루 말할 수 없을 만큼 고통스러웠지만 철웅은 웃고 있었다. 삶과 죽음의 싸움에서 그는 또 한 번 승리했다.

'팔이 날아가든 배에 구멍이 나든 적의 목숨을 취할 수만 있다면야 그리 밑지는 장사는 아니지.'

멍하니 철웅을 바라보던 사내가 다급히 품을 뒤지기 시작하였다. 천천히 다가오는 철웅의 모습과 일어날 줄 모르는 동료의 주검이 그의 마음을 조급하게 만들었다.

"주, 죽엇!"

손에 비수가 잡히자마자 있는 힘을 다해 뿌려댄 사내였지만, 한 번 피했던 비수를 두 번째라고 맞아줄 리 만무했다. 허옇게 질린 사내가 마지막 남은 비수를 누워 있던 재희의 목에 갖다 대며 소리쳤다.

"가, 가까이 오지 마라! 가까이 오면 이년의 목숨은……."

휘익―! 서걱―!

목을 겨누던 비수가 힘없이 떨어지며 재희의 목에 작은 생채기를 내었지만 그것으로 끝이었다.

철웅과 사내의 거리는 겨우 두 걸음 남짓. 목숨을 담보로 인질을 잡기에는 너무나 가까운 거리였고, 너무나 늦은 선택이었다.

얄미운 사내의 행동에 화가 난 것인지, 어느새 날아온 삭풍에 밀려 목이 달아난 사내의 몸이 천천히 뒤로 넘어갔다.

재희의 눈에 눈물이 그렁하게 맺혀 있었다. 부끄럽고 수치스러운 모습이었으나, 그녀의 눈에 어린 감정은 분명 기쁨이었고 고마움이었다.

그러던 어느 순간…….

그녀의 나신을 한참을 바라보던 철웅의 얼굴에 붉은빛이 감돌고, 무엇인가 안절부절못하고 있다는 느낌을 받았을 때, 그녀의 뇌리에는 상상하고 싶지 않은 어떤 모습이 떠오르고 있었다. 그런 두려움의 와중에서도 '이 사람이라면…' 이라고 생각하는 자신을 발견하였을 때, 발가벗겨진 수치심과는 다른 부끄러움에 얼굴을 붉혀야 했다.

하지만 그의 입에서 나온 한마디는 그녀가 했던 그 어떤 상상보다도 더 그녀를 당혹스럽게 하였으니…….

"저… 나는 혈도를 풀 줄 모르오……."

휘이이잉~

연화봉 서쪽 능선에 일어난 철웅과 재희의 두 번째 만남이었다.

*　　　　*　　　　*

"모두 상청궁 앞으로 집결시켰습니다. 총 마흔세 명입니다."

"마흔세 명이라. 조금 적군."

이른 아침, 일반인은 사흘도 못 먹을 벽곡이란 것으로 몇 년, 몇십 년을 살아온 도인들이 오늘도 어김없이 솥에 찐 벽곡으로 조반을 들고 있었고, 가뜩이나 식욕이 떨어진 화산파 제자들의 입맛을 앗아가며 전달된 무장 소집령은 조용히 기지개를 켜려던 연화봉을 분주하게 만들고 있었다.

"물론 혁련옹을 찾기 위해 내려간 아이들이 많아 부족한 감이 없지는 않습니다만, 남아 있는 제자들만으로도 침입자를 찾아 상대하기에는 부족함이 없을 것입니다. 만일을 위해 본산에 머무르게 한 매화검수도 아홉 명이나 되니…….”

“하긴, 그도 그렇지…….”

산문을 나설 때 입는 짙은 남색의 도복을 걸치고, 손에는 각자의 병기를 쥐고 하나 둘 모여드는 화산파의 제자들을 조용히 바라보던 화산파 장문인 옥현 진인에게 인원 보고를 하고 있는 사람은 화산파 팔대장로 중의 한 사람인 무현 진인(武玄眞人)이었다. 구 척 장신의 타고난 무골인 무현 진인은 그 장대한 기골만큼이나 호방한 성격으로 화산의 대외적인 행사에 빠지지 않는, 호인의 기운을 지닌 자였다.

청상 진인의 방문이 있은 후, 옥현 진인은 본산에 남아 있던 팔대장로 중 천주궁파의 장로들을 소집하였다. 상현 진인까지 포함된 장로들에게 청상 진인이 전해준 침입자의 소식을 전하였고, 그 결과 화산 제자의 소집령이 내려진 것이었다.

“일단 그들의 의도가 무엇인지는 모르나 필시 좋은 일로 찾아든 자들은 아닐 것이네. 일단 매화검수를 비롯한 일대와 이대제자들은 산문 쪽에 대기시키고, 나머지 제자들을 동원하여 그들을 수색하도록 하게. 일단 종적을 발견하게 되거나 조우하게 되면 신속히 본산으로 알려 산문의 제자들로 하여금 그들을 잡아들이게 하고.”

“삼대와 사대제자들만으로 침입자를 수색하잔 말씀이십니까? 침입한 자들의 무공이 어떠한지도 모르는 상황에서?”

주력을 남기고 수련이 일천한 삼, 사대제자들로 침입자들을 수색하라는 장문인의 지시에 발끈하며 나선 것은, 그들의 한편에 말없이 서 있던 상현 진인이었다.

"침입한 자들의 무공이 아무리 높다 한들, 우리 화산의 제자들을 감당할 수 있을 것이라 생각지 않네. 하물며 남천궁의 제자… 에게 발각될 정도의 무공이라면 그리 걱정하지 않아도 될 듯하구먼."

남천궁의 '제자 따위' 라 말하려던 것이 분명하지만 그런 단어 하나까지 물고 늘어질 상현 진인은 아니었다. 하지만 장문인이 칭하는 그 남천궁의 제자가 매화검수에 필적할 무공을 지닌 재희라는 것을 알고 있었기에, 침입한 자들을 쉽게만 볼 것이 아니라는 것을 알려야만 하였다.

하지만 몇몇을 제외한다면 화산파 내에서 그 존재 자체를 모르고 있는 재희였으니 지우인 청상 진인을 보아서라도 함부로 발설할 수는 없는 일이었는지라, 말을 조금 돌려 다시금 장문인을 설득해 보려 하는 상현 진인이었다.

"험. 경험이 부족한 삼, 사대제자들에게는 위험한 일입니다. 게다가 침입자의 수도 몇이나 더 될는지 모른다 하였고… 차라리 매화검수들로 하여금 그들을 찾는 것이……."

"이보게 상현. 자네 너무 소심해진 것 아닌가? 자네의 마지막 남은 제자마저 표주(漂周) 보내었단 이야기는 들었네만……."

표주(漂周). 말 그대로 풀자면 정처없이 떠돌아다니는 것을 말한다. 도사에게 있어 표주는 누구나 경험하게 되는 도인으로서의 통과의례와 같은 것이었다. 노자 한 푼 없이… 때론 밥을 굶기도 하고 노숙을 하는 것도 예사이지만, 그들은 그것을 기쁘게 받아들이고 당연히 해야 할 일이라 여긴다.

간파세사(看破世事). 세상을 떠돌며 세상의 인심과 순리, 역리, 그리고 그들이 장차 천하를 위해 해야 할 일들을 몸소 체험하며 배운다.

물론 쉽지 않은 일이나 화산은 물론 도가의 도인이라 불리는 자들은 표주를 행하기 위해 세 가지 덕목만 갖추었다면 두려울 것이 없다 말한다.

의술(醫術), 점복(占卜), 그리고 학문(學問)이다. 이 세 가지만 있다면 세상 어디를 간다 하여도 굶어 죽을 염려는 없다. 아픈 사람이 있으면 치료해 주고, 사주와 주역으로 길흉화복을 점쳐 주기도 한다. 총기있는 소년들을 만난다면 글도 가르쳐 준다. 이렇게 하면서 천하의 인심이 어떻게 돌아가고 물류의 흐름은 어떻게 되며, 각 지역마다 뿜어져 나오는 기운이 어떠한지를 직접 체험한다. 살아 있는 세상을 몸소 체험하며 큰 공부를 하게 되는 것이다.

하나 제아무리 태평성대라 하더라도 적지 않은 수의 제자들이 표주를 행하던 중 의지를 굽히고 속세로 귀향하거나 위험에 처하여 객사(客死)하기도 하였기에 제자를 표주 보낸 사부의 마음이 편할 리가 없었으니, 위험할지 모르는 일을 수행하려는 제자들을 위한 상현 진인의 노파심을 이해한다는 듯 말하는 무현 진인이었다.

상현 진인은 입을 열지 않았다. 자신의 제자가 표주를 나선 것이 아니라 하산을 한 것이라는 것도. 화산에 스며든 이들이 그들이 생각하는 것만큼 호락호락한 자들이 아닐지 모른다는 것도.

그런 상현 진인의 모습이 안쓰러웠는지 무현 진인의 말은 한결 누그러져 있었다.

"자네의 마음을 모르는 것은 아니네만… 제자들이 수색을 하여도 산문 인근의 수백 장(丈) 이내로 국한될 것이네. 행여 자네의 말마따나 생각 외로 위험한 자들이 나타난다 하여도 충분히 산문에 대기하던 일, 이대제자들이 나아가 구할 수 있을 것이네. 아무렴 우리가 아무런 대책 없이 제자들을 사지로 보내기야 하겠는가?

그리고 연화봉의 오부능선 어림에서 발견하였다고는 하나 결국 본산으로 진입할 수 있는 길은 산문을 통한 길뿐이라는 것을 자네도 알지 않는가? 연화봉의 영기가 외인의 침입을 극도로 꺼려 산문을 제외한 나머지 길들은 험로 일색이며, 사지라 불려도 무방할 정도로 위험천만한 길뿐이네. 더군다나 몇 안 되는 그런 곳들에 무엇이 있는지는 자네가 더 잘 알지 않는가?'

무현 진인의 말속에는 나무람이 배어 있었지만, 평소 유난히 상현 진인을 아끼는 무현 진인이었기에 그의 말 구석구석에 최대한 그를 배려하려는 마음 씀씀이가 쉽게 눈에 뜨일 정도였다. 그런 무현 진인인의 배려마저 무시하고 고집을 피울 수는 없었기에, 상현 진인도 고개를 한 번 끄덕이곤 말을 줄였다.

무현 진인이 말한 몇 안 되는 진입로에 무엇이 있는지를 상기하며.

'그래. 그곳들에 펼쳐져 있는 삼색몽환진(三色夢幻陣)이라면……'

삼색몽환진이라 불리는 진법은 화산파의 인물들이 설치한 것이 아니다. 화산에 있으나 화산문도라 불리길 바라지 않는 몇몇 수도자들이 그들의 안식처를 지키기 위해 스스로 만들어낸 일종의 미혼진이다. 삼색몽환진의 효능은 판단력을 흐리게 하고, 방향 감각을 잃게 하여 스스로 산을 내려가게끔 하는 것으로, 수도를 하는 자들이 만든 진이니 당연히 살상을 목적으로 하는 진은 아니다. 그러나 그 진법의 오묘함만큼은 혀를 내두를 정도여서 산문 이외의 길을 통해 화산으로 들어온 자가 있다는 이야기는 아직 들린 적이 없다.

"음……."

"하지만 이미 화산에 오른 이상 오지 않는다 하여 그대로 보내어줄 수도 없는 일. 그러하기에 그들을 찾아 수색을 하여야 하는 것이고……."

명색이 구대문파의 일좌이다. 도발하지 않는다 하여 영문도 알지 못한 채 문 앞까지 숨어들었던 침입자가 그대로 빠져나가는 것을 지켜보기만 한다면 천하의 비웃음거리가 되고 말 것이다.

"험. 그럼 제가 앞장서지요."

"음?"

"제자들에게 그들이 포착되었다 하더라도 산문과의 거리가 있는 이상, 발이 빠른 자들이라면 쉬이 잡지 못할 수도 있습니다."

"음."

상현 진인의 말에 이번에는 옥현 진인과 무현 진인이 말을 아꼈다. 일리있는 말이었다. 다른 것은 둘째 치더라도 수색할 인원이 너무나 부족하였다. 말이 쉬워 반경 수백 장이지, 고작 이십여 명의 인원으로 채워 넣기에는 무리가 따랐다. 혹 찾아낸다 하더라도, 백 장 이상의 거리를 좁히는 것은 쉬운 일이 아니었다.

"상현 사제의 말에도 일리가 있군요. 그 점을 미처 생각지 못했습니다."

"그럼 조를 나누어 수색을 하도록 하세. 상현 사제가 아이들만 내보내는 것을 꺼림칙해하는 것 같으니 장로급의 인물들이 앞장을 서는 것도 괜찮겠지."

"그럼 그렇게 하겠습니다."

연화봉 일대에 대한 수색은 그렇게 결정되었다. 화산파의 장로 네 명이 각자 선두에 서서 삼, 사대제자 다섯 명씩을 이끌고, 산문으로 이어질 수 있는 네 갈래 방향을 역으로 수색하여 침입자들의 흔적을 찾기로 하였다.

무현 진인이 이끄는 무리가 연화봉의 남서방향으로, 구현 진인이 이끄는 무리는 연화봉의 남동방향으로 양현 진인이 이끄는 무리는 연화봉의 정동방향으로 향했다.

상현 진인이 이끄는 무리 역시 걸음을 재촉하였다. 그들이 가야 할 연화봉의 서쪽 능선을 향해…….

第 十二章
노도사(老道士)

노도사

老道士

노인은 철웅을 바라보고 있었고
철웅은 자신을 바라보고 있었다

소로라 말하기도 뭐한 좁다란 오솔길. 한 쌍의 남녀가 앙상한 가지들을 헤치며 소로를 나오며 숲을 벗어나고 있었다.

"조금만… 참으시오… 거의 다… 왔소."

턱까지 차오르는 가쁜 숨이 꽤나 힘들게 달려온 것이 분명하건만 그래도 사내라고 여인에게 힘들단 내색은 하기 싫었는지, 가슴에서 빠져나가려는 숨을 억지로 움켜잡으며 말을 건네는 철웅이었다. 하지만 혈도가 짚힌 채 등에 업혀 있던 재희에게선 그 어떤 대답도 들을 수 없었다.

악한들의 손에 벌거벗겨졌던 재희였으나 단정히 검은색 도복을 입은 그녀의 모습에서 그런 흔적은 찾을 수가 없었다. 물론 눈썰미 좋은 여인이 본다면야 옷고름의 매듭이 이상하다거나 입혀진 도복의 마무리가 어색하다는 것을 알 수도 있겠지만, 목석같이 굳어버린 그녀의 몸에 의복을 입히느라 진땀을 뺀 철웅에게 그런 것까지 신경 쓸 겨를 따위가 있을 리 없었다.

'후… 말로만 듣던 점혈이라는 것이 이토록 고명한 수법이었을 줄이야. 도대체 어떤 방법으로 사람의 몸을 고목처럼 만들 수 있는지 짐작조차 되지 않는구나. 나의 배운 바 학문이 그리 낮지 않으리라 여겼었건만……'

자신보다 나약한 자들이었다. 자신의 손에 죽었으니 어찌 자신보다 강하다 할 수 있을까? 하지만 그들이 사용하는 무공은 자신이 배우고 행했던 무공이라는 것과는 그 묘용이 무척이나 다른 듯했다.

물론 자신도 혈도란 것이 무엇인지는 알고 있다. 의형이 보여주었던 의서는 차치하더라도 그가 있었던 군부에서 가르치는 비전 중의 하나가 바로 사람의 사혈(死穴)을 노리는 방법이었으니까. 하지만 그에게 혈도란 조금 더 쉽게 사람을 죽일 수 있는 방법의 하나였을 뿐 모종의 방법으로 사람의 몸을 움직일 수 없게 한다거나 말을 못하게 하는 따위의 것은 배운 적도 없었고, 배울 필요도 없었다.

'허어, 내 평생 이런 난감한 일이 벌어질 것이라고는 꿈도 꾸지 못하였거늘……'

어찌 되었든 엄동설한에 발가벗겨진 채 움직이지 못하는 여인을 그대로 둘 수는 없는 일이었는지라 허둥지둥하며 여인의 몸에 옷을 끼워입혔고, 자꾸만 여인의 몸으로 향하려는 눈을 바로잡기 위해 얼마나 세게 입술을 깨물었었는지…….

옷가지를 주워 입힌 재희를 등에 업고는 자신이 내려왔던 소로를 거슬러 화산파로 향하고 있었다.

우연히 발견한 소로를 따라 산보나 할 겸 발걸음을 옮긴 철웅이었으니, 윤간을 당할 뻔한 위기에서 재희를 구한 것은 실로 하늘의 안배라고밖에 말할 수 없을 듯했지만, 자신이 그녀를 조금 더 일찍 발견하였더라면 이런 낯 부끄러운 일은 당하지 않아도 되었을 것이란 생각에 하늘을 원망하고 있는 철웅이었다.

등 뒤로 밀착된 재희의 가슴이 달려오는 내내 세차게 뛰고 있음을 느끼고는 있었지만, 여인의 풍만한 유방의 느낌이나 즐기고 있을 만큼 여유로운 상황은 아니었다.

'아까의 그자들은 누구였을까? 듣기에 이곳은 천하도문의 성지라 하던데, 그런 자들이 설치고 다니는 것을 보니 이곳에 무슨 변괴가 생긴 듯하구나.'

자신과 드잡이질을 하였던 사내들을 생각하니 마음이 무거워졌다. 그들의 무위는 자신과 겨루었던 운엽이란 매화검수와 비교하여 큰 손색이 있었지만, 임기응변이나 변통하는 수법을 보면 오히려 매화검수보다 상대하기 까다로운 면이 있을 정도였다.

'필유곡절이라. 그런 자들이 나타난 것에는 분명 이유가 있다. 하나 누구에게 물어야 한단 말인가?'

호기심과 궁금함이 꼬리를 물었지만 그 어느 것 하나도 쉽사리 풀리는 것은 없었다. 결국 그는 화산에 잠시 머물고 있는 이방인이었고, 무림이라는 세상에서도 마찬가지였다.

'그나저나… 이렇듯 오래 걸어야 했던가?'

문득 철웅의 뇌리에 이상한 느낌이 들었고, 그 느낌의 당혹스러움에 걸음을 멈출 수밖에 없었다. 분명 그가 화산을 내려올 때 걸었던 걸음만큼은 족히 올라왔거늘, 아직 연화봉의 봉우리는커녕 숲의 끝 자락도 밟을 수가 없었다. 가만히 주위를 둘러보아도 그리 이상한 낌새나 특이한 것은 발견할 수 없었음에도 기분 나쁜 무언가가 그의 발걸음을 잡고 있었다.

'누군가 있다.'

그의 느낌이란 것은 본능에 가까웠다. 특별한 무엇을 보았다거나 이상한 징후를 발견하여 느끼는 것이 아니라 그저 '느껴진다' 라고 밖에는 표현 못할 그런 무엇이 그에게는 있었다. 수많은 격전을 치르고, 생과 사의 고비를 넘으며 몸에 배어버린 또 하나의 감각. 한 번도 그를 실망시킨 적이 없었던 그 느낌.

등에 업고 있던 재희를 살짝 올려보곤 가만히 서 있던 자리에서 주위를 훑어보는 철웅이었다. 그리고 어느 순간 천천히 돌던 그의 신형이 한 그루의 노송을 향해 멈춰 섰다.

'저곳, 분명 누군가 있다. 사람의 느낌인 것 같기도 하고, 아닌 것 같기도 한 이상한 느낌이지만… 분명 무엇인가 있다.'

길을 걷던 철웅이 멈추어 서자 주변의 풍광도 따라 멈춘 듯한 이상한 정적이 주변으로 흐르고 있었고, 사물이 정지해 버린 듯한 이상한 풍경 속에서도 철웅의 시선은 노송에서 떨어질 줄 몰랐다. 그리고 재희의 엉덩이를 받치고 있던 손의 한쪽이 풀어지며 허리에 매어두었던 재희의 검을 향해 천천히 뻗어가고 있던 그 순간,

"호오… 놀라운 아이로고……."

노송에서 들려온 청아한 노인의 목소리에 철웅은 심장이 멎어버릴

듯 깜짝 놀랐으나 검으로 향하던 손이 잠시 움찔했을 뿐 그런 내색을 비치지는 않았다. 하지만 목소리가 들렸던 노송이 서 있던 공간이 일 그러지는 기괴한 모습을 보면서까지 아무렇지 않게 서 있을 순 없었다.

말 그대로 공간이 일그러지는 듯하였다. 노송이라 생각했던 것의 위 아래가 오므라들고, 노송의 가지로 보였던 것이 흐느적거리며 좌우로 춤을 추고 있었다. 그리고 그런 노송이 변하여 사람의 모양으로 변할 때까지 촌각의 시간도 걸리지 않았다.

"허허… 삼색몽환진에서 생문을 찾은 것은 네가 처음이구나."

긴 도관을 머리에 쓰고, 허연 백염을 배꼽 어림까지 기른 자주색의 도복을 입은 노인이 그를 향해 웃음을 짓고 있었으나 노송이 변하여 노인이 되는 모습에 놀란 철웅은 그런 노인을 향해 쉽사리 마주 웃어 줄 수가 없었다.

'귀, 귀신인가?'

두 눈 가득 놀라운 기색을 감추지 못한 채 검을 잡은 손이 금세라도 검을 뽑을 듯하면서도 자신도 모르게 한발 물러서는 모습을 보며 노인 이 웃으며 그에게 말했다.

"내가 보기에 너는 귀신과 사람도 구별 못할 아이가 아닌 듯한데 무 엇을 두려워하느냐?"

노인의 덤덤한 말에 철웅은 찬물이라도 뒤집어쓴 듯 놀라 정신을 차 릴 수 있었다.

'허어, 이 무슨 추태인가? 상대가 누군지도 모른 채 뒷걸음질이라니, 못난……'

철웅의 눈빛이 일순 낮게 가라앉으며 이전의 모습을 되찾고 있었고,

그런 철웅의 모습을 보고 있던 노인의 눈에도 이채가 어렸다. 어느 정도 정신을 차린 듯한 철웅이 마음을 가다듬고는 노인을 향해 조심스레 입을 열었다.

"누구십니까, 당신은……?"

"허허허… 누구? 당신? 허허, 거참 맹랑한 아이로고. 화산에 몸을 의탁하고 얼마의 성상(星霜)이 지났는지도 기억이 가물거린다만, 너같이 맹랑한 아이는 처음 보는구나. 허허."

'맹랑한… 아이?'

어이가 없다는 듯 웃고 있는 노인이었지만, 정작 어이가 없는 것은 철웅이었다. 지천명을 코앞에 둔 자신을 향해 맹랑한 아이라니. 하지만 얼핏 보아도 환갑은 넘긴 지 오래인 듯한 꼬락서니의 노인인지라 함부로 막말은 할 수 없었고, 무슨 연유로 나타난 것인지도 궁금하여 잠시 화를 참고 말을 잇기로 하였다.

"저는 장철웅이라 하는 사람입니다. 지금은 화산에 볼일이 있어 잠시 몸을 의탁하고 있지요."

"장철웅? 이름 참 고약하구나. 어찌 부모님이 지어주신 이름을 버리고 그런 요상한 이름을 가져다 붙였누?"

이번엔 정말 놀랐다. 하늘이 두 쪽이 나고, 해가 서쪽에서 떠오른다 하여도 이보다 더 놀라진 않았을 것이다. 아무도 몰랐어야 할, 하늘조차 몰랐어야 할 것을 마치 다 알고 있다는 듯 노인은 아무렇지 않게 말하고 있었다.

놀람으로 가득했던 철웅의 눈에 살기가 어리고 있었고, 잡고 있던 검에 서서히 힘이 들어가고 있었다. 아무도 알아선 안 되는 것이었다.

어찌 알았는지는 중요하지 않았다. 노인이 알고 있다는 사실이 중요한 것이었고, 노인이 알고 있다면 자신이 선택할 방법은 하나뿐이다.

하지만 노인의 말에는 사람을 진정시키는 어떤 능력이라도 있는지, 뒤이은 노인의 말에 철웅은 잡았던 검에서 힘을 빼고 눈에 어리던 살기를 지울 수밖에 없었다.

"허어. 살기가 짙구나. 내가 말하면 안 되는 것이라도 말한 것이냐? 마치 천기라도 누설한 것처럼 구는구나? 허허, 한데, 네가 업고 있는 그 여인도 함께 들었을 것인데 그 여인도 벨 참이냐?"

철웅은 차마 검을 뽑을 수가 없었다. 단지 재희를 벨 수 없었기에 검을 놓은 것은 아니었다.

노인의 말에 담긴 진정한 의미를, 이상하게도 그는 느낄 수 있었다. 노인은 재희를 벨 수 있냐 물은 것이 아니다. 나를 위해 남을 베는 것이 옳으냐고 묻고 있었다. 머리 속을 울리는 의미의 전달이었고, 그리 말하지 않았다 하더라도 노인은 그렇게 묻고 있었다. 분명 그렇게 묻고 있었다.

검을 잡고 있던 손에 힘이 빠져 검을 뽑을 수가 없었다. 그리고 힘이 빠져 버리자 업고 있던 재희가 무겁게만 느껴졌다. 자신이 짊어진 운명의 무게처럼.

이 무슨 짓이란 말인가? 무슨 생각으로 살기를 품었단 말인가? 어떤 방법으로 알았든 노인이 자신을 알고 있다는 사실이, 그것이 노인을 죽여야 할 이유가 될 수 있는가? 피한 것도 자신이고, 도망친 것도 자신이고, 숨어버린 것도 자신인데. 살아남기 위해라는 것은 변명에 지나지 않았다.

부끄러웠다……

"…당신은 누구십니까?"

"허허. 내가 누구인 것이 무에 중요할까? 너와 내가 만났다는 것이 중요한 것이지. 허허허."

노인의 웃음소리. 철웅은 문득 그 웃음소리가 아주 오래전에 들었던 누군가의 목소리와 닮았다 느끼고 있었다. 그리고 잊고 있던 그를 힘겹게 떠올릴 수 있었고, 그의 미소를 기억해 낼 수 있었고, 그의 목소리를 기억해 낼 수 있었다.

"네가 너에게 부끄럽지 않다면, 세상이 무어라 하든 결코 부끄러워하지 말아라. 그리고 부끄럽지 않은 삶을 살기 위해 최선을 다해야 한다. 아들아……"

노송이 노인으로 변해 버린 화산의 이름 모를 숲. 깨어진 삼색몽환진의 장막이 걷히자 어디에도 보이지 않던 연화봉의 거체가 불쑥 나타나 시야 가득 메우고 있던 그곳.

노인은 철웅을 바라보고 있었고, 철웅은 자신을 바라보고 있었다.

*   *   *

"어, 어서 알려야 해요!!"

철웅의 품에 기대어 서 있던 재희가 노인의 손짓 두어 번에 막혔던 혈도가 풀리자 무너질 듯 휘청거리면서도 몸을 억지로 바로 하며 외친 한마디가 메아리가 되어 산중에 울려 퍼지고 있었다.

"아니, 무엇을 알려야 한단 말이오?"

"외인의… 적의 습격이요. 서둘러 본산에 알려야 해요!"

"적?"

철웅은 어쩔 줄 몰라 허둥대는 재희를 겨우 달래어 진정시키고 나서야 일의 자초지종을 들을 수가 있었다.

이틀 전에 외인의 종적을 발견했던 일과 오늘 아침 보았던 한 무리의 무림인들. 그리고 그들과 일행인 듯하였던 자들이 자신을 겁간하려 하였던 일과 그들을 철웅이 물리친 일까지.

설명이 끝났을 무렵엔 처음의 조급함을 어느 정도 다스렸는지 재희의 신색은 차분하게 가라앉아 있었고, 도리어 설명을 들은 철웅이 다급해하며 산으로 뛰어올라 갈 차비를 하고 있었다.

"이런… 어서 서둘러야겠소. 놈들이 그곳에서 떠나고 꽤 오랜 시간이 흘렀으니……."

"허허. 조급해하지 마라. 아직은 누구의 피도 흐르지 않았느니."

"……?"

조용히 들린 노인의 목소리에 재희는 문득 자신을 해혈(解穴)하여 준 노인에게 감사하다는 말조차 꺼내지 않았다는 사실을 깨닫고는, 어색하게 입혀져 있던 의복을 단정히 하고 허리를 깊이 숙였다.

"죄송합니다. 도움을 받고도 인사가 늦었습니다. 저는 청상이란 도호를 쓰는 분의 제자인 재희라 하옵니다. 존대성명을 알려주신다면 필히 은혜를 갚도록 하겠습니다."

"허허, 아무도 모를 이름이요, 말해도 잊혀질 이름인 것을. 오다가다 다시 보면 모른 체하지 말고 눈인사나 해주면 된다. 그리고 청상이라… 연화봉에 올라 있는 아이들과 왕래를 끊은 지가 오래되어 누구를 말하는 것인지는 모르겠다만, 너만한 아이를 길러낸 것을 보면 필시 수련이 깊은 사람일 듯싶구나. 너의 혈을 푸는 것쯤이야 수고스럽다 말하기도 뭐한 작은 일이니 마음에 담지 말고…….."

"예. 감사합니다."

자신이 누군지도 밝히지 않고, 화산파 내에서도 상승의 계보로 꼽히는 남천문파의 현 장문인도 모른다 하는 노인의 말에 의아한 마음이 들었지만, 워낙 많은 도인들이 웅집(雄集)해 있는 화산이었는지라 오랜 시간 은거하며 수련에만 몰두한 기인이겠거니 생각하고는 노도인의 내력을 깊이 생각지 않은 재희였다.

노인이 말한 수고스럽다 말하기도 뭐한 작은 일을 하지 못해 여인을 업고 땀을 삐질거리며 산을 오르던 철웅이 작은 헛기침으로 무안함을 털고는 무언가를 알고 있는 듯 말하는 노인에게로 고개를 돌렸다.

"그런데 아직 누구의 피도 흐르지 않았다는 말씀은 아직 싸움이 일어나지 않았다는 말씀이십니까?"

"화산에 피가 떨어진다면 놀라 소스라치는 화산의 비명이 진즉에 들렸을 터, 공기가 잠잠한 것을 보면 아직 사단(事端)이 일어나진 않은 것 같구나."

도무지 알아듣기 힘든 말만 골라 하는 것이 원래 그런 식으로 말하길 좋아하는 것 같았지만, 도술이라 짐작되는 신비한 움직임을 보여주었던 노인이었으니 실없는 소리는 아닐 것이란 생각에 한시름 놓는 철웅이었다.

"자네는 화산의 사람도 아니라면서 어찌 이 아이보다도 더 걱정스러워 하는 겐가?"

"일행이 산 위에 있습니다."

"일행이라… 여인이 홀로 남아 있으니 걱정도 되겠지."

"어, 어떻게 그걸?"

정녕 정체를 알 수 없는 노인이었다. 자신의 과거를 어림하였던 것부터 입도 뻥긋한 적 없는 소소의 일마저 알고 있는 듯 말하는 노인의 모습에 철웅은 이 노인이 자신들을 오래전부터 지켜보았던 것이 아닐까 하는 의심이 들 정도였다. 하지만,

"허허, 자네 또래의 사내가 조급해할 일은 몇 안 되지. 부모가 위독하단 소식을 들었거나 가업이 망했다는 소식을 들었거나 바람난 처첩을 찾았다는 소식을 들었거나 자식이 위험하단 소식을 들었거나……. 한데, 자네 상을 보니 약관 전에 부모를 여읠 상이고, 가업을 이을 상도 아니고, 오십 전엔 연분마저 없는 상이니 처첩 찾을 일도 없고, 자식 구할 일도 없고. 그럼 사내를 다급하게 하는 일이 여자 말고 무엇이 남을까. 허허허."

도인과 같은 풍모를 하고선 멋들어진 풍모와는 전혀 어울리지 않는 노인의 말에 어이없어 하던 철웅이었지만, 그런 노인이 왠지 마음에 드는 것이 조금 더 시간을 내어 이야기를 나누고 싶다는 마음이 들 정도였다.

하지만 아직은 아무 일도 일어나지 않았다 말한 노도인의 말을 되새기고는 조만간 어떤 일이 일어날지도 모른다는 생각에 서둘러 소소에

게 돌아가 봐야겠다 마음먹고 있었다.

"아무래도 저희는 이만 떠나보아야겠습니다."

"어지간히 마음이 급한 모양이군. 그래, 산을 오를 텐가?"

"예."

"안된 말이지만 이 길로는 못 오른다네."

"그건 무슨 말씀이십니까?"

"아까는 나도 호기심이 동하여 진을 열었지만, 원래는 이곳으로 사람이 드나들지 못하네. 그것을 책임지는 것이 나고. 그러니 수고스럽더라도 이 길을 돌아 산문으로 가주게."

야박한 노인의 말에 재희가 무어라 사정을 해보려 하였으나 이내 슬며시 손목을 잡아당기는 철웅으로 인해 얼굴을 붉히며 입을 닫고 말았다.

철웅 역시 마음이 급하기는 누구 못지않았으나 노인의 눈에 어린 미안함을 느낄 수 있었기에 고집 부리지 않기로 하였다. 다른 것이라면 모를까, 노인이 말한 책임이란 말이 가지는 의미를 누구보다도 잘 알고 있는 철웅이었다.

철웅은 군인이었다. 사람들이 알고 있기에 군인은 아무런 조건조차 달지 못하고 명(命)에 살고 명(命)에 죽는다.

하나 그것은 극히 단순한 하나의 면일 뿐이다. 부질없이, 쓸데없이 죽으라는 명은 없다. 전쟁에서 승리하기 위해, 조금 더 빨리 전쟁을 끝내기 위해, 조금 더 빨리 전쟁을 끝내어 더 많은 자를 살리기 위해… 희생을 강요하기 위해 명을 내리는 것이다. 명을 받고 죽는 자야 억울할지 모르지만, 누군가 죽어주지 않는다면 더 많은 자들이 죽어야 한다. 그러하기에 명령이 중요한 것이고, 무거운 책임을 뒤따르게 하는 것이다.

노인이 말한 책임도 명이다. 누군가가 내렸든 자신이 자신에게 내렸든. 책임을 진다는 것은 명을 받들고 그것을 수행한다는 것이다. 책임에 타협은 있을 수 없다.

노인은 분명 자신에게 모습을 드러내어서는 안 되는 사람일 것이다. 한데 금기를 깨고 모습을 드러내고 도움까지 주었다. 자신이 할 수 있는 최대한의 타협을 한 셈이다. 더 이상을 바란다는 것은 노인을 곤혹스럽게 만들 뿐이다.

"잘 알겠습니다. 이 길이 산문으로 가는 길입니까?"

철웅이 가리킨 곳. 삼색몽환진 안에서는 볼 수 없었던 작은 오솔길이 어느샌가 그들의 우측에 구불거리며 나 있었다.

노인은 미소로 철웅의 물음에 답하였고, 가만히 고개를 끄덕인 철웅은 재희에게 떠나자는 말을 하기 위해 고개를 돌렸다. 붉게 물든 재희의 모습에 이상타 여기던 철웅이었지만, 슬며시 손을 당기는 재희의 몸짓에 자신이 아직 그녀의 손을 놓지 않았다는 것을 깨닫고는 급히 손을 놓았다.

"허험. 가, 갑시다."

"…예. 노도께서도 부디 몸조심하십시오."

노인에게 어물쩍 인사를 올리고 사라지는 두 사람. 그들을 말없이 배웅하던 노인은 그들의 모습이 오솔길을 따라 완전히 사라지고 나서야 가만히 몸을 돌렸다.

"허허, 이대로 명을 다하나 했더니 어찌 말년에 저런 물건에 인연이

닿았을꼬. 그릇이야 제법 준비가 되어 있는 것 같지만, 도대체 저 군어 버린 머리에 어찌 도리를 심어야 한단 말인가……."

노인의 걸음이 점점 느려지고 있었고, 노인의 발걸음이 옮겨질 때마다 발걸음을 따라 주변의 풍경이 흐르듯 일그러지고 있었다.

"온몸 구석구석까지 진하게 배어 있는 피 냄새 지울 일도 큰일이고, 하늘의 큰 뜻이 어디로 흐르는지 가르치는 것도 큰일이고……."

하늘을 가리던 연화봉의 거체가 부지불식간에 희미해지며 희뿌연 허공이 그 자리를 메우고 있었고, 고불거리던 오솔길도, 뿌리 박혀 있던 거목들도 흐르는 지반을 따라 자리를 옮기고 있었다.

"허허, 보이질 않는구나, 보이질 않아. 저놈의 운명만은 보이질 않는 구나. 험한 세상 모질게 살아온 모습도 보이고, 피 칠을 한 채 명부를 들락거리던 모습도 보이는데, 저놈이 갈 길만은 당최 보이질 않는구 나……."

숲을 향해 걸어가던 노인의 모습마저 희미해져 가고 있었고, 허공에서 울리는 노인의 목소리만이 연기처럼 사라진 노인이 존재했음을 말해 주고 있었다.

"허허. 말년에 얻은 제자가 지천명을 바라보는 전장(戰場)의 장수(將帥)라…… 허허허."

사라진 노인의 모습이라도 찾는 듯 북녘에서 불어온 삭풍이 두리번거리며 숲을 배회하고 있었으나 한 그루 노송만이 떠나던 삭풍에 휘감겨 앙상한 가지를 흔들고 있었다.

*　　　　*　　　　*

얼마나 걸었을까? 옥천원(玉泉院)을 지나 가파른 오리관(五里關)을 넘어 길게 이어진 석로를 따라 화산을 오르던 혁련웅과 이십팔숙이, 거침없이 내딛던 발걸음을 멈춘 것은 울창한 잡목들이 빽빽이 자라 있던 어느 곳이었다.

멀쩡히 가던 길을 멈추곤 말없이 주변을 둘러보는 혁련웅의 모습을 이상히 여길 만도 하건만 이십팔숙의 누구도 그런 그의 모습을 이상히 여기는 사람은 없었다. 그저 말없이 도병으로 손을 가까이 하고 주위를 살피며 혁련웅의 이상한 행동을 당연하게 받아들이고 있는 듯하였다.

"너무 조용하지?"

"숨기지 못한 살기가 너무 짙어 도저히 모른 척 지나칠 수 없을 정도군요."

일상의 담소를 나누듯 이야기하고 있는 두 사람이었지만, 주변을 둘러보는 그들의 시선은 무엇인가의 종적을 찾아 분주히 움직이고 있었다.

"은잠이 제법이야. 정확한 위치 파악이 안 되는구먼."

혁련웅의 전음에도 황보광의 표정은 변하지 않았다. 그가 느끼고 있는 매복의 수만 해도 수십에 달하건만 그들이 숨어 있는 위치를 찾아내기가 쉬워 보이진 않았다. 황보광 정도의 고수가 찾아내기 힘들 정도로 뛰어난 은잠 실력을 가진 자들이, 마치 일부러 기척을 흘려 자신들이 숨어 있음을 알리고 있는 듯한 상식적으로는 이해하기 힘든 상황이었지만 숨바꼭질이나 하며 시간을 지체하기엔 올라야 할 길이 제법 멀었다.

"노야(老爺)를 노리는 자들일까요?"

"아니라고 말하면 믿어줄 텐가?"

어느새 혁련웅에 대한 호칭이 노야로 바뀌어 있었다. 혁련웅에 대한 진정한 마음에서 우러나온 호칭이었고, 앞으로 수년간은 황보광에게서 노야라는 호칭으로 불릴 사람은 찾기 힘들 것이다.

'거리는 대략 이십여 장. 마치 산개하기를 바라듯 넓게 퍼져 있으니, 놈들을 잡으려 움직인다면 틈이 생기고 만다. 노야를 노리는 것이 틀림없군.'

마음 같아서야 한걸음에 달려가 모조리 박살을 내버리고 싶지만, 적이 원하는 것을 뻔히 알면서도 감정을 못 이겨 신형을 날릴 만큼 어리석은 황보광은 아니었다.

"갈 길이 바쁘니 숨어 있는 자들은 화산에서 내려오는 길에나 찾아봐야겠습니다."

"허허, 그러시게. 나도 어떤 자들인지 궁금하지만 해 지기 전에 화산에 올라봐야 할 것 같으니."

혁련웅과 이십팔숙은 별일 아니라는 듯 손을 털고 가던 길을 다시금 가기 시작했다.

십 장, 이십 장. 걸음을 옮기면서도 주위를 살피고 있던 혁련웅의 눈에 이채가 어렸다.

'정녕 뛰어난 은잠술이다. 분명 기척이 따라오고 있음에도 움직임을 파악할 수가 없다니······.'

당혹스럽기는 황보광도 마찬가지였다. 다른 사람은 몰라도 자신과 자신의 의형제들인 이십팔숙은 섬서에서 손꼽히는 고수들이다. 그런 자신들의 이목을 속이며 따라붙을 수 있는 자들이 있다는 것은 놀라움을 넘어 어떤 불쾌함마저 느끼게 하고 있었다.

'감히… 어떤 놈들이기에……'

하나 그들은 지키는 입장이었고, 따라오는 자들은 노리는 자들이다. 제아무리 강호에 위명이 자자한 이십팔숙이라 하더라도 상대가 누구인지도 모르고 함부로 움직일 수는 없는 일. 화산으로 오르는 석로를 힘주어 밟으며 화를 삭이는 수밖에…….

혁련옹과 이십팔숙을 따르는 이십여 명의 야조들도 고역이기는 마찬가지였다. 특히나 혁련옹과 불과 십여 장 정도의 거리를 유지하며 뒤를 쫓고 있는 야령주 강추의 전신은 땀으로 범벅이 되어 혹시 몸에서 발산된 열기로 인해 은잠한 위치를 들키지 않을까 걱정이 될 정도였다.

'육시럴… 이런 말도 안 되는 일을 계획이랍시고……'

속으로는 육두문자가 튀어나오고 있었으나 련에서 급파된 적기당주의 명이니 듣지 않을 도리가 없었다. 만약 다른 당주였다면 계획의 변경을 고려해 보자 했을는지도 모른다. 적기당주가 아닌 다른 당주였다면……

"내 계획은 이거야. 자네들이 놈들의 신경을 좀 긁어줘야겠어. 원래 자네들 특기가 추적이랑 은잠 아닌가? 놈들 뒤에 바짝 붙되 들키지 않게 따라가게. 신경을 바짝 곤두서게 하란 말이야. 그리고 여기까지만 놈들을 따라와. 나머지는 나랑 우리 적기당 아이들이 알아서 할 테니. 아참, 자네 휘하의 십조도 빌려주게. 어차피 은잠에는 소질없는 아이들이니⋯⋯."

차(車)도 떼어가고 포(包)도 떼어갔다.

십조를 떼어버린다면 그나마 믿고 있던 방패마저 걷어가는 셈이다. 이런 식으로 적기당주가 지목한 곳까지 올라가려면 정작 목표 지점에 가서는 기진맥진할 것이 뻔하다.

적들의 눈에 발각되지 않도록 뒤를 밟는 방법은 쫓는 사람의 피는 말릴지언정 의외로 간단하다.

짧게, 빠르게, 그리고 조용히⋯⋯.

신형을 숨길 만한 지점과 지점을 짧은 선으로 연결하여 선택하고 빠르고 조용하게 이동한다. 지형지물의 색채가 은잠하는 자의 의복과 비슷해야 한다든지, 주위를 경계할지 모르는 상대의 시선을 피하는 방법 등은 일일이 설명하기도 벅찰 만큼 오랜 시간 경험하며 몸에 배게끔 하는 수밖에 없다.

물론 이런 식의 미행은 일반적인 미행보다 훨씬 힘들다. 온몸의 신경이 평소보다 몇 배는 쏠릴 수밖에 없으니, 내공이야 그렇다 쳐도 심력의 소모가 생각보다 극심하다. 더군다나 화산과 같이 은폐물이 많은 곳에서 십 장 이상의 거리를 두는 미행이라면 거의 십 할의 성공을 장담할 수 있는 야조들이었지만, 상대가 이십팔숙이기에 이십 장 이상의 거리를 벌이고도 평소보다 두 배 이상 은잠에 안간힘을 쓰고 있었다. 그들과 가장 가까이 있는 자신 역시 십 장에서 한 치만 더 가까이 간다면 목숨을 부지하기 힘들 것이라 생각했기 때문이다.

말도 안 되는 작전이라 생각했지만, 감히 적기당주의 명에 토를 달

엄두도 못낸 강추였다. 아니, 자신이 아니라 적기당주의 진면목을 아는 자라면 누구라도 그런 미친 짓을 할 생각은 하지 못할 것이다.

'젠장… 이런 식으로 가다간 한 번 싸워보지도 못하고 탈진해 죽겠군. 마치 일부러 사람을 골려먹으려 이러는 것처럼… 일부러… 설마……?'

온몸의 솜털이 모두 곤두설 정도로 바짝 긴장한 채 섬서 최고의 고수 중 하나로 손꼽히는 이십팔숙의 뒤를 조심스레 뒤쫓는 야령주와 이십 명의 야조를 바라보고 있는 시선이 있었다.

'후후, 제법이다, 야령주. 과연 중원제일의 은잠술이라 불릴 만하다. 하지만 어쩌겠느냐. 련은 희생양이 필요하다……. 한때 중원제일의 추적자라 불렸던 비마추룡(飛馬追龍) 강추라면 멍청한 화산파 말코들의 썩은 동태눈 정도는 가릴 수 있겠지. 저들이 여기까지만 온다면 우리는 조용히 혁련웅만 데리고 사라질 것이다. 물론 네가 수고해 준 덕분에 이십팔숙의 이목도 제법 어지럽혀질 것이니, 나로서도 일하기가 조금 수월해지긴 하겠지만, 그보다는 죽기 전에 가진 재주나 마음껏 피우고 죽을 수 있게끔 크게 배려한 것이니 죽어서도 나를 원망하진 말거라. 흐흐흐.'

멀리서 작은 점이 되어 다가오는 혁련웅 일행과 그들의 주변에서 일어나는 보일 듯 말 듯한 움직임들을 바라보던 붉은 장포의 적기당주의 입가에 잔인해 보이는 미소 하나가 걸리고 있었다.

*   *   *

한줄기 바람이라도 된 양 숲을 헤치며 날듯이 움직이던 재희의 몸이 멈춘 것은 산문과 불과 백여 장 남짓 남은 어느 이름 모를 숲의 끝 자락이었다.

잠시 숨을 고르며 내부를 다스린 재희가 아차 하는 표정으로 뒤를 돌아보자 그제야 쫓아온 듯 얼굴이 벌겋게 상기된 채 숨을 헐떡이며 재희의 곁으로 다가서는 철웅의 모습을 볼 수 있었다.

"아… 이런… 죄송해요. 마음이 급한 나머지……."

"헉… 헉… 괘… 괜찮소……. 헉… 헉."

재희는 어느새 가린 면사 사이로 나지막한 탄식을 내뱉으며 철웅의 곁으로 다가왔고, 철웅과 마주한 면사 사이로 보이는 그녀의 두 눈은 미안함과 안타까움으로 물들어 있었다.

'아, 이 매정한 것아. 어찌 이분을 이리 소홀히 다룰 수 있단 말이냐? 너의 생명의 은인이나 다름없는 분을…….'

근 한 식경(30분) 가까이 쉬지 않고 내달렸다. 외인의 습격이라는 중차대한 사태를 본산에 알려야 하겠기에 다른 일 따위는 머리 속을 비집고 들어올 틈이 없었다. 나무들이 우거진 숲을 가로질러 가야 했기에 최대한의 경공을 발휘할 수는 없었지만 그래도 범인이 따라오기엔 턱없이 빠른 속도로 숲을 내달렸다. 그런 그녀를 따라잡기 위해 지치고 상처 입은 몸으로 얼마나 힘겹게 숲을 헤치고 나와야 했을까.

아무리 급하다 하였어도, 하늘이 두 쪽이 난다 하였어도 그녀는 철웅이 있다는 것을 생각했어야 했다.

재희의 눈에서는 금세라도 눈물이 떨어질 듯 눈물이 그렁그렁하게 맺혀가고 있었다. 그런 그녀를 바라보던 철웅은 헐떡이는 숨을 채 고르지도 못하면서도 손을 내저으며 그녀를 달래었다.

"헉… 헉… 괜찮소. 오히려… 헉… 소저에게… 헉… 헉… 짐이 되는 것 같아… 미안하구려……. 휴우."

숨이 가쁜지 인상도 재대로 펴지 못한 얼굴을 하고선 괜찮다는 표시인지 살짝 찡그린 미소마저 보여주는 철웅의 모습에, 재희는 결국 한 방울 눈물을 흘리고 말았다. 그리고 눈물이 번진 그녀의 흐릿한 두 눈에 검은 피가 엉겨 붙은 철웅의 왼쪽 어깨가 망막 가득 채우고 있었다.

"어머?! 이런 상처를……."

괴한들과 싸울 때는 점혈이 되어 있어 철웅이 싸우는 모습을 제대로 보질 못하여 알지 못했고, 삼색몽환진에서 노인을 만나기 전까진 철웅의 등에 업혀 있었으니 볼 수가 없었다. 노인이 해혈해 준 이후에는 정신없이 이곳까지 달려오느라 그를 돌아볼 새가 없었다. …그녀는 철웅을 바라볼 새가 없었다.

재희는 급히 자신의 옷소매를 길게 찢어 철웅의 어깨를 감싸 묶기 시작했다. 눈물이 그렁한 눈을 하고, 차마 철웅을 마주 보지 못하고…….

"아… 괜… 괜찮소. 이 정도 상처쯤은 별 대수롭지 않은 것이니… 윽……!"

괜찮다 말하면서도 어깨를 감을 때마다 이를 악무는 꼴이 대수롭지 않은 게 아닌 것이, 붕대를 감는 손에 조금 힘을 주자 겨우 딱정이가 올라앉았던 상처에서 다시금 피가 배어 나오기 시작했다.

"죄송해요. 저 때문에… 흑."

결국 한 방울 떨어진 눈물로는 그녀의 미안함을 다 표현하지 못했나 보다.

그런 그녀를 바라보던 철웅은 그녀의 어깨로 손을 가져가려다 머뭇거리더니 이내 손을 도로 내려놓고 말았다. 그리고 어깨를 토닥여 주는 대신 낮은 목소리로 그녀의 마음을 어루만져 주었다.

"이런 상처 따위야 시간이 지나면 낫는 것이라오. 그리고 나는 이 상처 대신 두 사람의 목숨을 취했다오. 소저의 눈물을 받을 자격이 없소."

"그런 말씀 마세요! 그 자들은… 그 자들은 죽어도 싼 자들이었어요!"

철웅의 다독임이 못마땅해서였을까? 재회의 목소리가 조금 앙칼지게 철웅의 귓가를 때렸다. 하지만 그의 눈은 변함이 없었다. 그의 마음이 변함이 없듯.

"소저, 세상에 죽어도 싼 자들이란 없소. 그저 죽일 수밖에 없었기에 죽인 것일 뿐. 그자들이 소저에게 한 짓을 생각하면 나 역시 그들을 죽인 것이 그리 잘못한 일이라 생각지는 않소만, 그렇다고 해서 잘한 일이란 생각이 드는 것은 아니라오."

재회는 흐느낌을 멈추고 철웅의 눈을 바라보았다. 무엇인가 더 많은 설명을 바라는 듯한 눈빛으로.

"후, 사람은 평생 악할 수도 평생 선할 수도 없소. 아까의 그자들도 분명 큰 잘못을 저지르긴 하였지만, 그렇다고 그런 자들은 모두 죽어야 한다고 묻는다면… 나는 아니라고 말할 거요. 세상 누구라도… 사람은… 살 가치가 있소."

한쪽으로 흘러내렸던 검은 도복을 어깨 위로 다시 걸치며 자리를 털고 일어나 걸음을 옮기는 철웅의 모습에서, 재희는 무엇인가 가슴을 울리는 느낌을 받고 있었다.

그 느낌이 무엇인지 말로 설명하라면 쉽게 설명하긴 어렵지만, 그래도 비슷한 감정을 표현하라면 '존경'이라 말 할 수 있을 듯싶었다.

하지만 걸음을 옮기는 철웅의 마음은 그런 그녀가 생각하고 있는 그런 것만은 아니었다.

'가소로운. 또다시 말도 되지 않는 헛바닥을 놀렸구나. 죽지 않기 위해 죽였다고? 잘한 일이라 생각지 않는다고? 우습다. 역겹구나. 네 놈 손에 죽어간 수천, 수만의 생령들이 지옥에서 네가 오기만을 기다리고 있음에도 그런 말이 잘도 나오는구나. 누구라도 살 가치가 있다고? 너에게도 살 가치가 있느냐? 이 피에 절은 악귀 같은 놈아.'

'그렇지 않다! 내가 그들을 죽이지 않았다면, 그들을 죽이라 명하지 않았다면 나의 부하들, 나를 믿고 따르던 그들에게서 훨씬 더 많은 피가 흘렀을 것이다! 나는 내 본분에 충실했을 뿐이다! 죽어간 이들에겐 미안하지만 그들과 나는 함께 설 수 없었다. 그것이 나의 탓은 아니지 않느냐?!'

'그래서 너는 너를 믿고 따르던 그들을 지켜내었느냐?'

'⋯⋯'

'결국 너는 누구도 지켜내지 못했다. 아니, 모두를 죽음으로 몰아넣은 것뿐이다. 너 홀로 살아남기 위해 그들의 목숨을 대가로 치루고.'

'⋯나는 ⋯나는 ⋯그럴 수밖에 없었다.'

第十三章
청린마화(菁燐魔火)

청린마화
青燐魔火

침웅이 내보인
것은 한 줌의 흙이었다

 '단 일각(一刻)이다. 일단 싸움이 벌어지면 일각 안에 이십팔숙을 처
리하고 혁련옹을 빼내온다. 일각 이상 싸움을 끌게 된다면 소란을 듣
고 달려온 화산의 말코들과 만날 수밖에 없다. 그런 엿 같은 상황이 벌
어지지 않게 내가 시킨 명령을 잘 이행해 주기 바란다. 그리고 작전의
불문율은 언제나와 똑같다. 낙오자는 버린다. 버려진 자는 련에서 하
사한 향기로운 독단을 기분 좋게 깨물어주길 바란다.'
 언제 들어도 기분 나쁜 적기단주의 음산한 목소리가 귓가를 간질이
고 있다.
 은자 닷 냥을 받던 삼류무사의 신분에서 은자 열닷 냥 유혹을 뿌리
치지 못하고 련에 들며 목숨과 맞바꾼 물건. 무엇으로 만들어졌는지는
알 수 없지만, 독단을 넘겨주며 일단 삼키면 절대 반 각(半刻)을 넘기지

못할 것이라 호언장담하던 약왕당(藥王堂) 무사. 그가 보여주었던 자신감은 어울리지 않게 제법 향이 좋던 적갈색 독단의 효능을 어림 짐작하기에 충분했다. 문득 유지(油紙)로 싸여 있는 품 안의 독단을 생각하자 이 물건이 혹시 오늘을 위해 준비한 것이 아닌가 생각이 들 정도로 어려운 상황이었다.

무슨 수로 일각 안에 천하에 이름난 이십팔숙을 처리하겠다는 것인지는 알 수 없지만 그것이야 적기당의 몫이고, 자신이야 시키는 대로 움직이기만 하면 되는 일이었다. 일이 잘못된다 하더라도 그는 자신의 빠른 두 발을 믿고 있었다.

'저곳인가?'

위치가 잡히지 않게 조심스레 움직이면서도 상대에게 기운을 흘리라는 요상한 명을 수행하던 청년의 시선이 향한 곳은, 화산으로 이어지던 석로가 고개를 이루고 있던 제법 빽빽하게 우거진 숲이었다. 사오(四五)라 불리던 청년은 바라보던 숲에서 눈을 돌려 그 숲으로 발걸음을 옮기고 있는 혁련옹과 이십팔숙 무리를 바라보았다.

'휴우, 살벌하군. 먼발치에서 보아도 오금이 저릴 정도인데, 도대체 얼마나 수련을 해야 저 정도 경지에 오를 수 있을까?'

청년의 눈을 사로잡고 있던 것은 검은 장포를 두르고 산을 오르던 이십팔숙들이었다. 멀리서 보아도 움직이는 모습 자체가 하나의 날 선 도(刀)로 보일 정도로 그들의 발걸음은 거침이 없었다.

'강호에서 저들에게 맞설 자가 그리 많지 않다던데… 과연 성공할 수 있을까?'

행여 잔가지라도 밟을까, 흐트러지던 마음을 다시금 잡아보려 했지만 걱정이란 놈이 한 번 머리 속을 휘젓기 시작하자 좀처럼 잡히질 않았다. 그렇게 혁련옹과 이십팔숙을 따라 숲으로 스며들던 청년의 코에 이상한 냄새가 맡아진 것은 숲을 따라 몸을 옮기고 얼마 지나지 않아서였다. 그리고 무엇인지 알 순 없었지만, 찜찜한 기분을 느끼기에 충분한 그 냄새는 야조들을 지나 혁련옹과 이십팔숙의 코 밑을 스치며 조금씩 숲의 사이사이로 퍼져 나가고 있었다.

"음? 이게 무슨 냄새지?"

"노야도 맡으셨습니까?"

빽빽이 자리한 잡목들로 인해 정오의 햇살이 쉬이 들지 못하고, 그런 잡목들의 사이를 애써 비집고 들어온 몇 줄기 가는 빛살만이 간간히 그 빛을 석로 위로 뿌리고 있던 숲 속. 혁련옹과 이십팔숙은 자신들의 후각에 미세하게 잡히는 어떤 냄새를 맡을 수 있었다. 시큼한 것 같으면서도 역하고, 왠지 사람의 몸을 움츠러들게 하는 어떤 냄새. 알 수 없는 불안함.

누구의 지시도 없었으나 점점 짙어지며 주변을 에워싸고 있는 정체불명의 냄새와 알 수 없는 불안함에 이십팔숙은 그 걸음을 멈추고 있었다.

"불이다~!"

누군가의 외침이 들린 그 순간, 그들과 삼십여 장 정도 떨어진 한곳에서 높이가 삼 장(三丈)은 될 듯한 푸른색의 불꽃이 하늘로 치솟는 것을 볼 수 있었다. 그리고 마치 그것이 신호라도 된 듯 이십팔숙을 중심으로 연이어 수십 개의 푸른 불꽃들이 하늘을 향해 솟아오르기 시작했다.

"기억이 났네, 이 냄새. 청린마화(靑燐魔火)… 저주받을 지옥의 불꽃."

혁련옹의 중얼거림이 주문이라도 된 듯 그 목소리를 들은 이십팔숙의 몸이 서서히 굳어지기 시작했다.

청린마화(靑燐魔火).

'불[火]은 물[水]을 이길 수 없다. 하나 청린마화라면 제아무리 큰 물[水]이라 하여도 능히 태워 없앨 수 있다.'

오십년 전. 전 무림을 공포로 몰고 갔던 청염마군(靑炎魔君) 곽이(郭二)의 독문절기이고, 수많은 강호의 고수들을 한 줌 재로 만든 공포의 마물이었다.

청린마화의 불꽃은 물로도 꺼지지 않고, 바람에도 날리지 않으며, 청염마군이 아니면 천하에 다룰 수 있는 자도 존재치 않았다. 그가 내딛는 발걸음마다 푸른 불꽃이 피어올랐다 하고, 그의 앞을 막은 자들은 여지없이 한 줌의 재가 되어 버렸다. 운남에서 시작한 이 대마두의 발걸음은 귀주를 지나 호남에 이를 때까지 근 백여 명에 이르는 고수들의 목숨을 앗아가 버렸다.

무엇 때문에 그런 악행을 저질렀는지는 끝내 알려지지 않았으나 세상은 그런 대마두의 출현을 두고 보지만은 않았다. 악명이 자자했던 이 대마두의 목을 떨어뜨리기 위해 근 오십여 명에 달하는 강호의 고수들이 목숨을 잃어야 했으나 결국 호북으로 들어서던 길목에서 수백 정도(正道)고수들의 합공을 받아 죽고 말았다.

혁련옹은 놀람을 금치 못하고 있었다. 청염마군이 죽은 후 아무도 청린마화의 비밀을 풀지 못하였었기에, 두 번 다시는 세상에 나오지 못할 것이라 여겼던 저주의 불꽃이 천하가 방심한 틈을 타 이곳 화산에 현신한 것이다.

그들을 에워싸듯 여덟 개의 푸른 불꽃이 어느샌가 서로 연결되어 하나의 커다란 울타리를 만들고 있었고, 옷소매 핏물 번져 나가듯 혁련옹과 이십팔숙을 향해 불꽃의 옥쇄가 조여오고 있었다.

잔뜩 메말라 있던 숲이었기에, 군이 청린마화의 기운이 아니더라도 한 번 당겨진 불씨만으로도 불길이 번지는 것을 막을 길이 없어 보였지만, 거칠 것 없이 혁련옹과 이십팔숙을 향해 달려오던 화염은 혁련옹이 서 있던 곳에서 이십여 장 정도 떨어진 곳까지 와서는 급히 달려오던 움직임을 조금 누그러뜨리고 있었다.

"조화로군. 청린화마의 불꽃이 바깥 세계와 우리를 완전히 차단시켜 버린 것 같군. 화산파에서 이 불길을 보고 달려온다 하여도 함부로 들어오기가 쉽지 않겠어. 이거야 완전히 그물에 잡힌 고기 신세구먼. 허허."

"그다지 즐거워만 하실 때가 아닌 것 같습니다."

황보광의 시선이 머문 곳. 속속 모습을 드러내고 있는 한 무리의 사람들이 황보광과 이십팔숙을 긴장시키고 있었다. 하지만 도갑으로 향했던 이십팔숙의 손이 멈칫하였고, 상대를 노려보던 두 눈은 온통 의아함으로 가득 차고 있었다.

"허… 허허."

혁련옹의 어이없다는 듯 허탈한 웃음소리가 장내로 모습을 드러낸 이들의 초라한 몰골을 더욱 초라하게 만들고 있었다.

불길을 피하지 못한 듯 사방에 그슬리고 불에 탄 흔적이 역력한 삼십여 명의 복면인들. 얼굴을 가린 복면들도 이곳저곳 그슬려 어떤 이는 복면 사이사이의 구멍들로 얼굴의 진면목이 그대로 드러나 보이기까지 하였다. 분명 자신들을 쫓던 자들이 분명하건만, 황급히 검을 뽑아 드는 모습이나 복면 사이로 보인 두 눈에 떠오른 두려움은 제아무리 강호의 경험이 풍부한 혁련웅과 황보광이라 하여도 쉽사리 이해하기 힘든 일이었다.

'개 같은 자식.'

이십팔숙을 쫓던 야령주와 야조 무리는 불길 속에서 장렬히 전사하지 못하고, 황급히 불길이 번지지 않은 곳으로 뛰쳐나오고 말았다. 야령주의 눈에 보이지 않는 야조가 열 명 가까이 되는 것을 보니 순식간에 번진 불길을 피하지 못한 것이 분명했다. 한마디 언질도 없었건만.

'적기당주, 이 개 같은 자식. 씹어 먹어도 시원치 않을 개 후레자식. 우리가 있는 것을 알면서도 산에 불을 지르다니.'

명을 수행하다 보면 위험한 일도 많고, 죽음 끝까지 몰릴 때도 있다. 하지만 이렇게 사전에 언질도 없이, 아무런 이유도 없이 적과 함께 불길 속에 내던져진 경우는 없었다. 아무리 욕을 하고 저주를 해도 적기당주의 목을 베어버리기 전엔, 한 번 싸워보지도 못하고 불길 속에 남겨진 열 명의 수하들이나 오 장도 채 떨어지지 않은 거리에서 이십팔숙이란 절정도객들과 마주하게 된 자신들의 억울함을 해소할 길이 없을 듯싶었다. 어쨌든 적기당주의 목을 베는 것도 살아 나간 후의 일이다. 불길 속에서든 이십팔숙의 도에서든.

"그대들은 누구인가?"

어느새 뽑아 들었는지 서슬 퍼런 한 자루 도를 든 황보광의 목소리가 강추의 귓전을 때렸다. 하지만 강추는 아무런 대답도 할 수 없었다.

'련이 우릴 버린 것인가? 적기당주의 독단인가?'

자신을 향해 살기를 쏘아 보내고 있는 황보광을 주시하면서도 강추의 머리 속은 이 당혹스러운 상황에 적응하기 위해 분주히 돌아가고 있었다.

'후후, 십조를 데려가지 않았느냐. 남은 것은 돈에 팔린 우리들뿐이다. 련은… 우리를 버린 것이다.'

결론은 간단했다. 온몸에 힘이 빠졌다. 겨우 오 장 남짓한 거리에 천하의 이십팔숙이 있었고, 그들이 뿜어내는 살기에 서른 명 가까운 야조들이 눈조차 마주치지 못하고 있었지만 강추는 아무런 대답도, 명령도 내리지 않고 있었다. 그래도 십 년을 몸 바친 련이었건만 그들에게 자신은 결국 외인이었나 보다.

'그래도 이만하면 무사로서 괜찮은 최후 아니냐? 다른 사람도 아닌, 천하의 이십팔숙의 손에 죽을 수 있으니.'

자신의 물음에 아무런 대답이 없던 자들 중 중간에 서 있던 한 사내의 입꼬리가 말려 올라가는 것을 보며, 황보광은 그 사내가 무리의 우두머리라는 것을 알아챌 수 있었다. 물론 그 사내의 미소가 무엇을 뜻하는 것인지까지는 알 수 없었지만, 그것마저도 사내의 뒤이은 행동으로 능히 짐작할 수 있었다.

스르릉—

강추는 자신의 검을 뽑았다. 두 자 다섯 치의 짧은 검. 은잠과 추적에 긴 장검은 필요가 없었기에 자신과 야조들을 위해 특별히 제작된 검이었다. 련에서 만들어준. 야조들의 눈빛이 흔들리고 있었다. 자신들의 령주가 검을 뽑았다, 살기를 풀풀 날리는 이십팔숙을 향해.

"모두… 달아나라."

령주의 입에서 떨어진 명에 야조들의 눈빛이 빛을 잃어가기 시작했다. 어디로 달아나란 말인가? 사방이 화염에 휩싸여 있고, 설사 불길을 빠져나간다 하여도 불길을 보고 달려온 화산파의 사람들이 잔뜩 몰려들었을 것이 뻔한데. 무책임한 상관의 마지막 명이었지만, 그들은 아무 말도 할 수 없었다.

"아무래도 여기가 내 무덤 자리가 될 듯한데, 독단 따위에 어찌 목숨을 맡길까."

자신들의 상관은 죽으려 하고 있었다. 비록 검을 뽑지 않는다 하여도 어차피 죽을 것이 뻔한 상황이었지만, 자신들의 상관은 독단 대신 검을 택했다. 그리고 수하들의 답도 듣지 않은 채 성큼성큼 이십팔숙의 앞으로 걸어가고 있었다.

"나는 강추라 하는 자요."

"강추? 자네가 비마추룡(飛馬追龍) 강추?"

누구인지 모르겠다는 표정의 이십팔숙과는 달리 혁련옹은 그를 알고 있었다. 천하 거의 모든 사람들의 추적을 받아온 삶이었으니 한때 강호제일의 추적술을 가진 자라 불렸던 자를 모를 리 없었다.

"그렇소, 혁련 선배."

강추는 혁련옹을 부르길 선배라 하였다. 이미 쫓고 쫓기는 관계는 끝이 났음을 인정한다는 듯한 말이었고, 칼을 뽑아 든 모습과 이십팔숙을 향한 도전적인 눈빛이 그가 마지막을 준비한다는 것을 말하고 있었다.

"이십팔숙은 내 칼을 받아주시오."

이십팔숙의 대답 따위는 기대하지도 않았다는 듯 말을 마친 강추의 신형은 이십팔숙을 향해 날아오르고 있었다.

*　　　*　　　*

"아니? 너는 재희가 아니냐?"

상현 진인의 눈엔 놀라움이 어리고 있었다. 해가 중천에 떠 있는 지금 그녀를 보게 되었다는 것도 새삼스러운 일이었고, 외인을 감시하고 있을 것이라던 그녀였기에 의아해했으며, 그녀의 곁에 사내가 함께 있는 것을 보았기에 놀라움은 배가되고 있었다.

"제자 재희가 진인을 뵈옵니다."

황급히 산을 내달리던 재희와 상현 진인이 만나게 된 것은 정체불명의 노도인과 헤어지고 오솔길을 따라 산문으로 향하고 얼마 지나지 않아서였다. 한 무리의 인원이 산을 오르는 모습에 혹시나 하고 몸을 숨겼던 재희와 철웅이었으나 그들이 화산파의 인물들임을 알고 급히 그들 앞에 나선 것이었다. 그녀가 나타나자 화산파 제자들의 얼굴에 옅은 홍조가 보이고 있었으나 그녀를 반갑게 맞이하는 상현 진인의 모습에, 행여 붉어진 얼굴을 들킬세라 서둘러 고개를 돌리고들 있었다.

"그래, 너의 수고는 이야기 들었다. 한데, 자네는?"

"또 뵙습니다."

상현 진인의 놀라움은 그칠 줄 모르고 있었다. 재희와 함께 있던 사내가 다름 아닌 철웅이란 것도 놀라운 일이었거니와 그보다는 그의 어깨에 흐른 선명한 핏자국이 더욱 그를 놀라게 하고 있었던 것이다.

"아니? 그 상처는 어찌 된 것인가?"

"진인! 길게 설명할 틈이 없습니다. 속히 산문으로……."

잠시 동안 이어진 재희의 설명이었으나 상현 진인은 쉽게 사태를 파악할 수 있었다. 침입한 자들의 수가 칠십여 명에 이르고, 그들과 직접 부딪친 철웅의 이야기로는 그들의 무위가 매화검수에 버금간다 하니 정녕 큰일이 아닐 수 없었다. 함께 듣던 화산파의 인물들이야 그런 철웅의 이야기를 허풍쯤으로 듣는 모양이었지만, 자신의 제자와 싸운 이였고, 검에 어깨를 꿰뚫리고도 입가에 머물러 있던 미소의 의미를 어느 정도 알고 있던 상현 진인이었기에 그의 말이 절대 허언이 아님을 알고 있었다. 중요한 부분만 간략하게 설명한 재희였지만, 그것만으로도 상현 진인은 속히 산문으로 되돌아가야 한다 판단하고 있었다. 상현 진인의 판단에, 침입자들이 재희를 겁간하려 하였다는 것과 신비한 노도인을 만난 이야기 등은 할 필요가 없었기에 굳이 꺼내지 않은 재희와 철웅이었다.

"모두 산문으로 돌아간다. 진운이는 어서 다른 이들에게 신호를……."

상현 진인은 옆에 서 있던 제자 중 한 명인 진운이란 자에게 다른 곳으로 향한 사람들에게 모이라는 신호를 보낼 것을 명하려 하였다. 하나 그들의 시선을 사로잡은 불꽃으로 인해 상현 진인의 명은 필요없는 것이 되어버렸다.

화아악!!

그들과 이백여 장 정도 떨어져 있던 산문으로 오르던 한 길목. 폭발하듯 하늘로 솟구친 푸른 불꽃은 그 어떤 신호보다도 확실하게 사람들을 불러들일 것이 분명했다.

"저것이 대체……."

"벌써 일이 벌어진 모양입니다. 서둘러야겠습니다."

철웅의 이야기에 고개를 살짝 끄덕인 상현 진인이 제자들을 호령하며 신형을 날렸다. 상현 진인과 함께 몸을 날리려 하던 재희의 몸이 문득 멈추어 서더니 철웅을 향해 몸을 돌렸다.

"저, 대협께서는 함께하지 않으셔도 됩니다."

"……?"

생각지도 않았던 재희의 말에 철웅은 일순 당황스러움을 금치 못했다. 여기까지 함께 와서는 가지 않아도 된다니.

"이 일은 화산파의 일입니다. 손님으로 찾아오신 장 대협께서 관여하시지 않아도 아무도 뭐라 하지 않을 것입니다."

"그게 무슨?"

"대협께서는 본산으로 오르십시오. 혹여 본산으로 오른 자들이 있다면… 소소가 위험할 수도 있습니다."

"……!"

철웅은 그제야 재희가 하는 말이 무슨 뜻인지를 알 수 있었다. 그녀는 본산에 홀로 있는 소소를 걱정하고 있었다. 소소가 홀로 있다는 것을 잠시 잊고 있었던 철웅이었기에 아차 하는 심정으로 자신도 모르게 고개를 끄덕이고 있었지만, 쉽사리 발걸음을 돌리지 못하고 있는 자신을 알지는 못하고 있었다.

"그럼."

짧은 인사를 남긴 재희가 한줄기 바람처럼 철웅의 곁을 떠나고 있었음에도 철웅은 아무런 말도 하지 못하고 있었다. 본산으로 올라 소소의 곁에 머물러야 한다 생각하면서도 떨어지지 않는 발걸음은 그가 마음을 쉽사리 정하지 못하고 있는 것을 보여주고 있었다.

'소소가 혼자 있다 하나 그 아이는 재희 소저의 사부라는 청상이란 도인과 함께 있으니 그리 큰 걱정은 하지 않아도 될 듯싶은데.'

그녀가 떠나기 전까지만 하더라도 본산에 홀로 있을 소소를 걱정하는 마음이 앞서더니 그녀가 떠나자 위험 속으로 몸을 날린 그녀의 걱정이 앞서고 있었고, 그런 마음의 동요에 철웅은 쉽사리 마음의 갈피를 정하지 못하였다.

'후, 일단 눈앞의 불이 먼저다.'

결국 철웅은 산을 오르지 않고 내려가기 시작했다. 눈에 밟히는 재희의 뒷모습을 차마 지울 수가 없었기에.

*   *   *

"하앗~!"

챙―!

황보광의 가슴을 반으로 쪼갤 듯한 기세로 달려들던 강추의 검은 황보광의 옆에 서 있던 한 도객의 도에 가로막혀 튕겨져 나가고 말았다.

어느새 황보광과 혁련옹을 가운데 두고 겹겹의 막을 둘러친 이십팔숙들의 기세에는, 천하의 누구도 그들에게 범접치 못하게 하겠다는 의지가 엿보이고 있었다.

"그대의 상대는 나다."

두어 걸음이나 물러선 강추의 앞으로 한발 나선 사내는 이십팔숙 중의 막내라 할 수 있는 역도(逆刀) 상완(商完)이란 자였다. 이제 삼십대 후반의 나이였으나 일신의 무공이 이십팔숙이란 이름에 부끄럽지 않은 고수였다.

강추는 자신의 검을 쳐낸 자의 나이가 그리 많지 않음을 보고 내심 자존심이 상하였으나 그가 아무렇지 않게 휘두른 도의 경력이 호락호락한 것이 아니었기에, 감히 얕잡아 보지 못하고 쥐고 있던 검에 내력을 불어넣으며 다시금 몸을 날렸다.

"이얏!"

챙— 챙—!!

사방을 종횡하던 강추의 검이 상완의 좌우를 노리며 짓쳐 들고 있었으나, 상완의 도는 한 치의 물러섬도 없이 강추의 검을 막아내고 있었다. 강추가 몸을 누이며 검을 깊게 찔러갔고, 상완의 도가 곧게 서며 들어오던 검을 흘려내더니 손목의 힘으로 도를 휘둘러 강추의 몸을 가르듯 위로 올려 쳐졌다. 누이며 들어간 검이었기에 좌우로 움직이기에는 몸의 균형을 잡기가 어려워 보임에도, 허리의 동작만으로 몸을 한 바퀴 회전시키며 상완의 도를 피해내는 강추였다. 허리를 따라 돌던 강추의 검은 회전의 힘을 더하며 상완의 목을 향해 휘둘러졌고, 올려 쳐진 도를 미처 회수치 못한 상완이었기에 급히 허리를 숙여 검을 피하며 도를 휘둘러 강추와의 거리를 벌리고 있었다. 강추의 검이 이 척 오 촌의 짧은 검이었고, 그에 맞선 상완의 도 역시 그보다 조금 긴 삼 척의 유엽도여서 그런지 두 사람의 도와 검 사이의 간격은 통상적인 그것보다 무척이나 짧았다. 병기의 간격이 짧으니 근접하여 싸울 수밖에 없었고, 검과 도가 부딪치는 횟수 역시 짧을 수밖에 없어 그리 큰 반경을 가지고 싸우는 것이 아니었음에도, 그들이 휘두르는 검과 도의 마찰음이 마치 여러 명이 난전을 벌이는 것만큼이나 숨 가쁘게 울려 퍼지고 있었다.

령주와 도객이 어울려 싸움을 벌이고 있음에도 야조들은 감히 움직일 엄두도 내지 못하고 있었다. 원래 무공이 높아 비싼 값에 팔린 자들이 아니었기에 감히 이십팔숙과 검을 어울릴 생각조차 못하고 있었다. 하지만 그들을 바라보는 모든 이의 마음이 그런 것은 아니었다.

'우리 령주가 저리도 강한 사람이었던가?

사오라 불리는 청년의 눈에 비친 령주의 모습은 이십팔숙의 도와 맞서 한 치도 밀리지 않는 대단한 모습이었다. 물론 강추의 이마에 흐르는 땀과 상완의 눈에 어린 여유를 보았다면 그런 생각은 하지 못했겠지만, 그런 것까지 알아채기에는 사오의 경험이 빈약했고 그들과의 거리가 너무 멀었다. 마치 그 자신이 령주라도 된 듯한 착각에 사오의 몸은 흥분으로 들뜨고 있었다. 자신도 나가 싸워보고 싶었고, 잘만 하면 저들을 이길 수도 있겠다 싶은 마음까지 드는 사오였다.

'어차피 이판사판 아닌가? 싸워도 죽고, 싸우지 않아도 죽고.'

이상하게도 더 이상 불길이 자신들이 서 있던 곳에서 이십여 장 안으로는 범접하지 않고 있었지만, 그래도 마른 장작 타오르듯 헛바닥을 날름거리는 불꽃의 열기에 등짝이 익어가는 것만 같은 것이, 맨몸으로 불길을 빠져나간다는 것은 도저히 불가능해 보였다.

'그래, 사내대장부가 독단 따위를 깨물고 죽는다면 그 얼마나 한심한 모습이겠느냐!'

젊은 사오의 두 눈에 작은 일렁임이 일었다. 검을 잡은 손에 힘이 들어가고 있던 그때, 그와 조금 떨어진 곳에 있던 일삼이라 불리던 중년인 역시 강추와 상완의 싸움을 바라보며 상념에 잠겨 있었다.

'여기까지구나.'

일삼은 온몸의 기력이 모두 빠져나간다 생각했다. 그 역시 무림이란 곳의 생리를 잘 알고 있는 자였기에 이런 날이 올지도 모른다 짐작은 하고 있었다. 위험한 고비도 여러 번 넘겨보았고, 몇 번의 죽을 고비도 용케 넘겨보았던 일삼이었지만 아무래도 오늘은 그 고비라는 놈에게 걸려 고꾸라질 것만 같았다.

'어차피 흘러가는 인생이었다. 특별히 어떤 포부를 가졌던 것도 아니고, 무엇을 이루려 살아온 것도 아니었다. 그래도 이십여 년을 몸담았던 련이었는데… 이런 식의 내침을 당하게 되다니……'

그에게 있어 세상은 스스로의 힘만으로 무엇을 이루기엔 너무나 힘든 곳이었다. 그에게도 정의로운 자가 되려 하였던 젊은 날이 있었고, 무명을 날리리라 다짐했던 시절이 있었다. 하지만 몇 번의 패배와 몇 번의 좌절을 겪고 나서야 세상이라는 것이 그리 호락호락한 곳이 아니라는 것을 배울 수 있었다. 그리고 그런 그에게 있어 련의 호의는 한줄기 광명 같은 것이었다. 아무도 알아주지 않았던 그에게 돈과 일을 주었고, 어렵사리 임무를 완수하면 술과 계집을 안겨주기도 하였다. 이십여 년 가까운 세월 동안 련에 몸담았으나 련이 무엇을 하는 곳인지도 중요하지 않았고, 자신이 무엇을 하고 있는 것인지에 대해서도 궁금해한 적이 없었다. 그렇게 길들여져 왔다. 그런 그를 이제 련이 내치려 한다. 특별히 잘못한 것도 없는데, 아직 할 일이 많을 것 같은데…….

"엿 같은 세상."

일삼의 입에서 결국 외마디 욕설이 튀어나오고 말았다. 그리고 그의 한마디가 야조들의 행동을 결정지어 버렸다. 숨죽인 채 지켜보고만 있던 야조들의 머리 속에는 저마다의 상념이 이어지고 있었고, 그 상념들은 일삼이나 사오처럼 제각각이었으나 결과는 하나로 귀결되고 있었다.

스르릉―

스릉―

그들은 불에 타 죽거나, 독단을 깨무는 것을 원하지 않았다. 비참하게, 혹은 평범하게 살아온 인생들이었지만 어떤 인생을 살았든지 간에 결국 그들은 버림을 받았다. 잘못한 것이 없었지만 내침을 당했다. 억울하고 분했다. 이대로 앉아서 죽음을 기다려야 한다는 현실이 그들의 이성을 마비시켰고, 그들의 감정이 그들을 버린 세상에 대한 마지막 몸부림을 원했기에 검을 뽑을 수밖에 없었다. 그들에게 남은 선택은 그것뿐이었다.

*　　　　*　　　　*

'의외로군.'

눈을 비벼 아무리 다시 보아도 적기당주는 분명 타오르는 불길 속에서 있었다. 제아무리 무림의 고수라 하여도, 이 정도의 화마 속에서 온전할 리 없건만, 적기당주는 천하의 모든 상식을 비웃기라도 하는 듯화염 속에 우두커니 서 있었다. 하지만 자세히 보면 그와 이십여 명의적의인들이 서 있는 자리에는 불꽃이 일렁이지 않는다는 것을 알 수있었다. 그들이 서 있던 자리를 빙 둘러 화염이 일렁이고 있었지만 그들이 서 있던 자리에는 무슨 짓을 해놓은 것인지 불길이 침범치 않고있었다. 하지만 아무리 그렇다 하여도 그의 주변을 휘몰아치는 열기의폭풍만 하더라도 일반인은 물론, 무공을 익힌 자라 하더라도 버티기 쉽지 않다는 사실은 변함이 없었다. 하지만 그는 아무런 미동도 없이 서있었고, 선 자세 그대로 십여 장 앞에 무리 지어 있던 이십팔숙들과 야조들을 바라보고 있었다.

'호, 강추 놈. 제법 괜찮은 무공을 지닌 자였군.'

적기당주의 눈에도 강추와 상완의 대결이 제법 흥미로운 모양이었지만 그것뿐이었다. 어차피 곧 죽을 자들.

'독단을 깨물고 자결하진 않아도, 사시나무 떨며 벌벌 떨고들 있을줄 알았는데… 흐흐, 그래도 무공을 익힌 무사들이라 이건가?'

적기당주의 음침한 미소가 장포 속에서 지어지고 있었지만, 고작 십여 장의 거리를 격하고 있던 이십팔숙들조차 열기의 폭풍에 집어삼켜진, 적기당주와 적의인들의 기척을 감지하지 못하고 있었다.

'그래 봐야 이란격석(以卵擊石). 얼마의 시간을 더 지체할 뿐이다. 음, 청란마화가 지속될 시간은 대략 한 식경 남짓. 조금 더 지켜보고 싶지만 시간이 없구나.'

"천화통은 준비되었느냐?"

"예. 하지만 열기가 너무 거세어 아직 개봉하진 않았습니다."

"좋아. 저들의 삼 장 앞까지 전진한다. 저들이 눈치 채지 못하게 길을 뚫어라."

"예!"

적기당주의 명을 받은 몇몇 적의인들이 붉은색의 포대 자루를 들고 앞으로 나섰다. 그리고 포대 자루의 주둥이를 열고 그 속에서 하얀 가루를 꺼내 바닥에 뿌리기 시작했다.

피시식~

적의인들이 뿌린 하얀 가루가 불길에 닿자마자 불길은 힘없이 꺼지기 시작했고, 그렇게 만들어진 불길 속으로 천천히 적의인들이 이동하기 시작했다. 어린아이 하나가 들어갈 만한 크기의 붉은색으로 칠해진 네 개의 궤짝과 함께.

*　　　　*　　　　*

"이것이 대체?"

옥현 진인과 무현 진인, 그리고 방금 전 당도한 상현 진인마저 눈앞에 벌어진 괴사에 눈을 껌벅거릴 뿐 이렇다 할 설명을 하지 못하고 있었다. 분명 불꽃이 분명한데 푸른빛을 띠고 있었고, 열기는 분명하건만 옆에 있던 잡목들로는 불길이 번지지 않고 있는 이상한 불꽃이었다.

"이게 대체 뭐랍니까?"

무림에 몸담은 지 수십 년이 넘은 화산파의 장로들 중 청염마군 곽이의 이야기를 모를 자는 없었지만, 푸른 불꽃만 보고 이미 삼십여 년전에 죽은 자의 독문절학과 같은 것이라 생각하기는 어려운 일이었는지라 모두 꿀 먹은 벙어리마냥 입을 다물고만 있었다. 하나 무현 진인의 질문에 답을 해줄 사람은 없었지만, 그렇다고 눈앞의 광경을 보고만있을 수도 없는 노릇이었다.

"이 안에 혹시 사람이 있진 않을는지……."

"글쎄, 불길이 워낙 높고 거세 확인할 방법이 없으니……."

화산파의 사람들은 청린마화가 뿜어내는 화염의 귀기스러움에 감히가까이 가지 못하고, 오 장 이상의 거리를 두고 바라보고 있을 뿐이었다.

"제가 동쪽에서 오다가 보니 이 푸른 불꽃이 마치 둥근 원을 그리고있는 듯했습니다."

짧은 염소수염을 한 육십대의 한 노도사가 나서며 자신이 본 상황을이야기하고 있었다. 화산 팔장로 중의 일곱째이며 상현 진인의 바로아래 사제인 구현 진인이었다.

"그래? 혹시 안의 상황은 보질 못하였는가?"

"그게… 워낙 거리도 멀었을뿐더러, 이 푸른 불꽃의 높이가 근 삼장에 이르렀기에 이 안의 상황은 도저히 볼 수가 없었습니다."

구현 진인의 말에 작은 침음성을 내쉰 옥현 진인이었지만, 보이질 않는 것을 볼 수는 없는 일이었으니 답답한 마음만 더 하고 있었다. 불길이 더 이상 번지지 않고 있으니 그나마 천만다행이라 할 수 있었지만, 그렇다 하더라도 저절로 불이 꺼지길 기다릴 수도 없는 노릇이었는지라 옥현 진인은 불길을 잡을 방법부터 생각해 보기로 하였다.

"아무래도 물을 길어와야 할 듯싶습니다."

무현 진인의 말에 반대하는 사람은 없었다. 아무리 기이한 불꽃이라 하여도 불은 불이니 물로 꺼야 한다는데 이의를 달 사람은 아무도 없었다.

"서두르게, 언제 불길이 번질지 모르니."

몇 명의 제자들을 이끌고 산으로 오르려 차비하던 무현 진인과 화산파의 사람들이었지만 등 뒤에서 들린 낯선 목소리에 고개를 돌렸다.

"물은 안 됩니다."

목소리의 진원지로 고개를 돌린 무현 진인의 시야에 웬 사내 하나가 잡혔다. 도복을 걸치곤 있었으나 얼굴도 낯설고, 행동도 낯설었다. 왼쪽 어깨에 입은 상처가 눈살을 찌푸리게 하던 그 사내는 물을 길어선 안 된다 말하고 있었다.

"자넨 누군가?"

호기심보다는 경계심이 더 진하게 묻어 있는 무현 진인의 목소리에 장내로 들어선 사내는 무현 진인의 물음에 답했다.

"장철웅이라 합니다."

산으로 오른 줄 알았던 철웅의 등장에 상현 진인의 뒤에 말없이 서 있던 재희의 눈이 크게 떠졌다. 그는 그녀에게 돌아왔다.

"제 손님입니다."

철웅을 경계하며 다가서려던 무현 진인의 앞으로 상현 진인이 한발 앞서 나오며 철웅과 무현 진인의 사이에 섰다. 그런 상현 진인의 모습에 무현 진인은 물론 옥현 진인과 주변에 있던 제자들마저도 상세한 설명을 바라듯 아무 말 없이 상현 진인을 바라보고 있었다. 하지만 철웅에 관한 구차한 설명 대신 보다 중요한 문제를 철웅에게 물어보는 상현 진인이었기에 좌중은 그에 대한 궁금증을 잠시 잊어버리고 말았다.

"물로 끄면 안 된다니, 그게 무슨 뜻인가?"

상현 진인의 물음에 철웅은 불길이 치솟고 있는 좌중의 뒤편으로 잠시 시선을 옮겨 지형을 살피듯 훑어보더니, 이내 무엇인가 결론을 내린 듯 상현 진인을 바라보며 말을 이었다.

"험, 불길이 거셉니다. 지금은 이상하리만치 불길이 번지진 않고 있지만 바람이 바뀌면 어찌 될지 모릅니다."

철웅의 말에 고개를 갸우뚱거리는 자들도 있었으나 대부분의 인물들은 고개를 끄덕이며 철웅이 말한 바를 짐작하고 있었다. 아직 겨울 삭풍이 몰아치거나 하지 않아 커다란 바람의 동요는 일지 않고 있었고, 화산과 같이 경사가 완만한 지형에서 정오 무렵 부는 바람은 계곡 사면을 따라 상하로 주기없이 불기 때문에 산불의 진행이 더딜 수도 있었다. 하지만 정오가 지나 저녁이 될수록 머물러 있던 바람이 곡간 저부에서 산정으로 방향을 잡고 불길을 실어 나르게 될 것이다. 좌중의 인물들 중 몇몇은 산의 변화나 바람의 움직임에 평소 무관심하여 그런 것을 잘 모를 수 있으나, 화산에서 십 년 이상 수련해 온 대부분의 사람들은 그러한 산중 바람의 변화를 알고 있었다.

"그러니 서둘러 불길을 잡아야 하는 게 아닌가?"

초면에 다짜고짜 반말로 말문을 연 무현 진인이었다. 하지만 원체 안하무인이라 불리기에 손색이 없을 정도로 호방한 그였기에, 주변의 누구도 그것에 대해 이상히 여기거나 나무라는 사람은 없었고, 철웅 역시 자신보다 연배가 되어 보이는 무현 진인이었기에 그리 기분 나빠하는 기색은 보이지 않았다. 그런 무현 진인이 성급한 성질을 자랑이라도 하듯 철웅의 말이 끝나기 무섭게 다그쳐 왔다. 하지만 철웅은 별 동요 없이 자신의 생각을 말하였다.

"시간이 없으니 물은 안 됩니다. 이 정도의 인원으로 물을 길어보았자 바람이 바뀌기 전에 불길을 잡기는 어렵습니다."

철웅의 말에 무현 진인은 가만히 고개를 돌려 등 뒤로 솟구치고 있는 푸른 화염 기둥을 바라보았다. 인위적으로 일어난 불이란 느낌이 강하게 들고는 있었지만, 어쨌거나 불은 불. 바람이 거세어지면 불길이 번져 본산에까지 그 화가 미칠 것이 분명하였고, 바람은 본산이 불타거나 말거나 그 방향을 바꿀 것이 분명했다. 그리고 자신들의 힘으론 바뀌는 바람을 잡기도 불가능할뿐더러 바람을 쫓아가기도 벅차다는 것을 인정해야만 했다.

문득 무현 진인은 고개를 돌려 철웅을 바라보았다. 아직 어떤 해결책을 내놓은 것은 아니었지만, 눈앞의 중년인은 그 해결책을 알고 있기에 물을 긷는 것을 반대하였을 것이란 느낌이 강하게 들었다.

"그럼 어찌하였으면 좋겠는가?"

"인원을 나누어 두 방향에서 불길을 잡아야 합니다."

"인원을 나눈다? 그게 무슨 뜻입니까?"

잠자코 상황을 지켜보고만 있던 옥현 진인이 나서며 철웅의 말에 반문했다. 불길을 서둘러 잡지 않으면 본산이 위험할지 모른다는 것에 생각이 미친 옥현 진인이었기에, 처음의 괴사 정도로 생각했던 푸른 불길이 사문의 존폐를 위협할 수 있는 마물이라는 것을 인정한 것이었다. 그러한 마물의 손에서 사문을 지켜야 하는 대화산파의 장문인이었기에 언제까지나 평정심을 유지할 수만은 없었던 것이다.

"제가 보니 이곳에 모인 사람의 수가 대략 사십여 명 정도로 보입니다. 이중 절반은 불길의 상부에서 맞불을 놓아야 하고, 나머지 절반은 불길의 하부에서 진압해야 합니다."

다 맞는 말이다. 본산으로 향하는 불길을 막자면 맞불을 놓는 것이 가장 타당한 방법이다. 반대편에서 불길을 잡아 오르는 것도 바람의 방향을 생각한다면 옳은 소리다. 하지만 무엇으로 불길을 잡을 것인지는 아직 말하지 않고 있는 철웅이었기에, 성질 급한 무현 진인은 가슴을 때리며 철웅을 다그쳤다.

"이보게! 다른 것은 각설하고, 도대체 무엇으로 불을 꺼야 한다는 것인가?"

본산이 위험할 수도 있다는 이야기에 제법 다급해졌는지 언성마저 조금 높아진 무현 진인의 다그침에 철웅은 입을 열어 그 방법을 설명하기 시작했다.

"불길을 잡는 방법은 어느 한 방법으로 되는 것이 아닙니다만, 일단 불길의 하부에 임로(林路)를 놓아야 합니다."

"임로?"

"나무를 자를 방법을 찾아야겠지만, 둥치가 굵은 나무를 골라 불길 위에 길을 놓아야 합니다."

임로라니? 무현 진인과 옥현 진인, 심지어 상현 진인마저도 그의 설명에 어리둥절해하고 있었다. 철웅의 설명이 그들의 귀에는 마치 불타고 있는 아궁이에 땔나무를 던져 넣자는 이야기로 밖에 들리지 않았기 때문이다. 하지만 철웅의 설명은 아직 끝나지 않았다.

"폭을 주지 않고 임로를 놓으면, 임로가 놓인 자리의 자연스런 진화도 가능할뿐더러, 임로로 확보된 곳에서부터 진화가 가능하기 때문에 불길을 내부에서부터 잡을 수 있습니다."

"내부에서 불길을 잡는다?"

철웅의 설명에 상현 진인은 '아!' 하는 표정으로 자신의 무릎을 내려쳤다. 무리 지어 있어 끊임없이 외부로 화염을 토해내는 불길이다. 그런 불길을 외부에서 불길보다 미약한 힘으로 잡는 것보다는, 안에서부터 혹은 덩어리를 잘라내듯 불길을 떼어내어 잡는 것이 훨씬 효과적이라는 것을 알아챌 수 있었기 때문이다.

"이보시오. 아직 무엇으로 불길을 잡을 것인지는 말하지 않고 있소만……."

옥현 진인의 물음에 철웅은 가만히 허리를 굽혔다. 그리고 굽혔던 허리를 펴고, 옥현 진인을 향해 쥐었던 손바닥을 펴 보이며 말했다.

"불길은 이것으로 잡으면 됩니다."

철웅이 내보인 것은 한 줌의 흙이었다.

                    *   *   *

챙— 챙!

팅! 팅! 티디딩!

대결을 시작한 지 몇 호흡되지도 않았건만, 상완과 강추의 접전은 끝을 향해 치닫고 있었다. 주변의 열기와 상완의 공세를 막기 위해 마지막 내력까지 쥐어짜 내고 있었던 강추의 이마에서는 땀이 비처럼 흘러내려 그의 상의는 축축하게 젖어 있었다. 상완의 도가 휘둘릴 때마다 안간힘을 쓰며 막아내고는 있었지만, 도와 검이 부딪칠 때마다 휘청거리는 상체를 보니 대결이 그리 오래갈 성싶지는 않았다.

"으아~!!"

발악이라도 하듯 검극을 진동시키며 상완의 상부를 향해 검을 휘둘러 보는 강추였지만, 몸에 바짝 붙인 도를 장난치듯 살짝 움직이며 들어오는 공세를 여유롭게 막아내고 있는 상완이었다.

"음, 저 친구의 몸놀림이 상당히 부드럽구먼."

"그렇게 보이십니까?"

혁련옹의 감탄에도 황보광은 시큰둥했다.

"음? 그렇지 않은가? 내 보기에 도를 사용하는 자 중에 저 정도로 유연하고도 절제된 동작을 보여주는 이는 보질 못했네만."

혁련옹의 말에 황보광은 엷은 미소를 지으며 도(刀)라는 중병기에 대한 그의 생각을 수정해 주었다.

"주제넘는 말일지 모르겠지만, 도라는 것은 패도적인 중병기가 아닙니다."

"패도적인 중병기가 아니다?"

"절대로요."

무슨 소린가 싶어 황보광의 다음 말을 기다리는 혁련옹이었고, 그런 노인의 호기심을 무시할 만큼 경우없는 황보광도 아니었다.

"물론 도는 중병기입니다. 하나 절대 패도적이거나 파괴적인 병기가 아닙니다. 도를 사용하기 위해 가장 단련해야 할 곳이 어디라 생각하십니까?"

"음… 아무래도 무거운 병기이니까, 손목을 단련해야 하지 않을까?"

혁련옹 자신도 일생 검만을 익혔기에, 도에 대한 식견은 부족할 수밖에 없었다.

"허허, 글쎄요. 병기를 다루는 자들은 거의 전부 손목을 단련합니다. 검(劍)도 그렇고, 도(刀)도 그렇고. 하다못해 십팔반병기 모두 손목을 중요시하지요. 결국 손에 쥔 병기를 운용하는 변(變)의 묘(妙)를 살리는 것은 손목이니까. 하지만 도문(刀門)에서 가장 중요하게 생각하는 부위는 손목보다 허리입니다."

"허리?"

허리도 물론 중요하다. 도문(刀門)이 아니라 다른 십팔반병기 모두 허리를 중요시한다. 외가공부(外家功夫)를 수련하는 자는 물론 내가기공(內家氣功)을 연마하는 자들도 인체의 중심인 허리를 중요하게 여기며 단련한다. 하지만 황보광이 말하는 허리는 조금 다른 의미를 지닌 것 같았기에 이야기를 듣던 혁련웅은 굳이 반박하지는 않았다.

"제가 말하는 허리는 인체의 기본이라는 무공의 기본 묘나 발경(發勁)과 관련한 힘의 운용을 말하는 것이 아닙니다. 도법(刀法)의 기본이 바로 허리라는 뜻입니다."

"호오?!"

"도는 중병기이죠. 하나 다른 어떤 병기와 맞서도 변(變)과 환(幻)에서 뒤지지 않습니다. 녹림의 산도적들이 쓰는 귀두도(鬼頭刀)나 대감도(大坎刀), 군부의 참마도(斬馬刀) 같은 도의 모양이나 생김은 중요치 않습니다. 하나 다른 병기에 비해 그 무게와 형태가 손목으로 변을 감당하기에는 무리가 있는 것이 사실이죠. 그리기에 손목으로 펼칠 움직임을 손목이 아닌 다른 부위의 움직임으로 대신하는 것입니다. 검이나 다른 가벼운 병기가 손목의 움직임으로 변이나 환을 펼친다면 도는 허리와 상체, 그리고 보법으로 그 모든 움직임을 펼칠 수 있습니다."

황보광이 말하고 있는 것은 도법을 수련하고 있는 자라면 기본적으로 알고 있는 소양이었지만, 혁련웅과는 그 길이 달랐기에 그 내용이 새로울 수밖에 없었다.

"요즘처럼 손에 들린 것이 도인지 검인지도 모르는 자들은 막연히 무거운 병기이니 힘으로 다른 병기를 제압한다 생각하며 도를 휘두르는 자가 많지만, 정통한 도문에서는 결코 힘으로 다른 병기를 제압하는 식의 멍청한 도법을 가르치지 않습니다."

"흐음."

"도야말로 진정 유(柔)하고, 흐름을 중요시하는 병기입니다. 상완이의 몸놀림 정도는 정통 도문(刀門)에서 도를 배운 자라면 기본이라 할만큼 평범한 몸놀림입니다. 그러한 움직임이 가능하여야만 능히 현란한 변화를 중시하는 다른 병기들과 맞설 수 있고, 변(變)에서 뒤지지 않기에 힘의 우위를 점할 수 있는 것입니다."

"허허, 자네의 이야기를 들으니 내가 얼마나 도에 대해 무지하였는지 알겠구면."

"그것이 어찌 노야의 탓이겠습니까. 검만이 최고라 여기며 천하무림인 대부분이 검을 수련하고 있는 것이 현실인 것을. 큰 노력을 들이지않고도 쉽게 다룰 수 있고, 상대를 위압하기 좋은 모양 때문에 더욱 그렇고요. 그런 도법을 무시하고 병기의 우위만을 탐하는 삼류들이 도를 휘두르니, 사람들의 생각에 도라는 것이 원래 그런 무식하고 패도적인병기라 여겨지는 것이지요."

황보광의 목소리가 조금 쓸쓸한 것이 안쓰러워 뭐라 한마디 다독여주려 하였지만 외마디 침음성과 함께 상완과 강추의 대결이 끝나고 있었기에 시선을 돌릴 수밖에 없었다.

탱―!

"으윽~!"

강추는 상완의 빈틈을 찾지 못했다. 수십 번도 넘는 찌름과 휘두름을 하였어도, 생채기는 고사하고 옷자락 하나 건들지 못했다. 그리고 강추의 한계를 바라보던 상완이 더 이상 시간을 끄는 것은 예의가 아니라 생각하며 내지른 날카로운 일격에, 내력이 고갈되어 가던 강추는 그 힘을 이기지 못하고 검을 손에서 놓치고 말았다.

"헉, 헉."

강추의 전신은 온통 땀으로 뒤범벅이 되어 있었다. 그리 길지 않은 시간 동안 어우러진 대결이었으나, 내력은 모두 소진되었고 온몸의 기력마저 모두 빠져나가 버린 듯했다. 대결이 끝나고 털썩 주저앉아 버린 강추의 목덜미로 대결 중엔 느낄 수 없었던 화염의 열기가 매섭게 훑고 지나갔고, 몸 여기저기 나 있던 크고 작은 상처를 쥐어뜯는 듯한 고통에 절로 인상이 찌푸려지고 있었다.

"훌륭한 검술이었다. 마지막 말은?"

도를 들고 강추의 앞에 서 있는 상완의 모습은 당당하였으나 무감정해 보였다. 훌륭한 검술이란 말이 죽음을 내릴 상대에 대한 마지막 예의인 것을 알고 있었기에, 강추는 눈을 질끈 감고 자신이 남길 마지막 말만을 생각하고 있었다.

"깨끗하게 고통없이……."

힘겹게 강추의 입을 비집고 나온 단 두 마디의 말이었으나 그가 남길 마지막 말로 더 이상 바랄 것이 없었다. 후회 가득한 말들을 늘어놓아 봐야 무엇할까. 살려달라 사정하고 싶지도 않았고, 미련 따위 남기고 싶지도 않았다. 지치고 힘든 싸움이었으나, 천하의 이십팔숙의 한 사람과 싸워 진 것이니 그리 아쉬울 것도 없었다. 살고 싶은 마음이 없는 것은 아니지만, 아니, 살고 싶은 마음이 간절하였지만 그리 구차하게 살아남는다 하여 달라질 것도 없는 삶이다. 그냥… 이대로 죽는 것이 나았다. 그런 강추의 모습에 상완은 말없이 도를 들고 있었다. 상대가 깨끗한 죽음을 원했으니 그가 원하는 대로 해주어야 했다. 하나 도를 든 이후 수십 번도 더 치러온 일이었건만 사람의 목을 베는 것은 그

리 유쾌하지 못한 일이었기에, 일말의 망설임도 갖지 않기 위해 거북스
런 마음을 다시금 굳게 잡는 상완이었다. 상완의 도가 무릎 꿇고 있는
강추의 목을 베기 위해 높이 들어 올려졌다. 하지만 강추의 목을 내려
치기 위해 올라갔던 도는 강추의 목 대신 일도양단의 기세로 내려 꽂
혀오던 한 자루 검을 막아야만 했다.

캉─!

"우웃?!"

내려치던 기세가 어쩌나 살벌하였는지 검과 부딪친 여력에 밀려 상
완은 뒤로 두어 걸음이나 물러설 수밖에 없었다. 뒷걸음질치던 걸음을
멈추곤 자신의 뒷걸음쳐진 발자국을 내려다보던 상완의 인상이 구겨지
며 전방으로 시선이 향했다.

"감히… 어떤 놈이……."

상완의 시선이 향한 곳. 두 손으로 맞잡은 검이 여력을 감당치 못했
는지 그때까지도 부르르 떨리고 있었고, 검의 진동이 전달된 것인지 자
신이 무슨 짓을 벌인 것인지 깨닫고 두려움에 떨고 있는 것인지, 사오
라 불리던 청년은 떨리는 눈으로 상완과 마주하고 있었다.

'씨… 씨발, 내가 무슨 짓을 한 거지?

사오는 눈앞의 이십팔숙이 자신을 노려보고 있다 생각하고 있었으
나 상완의 눈은 눈앞의 사오를 지나 사오의 등 뒤로 다가오고 있던 십
여 명의 야조들을 바라보고 있었다.

*　　　　*　　　　*

모든 것을 체념한 채 죽음을 기다리던 강추였지만, 머리 위에서 들린 굉음에 놀라 자신도 모르게 황급히 고개를 들고 말았다.

"사… 사오?"

"헤… 령주님."

눈앞에 적을 두고서도 고개를 살짝 돌려 멍청한 미소를 짓는 모습을 보니 두 달 전 막야조로 배속된 신참, 사오가 분명했다. 그 흐리멍덩한 모습에 어이가 없어 무슨 말을 해야 할지 순간 갈피를 잡지 못하고 있던 강추였으나, 등 뒤로 들리는 발자국 소리에 사오에게 물으려 했던 물음은 그의 뒤로 다가선 열다섯 야조들의 몫이 되고 말았다.

"이게… 무슨 짓인가?"

"항명(抗命)이지 뭐긴 뭡니까."

인상을 잔뜩 찌푸리곤 평소에는 볼 수 없었던 오만방자한 말투로 대답을 한 털보 장한은 덩치와는 어울리지 않게 막야조 내에서 가장 빠른 신법을 가진 일구(一九), 적각(赤脚) 오명(吾銘)이란 자였다.

"뭐?"

"령주님, 이런 불길 속을 저희 같은 졸자들이 어떻게 스스로 빠져나갈 수 있겠습니까. 령주님이 앞장을 서야지요."

늙수그레한 목소리로 답하며 강추의 등 뒤로 다가서던 중년인을 바라보던 사오의 입가에 반가운 미소가 어렸다.

"일삼?!"

"사오, 이 미친놈아. 거기가 어디라고 함부로 날뛰고 지랄이냐. 너 같은 녀석이 어떻게 아직까지 강호에서 목숨을 부지할 수 있었는지 모르겠구나."

"일삼……."

일삼이란 중년인의 호통에 사오라 불리던 청년의 어깨가 조금 처지는 듯하였으나, 이어진 일삼이란 중년인의 뒷말에 눈이 번쩍 뜨이며 사라지던 미소가 다시금 걸렸다.

"쩝, 그래도 겁쟁인 줄만 알았는데… 제법이다."

그들의 그러한 모습들에 상완은 쉽사리 도를 떨치지 못하고 있었다. 분명 조금 전까지만 하더라도 패배감과 비참함으로 얼룩졌던 얼굴들이었는데, 지금의 모습을 보니 전혀 다른 자들과 마주 서 있는 듯했다.

'죽기 전에 마지막 발악이라도 해보겠다는 건가?'

보이는 면면이 자신의 십초지적도 되지 않을 법한 자들이 대부분이었는지라, 코웃음이 다 나오려 하는 상완이었다. 하지만 이런 하수들의 객기에 불과한 모습에서 알 수 없는 시큰함이 전해져 옴을 느낀 상완이었다.

'생각보다… 괜찮은 놈들이군.'

상완은 일단 쥐었던 도에서 힘을 풀고 가만히 그들이 하는 양을 지켜보고 있었다. 그런 상완의 시선을 느꼈는지, 일삼이라 불리던 중년인이 한발 나서며 상완에게, 아니, 상완과 그 뒤의 이십팔숙을 향해 소리치고 있었다.

"우리가 당신들을 쫓고 있던 자들인 것을 부인하지는 않겠소. 살려달라 목숨을 구걸하지도 않겠소. 단지 바람이 하나 있소. 무사답게… 죽여주시오."

상완은 한걸음 뒤로 물러섰다. 원래대로라면 그들이 뭐라 하든 자신을 가로막고 있던 그들을 단칼에 물리치고 무릎 꿇고 있던 강추의 목을 내려쳐야 했으나, 그는 그러지 아니하고 고개를 돌려 황보광을 바라보았다.

'어떻게 할까요?'

상완은 그렇게 묻고 있었다. 그저 하수들의 지껄임이라 무시하기에는 그들의 눈빛이 너무나 생생히 살아 있었다. 죽기를 원하고 있었음에도…….

"그대들은 누구인가?"

황보광이 한걸음 나서며 말했다. 고작 반경 이십여 장 정도의 좁은 공간이었기에 황보광이 한걸음 내딛은 것만으로도 야조들과의 거리가 상당히 좁혀진 듯했다. 사방에서 불꽃이 피어오르고 있었고, 한 겨울 바싹 마른 초목들을 태우는 소리가 웬만한 목소리쯤은 삼켜버릴 정도로 거세게 울리고 있었으나, 내공이 실린 황보광의 목소리는 화염의 반구 속에 자리하던 모든 이의 귓가에 생생히 울리고 있었다.

"처음부터 숨기려 했던 신분이니 굳이 캐묻지 마시구려."

평소라면 감히 황보광 같은 절정고수에게 지껄일 엄두도 못 낼 불경한 말투였지만, 일삼의 대답 중에 차마 내뱉지 못한 '어차피 죽을 자'라는 한마디가 있었음을 알 수 있기에 황보광 역시 더 이상 캐묻지 않았다.

"좋아. 충심이 가상하군."

"충심? 후후, 그딴 건 지나가는 개나 주시구려."

일삼의 옆에 서서 인상을 구기고 있던 일구의 입에서 나온 한마디에 황보광은 어렴풋이나마 그들의 상황을 짐작할 수 있었다.

'토사구팽(兎死拘烹). 사냥개가 된 자들이었군.'

토끼 사냥에 앞장서던 사냥개였으나 사냥이 끝난 후 그 효용을 다해 주인의 손에 잡아 먹히고 마는 사냥개들. 그 사냥개들이 자신들을 죽이려 한 주인을 향해 허연 이를 드러내고 있었다. 모종의 내막이 있었겠으나 그들은 그들의 주인이 놓은 덫에 함께 걸려들었다. 그래도 족보없는 사냥개는 아니었는지, 덫을 논 주인이 누구인지는 토설치 않고 말없이 죽기를 원하고 있었다. 주인을 향해 이를 드러내고 있는 주제에.

"그대들이 원하는 것이 무사답게 죽는 것인가?"

"아니, 난 살고 싶다구요."

가만히 고개를 끄덕이려던 일삼의 귀에 낮은 목소리가 들렸다. 사오, 두 손으로 맞잡고 있던 칼을 휘두른 그 자세로 아직까지 들고 서 있던 사오의 입에서 나온 '살고 싶다'는 한마디에 일삼의 눈이 역팔자로 휘고 있었다. 하지만 사오의 눈에서 떨어진 굵은 눈물 방울을 본 순간, 그의 눈썹은 어정쩡하게 본 모습으로 돌아가고 있었다.

"흐흑, 난… 살고 싶다구요. 칼에 베이고 싶지도 않고, 불에 타 죽기도 싫다고요. 독단 같은 걸 깨물고 싶은 마음도 없다구요. 난 아직 장가도 못 갔고, 어머니도 못 뵈었고, 객잔에 외상 값도 아직 많이 남았고……. 난, 난… 아직 죽고 싶지 않다구요. 엉엉!"

손에 들고 있던 검극이 땅으로 향했고, 낮은 흐느낌으로 시작한 것이 대성통곡으로 변했다. 이런 것이 아니었다. 처음 이십팔숙의 머리 위로 도를 휘둘렀을 때는 자신이 무슨 절정의 검수라도 된 듯싶었다. 이십팔숙의 손에서 령주를 구하고, 자신의 무공으로 이십팔숙을 모두 꺾고, 불길을 뚫고 유유히 사라질 수 있을줄 알았다.

하지만 검과 도가 부딪친 그 순간, 그는 환상에서 깨어날 수 있었다. 자신을 바라보는 이십팔숙의 눈길을 마주한 순간 진정 죽음이 가까이에 있음을 느낄 수 있었다. 자신이 생각했던 죽음이라는 것과는 너무나 다른, 낯설고 이질적이고, 무섭기 짝이 없는 괴상한 떨림이 온몸을 휘어 감고 있었다. 그리고 사오의 머리 속에 맴돌던 모든 생각들은 지워지고, 단 하나의 욕망만이 남아 그를 지탱하고 있었다.

'살고 싶어. 절대, 절대 이렇게 죽고 싶지 않아.'

바보 같다, 계집아이 같다 놀려도 상관없었다. 자신을 바라보는 수많은 동료들과 자신이 마주한 적들이 자신을 보고 무어라 손가락질하든 상관없었다.

사오라 불리던, 영우(令旿)라는 이름의 한 청년은 죽을 만큼 살고 싶었고, 그곳에 있던 어떤 동료나 적들도 그런 그를 비웃거나 손가락질하지 못했다.

죽고 싶은 자는 아무도 없었다.

*   *   *

"준비되었나?"

"예."

적기당주가 모습을 드러낸 것은 이십팔숙과 야조들이 대치하고 있는 모습이 한눈에 보이는 어느 불길 속이었다. 정체를 알 수 없는 하얀 가루를 뿌려 조금씩 불길을 지우며 이십팔숙의 삼 장 앞까지 다가와서야 걸음을 멈춘 그들이었다. 적기당주와 함께 나타난 자들은 모두 스무 명. 적기당의 무사 십여 명과 함께 미리 준비했던 것인지, 야령주와 함께 있던 십조라 불리던 자들도 붉은색의 장포로 전신을 감싸고 있었다. 그들의 손에는 각자의 독문병기와 함께 네 개의 궤짝이 들려 있었다. 네 사람이 한 귀퉁이씩 잡고 날랐어야 할 만큼 무게가 제법 나가 보이는 것이, 붉은 철편(鐵片)으로 둘러진 궤짝만큼이나 그 안의 내용물이 범상치 않음을 말해 주고 있었다.

"후후. 자, 어느 쪽을 천화통의 첫 제물로 삼는다?"

적기당주는 자신이 애지중지하는 천화통을 사용할 때마다 남모를 희열과 쾌감에 휩싸이곤 하였다. 한때 천하의 악인으로 낙인 찍혀 수십 명의 정도고수들에게 쫓길 때를 생각하자, 바드득 소리가 날 정도로 이가 갈려 오는 적기당주였으나 수십의 정도고수들의 몸을 산산조각 내며 불을 뿜어대던 천화통의 신위를 기억해 내자, 그때의 쾌감이 다시금 되살아나 적기당주 염승(閻勝)의 자신감에 확신을 주고 있었다.

'청염마제의 진전을 얻게 된 것이 운명이었다면, 내 손으로 이십팔숙을 황천 고혼으로 만들 기회를 얻게 된 것 역시 운명이겠지.'

적기당주 염승을 말하면 고개를 갸우뚱하는 자가 있을지는 몰라도 재화(災火) 염승이란 이름에 경악하지 않을 인물은 없다. 십 년 전 절강 벽력문의 제자로 십여 년을 보내던 중 벽력문의 비서(秘書) 한 장을 훔

처 달아났던 그가 벽력문의 추적을 피해 숨어 살기를 삼 년. 삼 년 만에 강호에 모습을 나타낸 염승의 소식을 듣고, 그를 쫓던 이십여 명의 벽력문 제자들이 새까맣게 탄 시신으로 발견된 후 재화 염승이란 이름과 함께 천화통이란 마병이 세상에 알려지게 되었다.

벽력문에서 훔친 비서를 바탕으로 만든 천화통은 암기도 아니고 병기도 아닌, 병부에서나 사용할 법한 화포와 같은 모양이었다. 여섯 개의 구멍에서 근 삼 장에 이르는 화염이 철전과 함께 뿜어져 나오니, 제아무리 강력한 호신강기나 갑주를 두르고 있다 하여도 천화통의 화염 앞에서는 속수무책이었다. 한 번의 화염으로 가옥이 무너지고, 수십 명의 고수가 목숨을 잃으니 강호에서는 천화통을 마병으로 규정하고 염승을 강호공적으로 지목하여 그를 쫓기 시작하였다.

하지만 강호인들의 추적이 시작되자 소리 소문 없이 사라져 버렸기에 재화 염승이란 이름과 천화통이란 존재는 사람들의 뇌리에서 조금씩 잊혀지고 있었다. 그리고 그가 모습을 숨긴 지 칠 년 만에 다시금 세상에 나타난 것이다, 천화통이란 마병과 함께.

'천화통과 함께 런에 몸을 의탁하고, 그곳에서 청염마군의 진전을 얻을 수 있었다. 아직 나의 내력이 청염마군의 진전을 이을 정도가 되지 않아 청란마화를 마음대로 다룰 수는 없으나, 그가 남긴 '청린화진(靑燐火陣)' 만으로도 능히 이십팔숙을 가두어 버릴 수 있으니 나머지는 나의 천화통으로 그들의 목숨을 거두는 것만이 남았을 뿐이다. 흐흐.'

적기당주, 재화 염승의 입가에 떠오른 잔인한 미소가 이십팔숙과 야조들을 바라보고 있었다. 숲 속에 숨어 먹잇감을 고르는 맹수의 그것처럼.

                    *   *   *

철웅은 자신의 눈을 의심하고 있었다. 그 역시 강호의 인물들이 하
늘을 날고, 바위를 부순다는 이야기를 듣기는 했었다. 자신과 겨루었
던 강호인들의 검에서 느껴지던 거력에 놀란 적도 여러 번이었다. 하
지만 지금 자신의 눈앞에서 펼쳐진 광경에는 제아무리 철웅이라도 벌
어진 입을 닫을 재간이 없었다.

그들은 검으로 나무를 베고 있었다. 처음 불길을 진화하기 위해 나
무를 벨 연장이 필요하다 말했을 때 화산의 인물들. 특히 무현 진인을
비롯한 상현 진인과 장문인이라는 옥현 진인마저도 의미심장한 미소를
지으며 그의 말을 소홀히 했다. 뜻 모를 그들의 미소에 의아해하였으
나 무슨 방법이 있겠지 싶어 일단은 그들의 뒤를 따라 불길의 아래쪽
으로 걸음을 옮겼다.

어떤 나무를 베어야 하냐는 무현 진인의 물음에 철웅은 무심코 오
장은 족히 될 법한 커다란 나무 몇 그루를 찍어주었다. 그리고 그들이
도끼를 들고 와 서둘러 나무를 베기를 기다리고 있었다. 그 기다림의
결과가 바로 지금의 모습이었다.

퍼억! 퍼억!

저마다 휘두르는 힘이 다른지, 나무가 파이는 정도가 다를 뿐 저마
다의 손에 들린 검은 어지간한 도끼보다도 훨씬 깊숙이 나무를 도려내
고 있었다.

"이게 대체?"

"내력입니다."

"내력이요?"

"예. 이쪽으로 오신 분들 거의 모두 화산파의 장로 분들 내지는 매화검수와 일대제자들입니다. 저마다 수련이 얕지 않은 분들뿐이지요."

"내력이라는 것이 있기에 저런 힘이 가능하다는 것이오?"

"힘뿐이 아니지요. 저 분들이 휘두르는 검에 어린 기운 역시 내력입니다. 내력이 실린 검이기에 수백 년 된 고목들과 부딪쳐도 그 날이 상하지 않는 것이지요."

철웅이 내가 공부를 한 적이 없음을 알기에 재희는 그의 곁에 다가와 검으로 나무를 베는, 근자에 보기 드문 괴사가 어찌 가능한 것인지를 설명해 주고 있었다.

"화산파는 물론 강호에 명망이 높은 무가에는 저마다의 내공심법이 있습니다. 내공심법이라 함은 호흡을 통해 단전을 단련하고, 천하 만물의 기운을 조금씩 빌려 자신의 기운을 북돋는 공부를 말합니다."

"만물의 기운을 빌려… 자신의 기운을 북돋는다?"

"예. 무릇 사람은 물론 짐승들조차 자연의 정기를 받아들입니다. 그 중에서도 우리가 흔히 말하는 영물이라 부르는 것들은 그러한 정기를 받아들여 스스로의 모습을 탈바꿈하기도 합니다."

"……?"

"예를 들어 거북이가 수행하면 야명주(夜明珠)를 얻는데, 그러면 등에 붙어 있는 단단한 껍데기가 떨어져 나가 현무라는 영물로 현신하고, 이무기가 수행하면 벽화주(霹火珠)를 얻는데, 그러면 용으로 변하여 승천을 하게 됩니다. 뱀이 수행하면 정풍주(定風珠)를 얻는데, 정풍주를 얻은 뱀은 이무기가 되기도 하고, 그러하지 않더라도 천 년 이상을 장수하기도 합니다. 여우가 수행하면 월화주(月華珠)를 얻는데, 여우가 밤에 달을 보고 짖는 것이 바로 달의 정기를 얻기 위해서입니다. 여우가 월하주를 얻으면 사람으로 둔갑하기도 하는데, 이를 구분하기가 매우 어렵지요."

"허어."

마치 아주 오래전부터 구전되는 설화에서나 나올 법한 이야기에, 놀라움과 함께 쉽사리 내력이라는 것과 연관짓지 못하는 어리벙벙한 표정을 지어 보이는 철웅이었다. 그런 철웅의 표정이 재미났는지 가만히 입을 가리고 웃고는 다시 이야기를 이어 나가는 재희였다.

"물론 제가 지금 예로 든 것은 도교의 설화 속에 나오는 이야기입니다. 영물이 내단을 얻는 것과 마찬가지로 사람도 내단을 만든다는 것을, 이해하기 쉽게 설명한다는 것이 장 대협을 더 혼란스럽게 해드린 것 같군요."

"사람이… 내단을 만든다고 하였소?"

"조금 다르지만 이치는 같습니다. 사람은 내단을 만드는 대신 단전을 넓혀 그 안에 기운을 담지요. 그리고 담아두었던 그 기운을 전신의 혈(穴)과 맥(脈)으로 보내어 범인보다 훨씬 더 큰 힘을 내게 하는 것입니다."

알듯 하면서도 쉽사리 이해가 가지 않는 철웅이었다. 단전을 넓힌다는 말에, 힘차게 검을 휘두르고 있는 화산파 사람들의 복부를 유심히 바라보던 철웅이 고개를 갸우뚱거리며 재희에게 물었다.

"내 아무리 보아도 저들의 단전이 넓다는 것을 느끼지 못하겠구려. 내가 알기로 단전이라 함은 배꼽 아래로 두 치 네 푼 떨어진 곳을 말하는 것으로 알고 있는데, 아무리 보아도 저들이 보여주고 있는 힘이 담길 만한 그릇이라 하기엔 모자르기만 해 보이는구려."

"호호호."

결국 재희는 참고 있던 웃음을 터뜨리고 말았다. 그 웃음이 얼마나 요염하였는지, 불길이 타오르는 소리에 오가는 말소리도 잘 들리지 않는 상황에서도 검을 휘두르던 몇몇 도인들의 눈길이 재희에게로 쏠릴 만큼 사람의 마음을 끌어당기는 힘을 가진 듯하였다. 검이 나무에 박히는 소리가 멈추자 그제야 자신의 실책을 깨닫고 급히 손으로 입을 가려 사람들의 시선을 피해보려 하는 재희의 모습에, 자신도 모르게 검을 멈추었던 도사들 역시 헛기침으로 자신들의 추태를 무마하며 조금 전보다 더 힘차게 검을 휘둘러 나무를 패고 있었다.

"거참."

철웅도 무안하였는지 애써 그런 모습들을 외면하려 애썼다. 그리고 내력이란 것이 주는 호기심에 다시금 재희를 채근하고 있었다.

"단전이란 것이 그럼 어떤……."

"아, 단전. 음… 단전에 모으는 것은 말 그대로 기운입니다."

"기운이라……."

"예. 세상에는 다섯 가지의 기운이 있지요."

"오행을 말씀하시는 것이오?"

"예. 수(水), 화(火), 목(木), 금(金), 토(土)의 다섯 기운이지요. 물론 내공심법에 따라 기운이 아닌 정기를 받아 내공을 쌓는 경우도 있지만, 결국 그러한 것도 오행의 기운을 쌓는 것과 다름이 없습니다. 어떠한 종류의 무공을 익히느냐에 따라 그에 맞는 기운을 찾아 수련함이 결정되기도 하고, 어느 곳에서 수련하느냐에 따라 토양과 풍수에 맞는 기운이 결정되기도 합니다. 하지만 그것은 만류(萬流)라 일컫기에 부족함이 없을 정도로 그 경우의 수가 많으니, 대략 내공이란 것은 기운을 쌓아 내력으로 환원하여 단전에 간직한다라 보시면 됩니다."

"흐음."

간결한 몇 마디 말이었으나 어찌 그 속에 담긴 뜻이 간단할 수 있으랴. 천하 모든 무공의 심득이며, 천하 모든 내공의 원류와 같은 말이었다. 만물의 정기를 빌려 힘으로 바꾼다. 의술에도 얼마간의 조예가 있던 철웅이었기에 범인보다 조금 이해가 빠르긴 하였으나, 그것은 어디까지나 학문으로서의 이해일 뿐. 내심 자신의 무예에 대한 조예가 깊다 생각하던 철웅이, 재희의 설명을 듣고도 내력이라는 것에 대한 작은 실마리조차 붙잡지 못하고 있었으니 자신의 무지를 탓할 수밖에.

"이보게! 거의 다 되었네!"

불길과 불과 이 장 정도밖에 떨어지지 않은 곳에서 나무를 베던 무현 진인이 급히 철웅을 불렀다. 철웅이 다급히 그곳으로 달려가 보니, 두어 번의 칼질이면 넘어가게 생긴 나무 대여섯 그루가 마지막 칼질을 기다리고 있었다.

"일단 나무를 순서대로, 하지만 사이가 벌어지지 않게 한곳으로 쓰러뜨리는 것이 중요합니다. 그리고 그전에 불길을 잡을 흙도 마련해야 하고……."

"흙이라면 걱정 말게. 어느 정도 준비가 되었으니……."

무현 진인이 말을 흐리며 손가락을 들어 가리킨 곳을 보니, 작은 봉분처럼 쌓여 있는 흙더미가 대여섯 개나 만들어져 있었다. 그리 많다 말할 수는 없는 양이었지만, 고작 스무 명 정도의 인원으로 이루어냈다고는 믿기지 않을 만큼 순식간에 벌어진 일이었기에 철웅은 새삼 내력이라는 것에 마음이 가는 것을 어찌지 못하고 있었다.

'기회가 닿는다면 배워 나쁠 것이 없겠구나.'

철웅은 나무들과 흙더미들을 바라보다 갑자기 자신의 어깨에 걸쳐있던 옷을 벗기 시작했다. 겨울 삭풍이 매섭기만한 화산이었으나, 눈치 빠른 몇몇 도인들은 철웅이 벗은 옷을 바닥에 깔기도 전에 그가 무엇을 하려 하는지 알아채고 자신들의 윗옷도 벗기 시작했다. 과연 그들의 짐작이 틀리지 않아, 철웅은 벗어놓은 옷가지 위로 흙을 담기 시작했다. 그리고 제법 무게가 나갈 만큼 흙을 담아 한 팔만을 이용하여 오른쪽 어깨에 메곤 무현 진인을 바라보며 말했다.

"나무를 베십시오."

일렬로 가지런히 놓인 붉은 궤짝을 바라보던 재화 염승이 눈짓을 하자, 궤짝의 옆에 서 있던 적의인들이 조심스레 궤짝의 모서리를 만졌고, 철컥하는 건(鍵)이 풀리는 소리와 함께 궤짝의 덮개가 열렸다. 두 명의 적의인이 궤짝을 들어 옆으로 내리자 무림칠대 금융병기라 불리는 천화통이 그 모습을 드러내었다. 광채조차 나지 않는 검은색에, 석자 정도 되는 길이에, 둘레가 장정 한 아름에 채 못 미칠 것 같은 원통

형의 몸체 위에는 보기에도 섬뜩한 검은 용 수십 마리가 양각되어 있었다.

"꺼내라, 최대한 조심스럽게."

굳이 염승이 주의를 주지 않더라도 자신들의 손에 들린 물건이 어떤 물건인지를 잘 알고 있는 적의인들이었기에, 천화통을 꺼내던 손길은 보기에도 답답할 정도로 한없이 느리게 움직이고 있었다. 천화통을 들어 올려 궤짝에 걸친 적의인들은 그제야 참았던 숨을 내쉬며 긴장을 풀었다. 하지만 긴장을 푸는 것도 잠시,

"작약(炸藥)을 넣어라."

염승의 한마디에 한숨을 놓았던 적의인들의 이마에 땀방울이 송골송골 맺히는 듯하였다. 사방에 불길이 치솟고 있는데, 작은 불씨만 당겨도 방원 일 장은 날려 버릴 작약을 만져야 하니 그 마음이 오죽하랴만은, 천화통 만큼이나 성질이 불 같은 당주의 명이니 도리가 없었다. 다시금 숨을 참고 조심스레 궤짝의 한곳에 봉인되어 있던 작약을 꺼내어 천화통 후미의 기관을 움직여 하나하나 작약을 채워 넣는 적의인들이었다. 도합 여섯 개의 작약. 조금씩 여섯 번을 발사할 수도 있고, 한 번에 여섯 발을 모두 발사할 수도 있다. 적의인들은 염승의 명을 기다렸다.

"두 개는 철전과 기름을 채워 육합일발(六合一發), 두 개는 철전만을 채워 일시일발(一矢一發)."

적의인들은 능숙하지만 조심스러운 동작으로 염승의 명을 따랐다. 잠시 후 모든 작업이 완료되었다는 적의인의 눈빛에 염승은 조용히 전방을 주시했다. 강추와 이십팔숙 중 하나와의 격전은 끝나 있었으나,

웬 천둥벌거숭이 같은 녀석이 나타나 강추의 목숨을 구했다. 그리고 줄지어 나타난 막야조 놈들의 모습에 염승은 입가에 비릿한 비소를 지으며 그들을 조소했다.

'어리석은 자들아. 련의 은혜를 잊고 고통스러운 죽음을 택한 것이냐? 내 말을 따라 독단을 깨물었으면 그 고통이 잠시뿐일 것을, 하나 너희와의 옛 정을 생각해서 이십팔숙의 손이 아닌 련의 이름으로 은혜로운 죽음을 내리겠노라.'

"기름과 철전을 넣은 것은 좌측 막야조, 철전만을 넣은 것은 우측 이십팔숙. 우측은 내가 직접 쏘겠다."

염승의 마음은 결단을 내렸다. 이십팔숙은 자신이 직접 제거해야 했다. 혁련옹은 살아 있는 채로 데려가야만 했기에, 천화통의 정교한 운영을 할 줄 모르는 휘하에게 맡길 수는 없었다. 하지만 막야조는 죽어야 하는 자들이었다. 혁련옹을 쫓다 가지고 있던 무림 삼대금용병기인 천화통으로 이십팔숙을 처치하고, 그들과 함께 동귀어진한 비마추룡 강추와 그의 수하들로서…….

'아깝지만… 천화통 하나는 이곳에 놓고 가야겠군. 동귀어진이라면 그 증거가 남아야 할 테니. 후미 기관만 제거한다면 벽력문의 얼간이들이 온다 해도 천화통의 재현은 불가능한 일이니 손해는 아니다. 또한 현장에 남겨진 불에 탄 시신들만으로는 무엇도 알아내지 못할 것이다. 적당한 이야깃거리를 만들어내는 것은 강호의 밥버러지들이 할 일이니, 능히 이십팔숙을 처리한 그들이 혁련옹을 놓고 내분을 일으켜 동귀어진하였다는 소문이 날 것이다. 그 정도 머리도 못 굴린다면 조금 소문을 흘려주어도 되고. 흐흐.'

원래의 계획에서 조금은 바뀐 각본이었지만, 결론은 달라지지 않았다. 혁련옹을 제외한 모두가 죽는다. 예정에 없던 천화통 하나를 희생해야 하지만 련이라면 그런 희생쯤은 희생이라 생각지도 않을 것이다.

'흐흐, 결정했다. 네놈들로……'

콰광―!!

세차게 타오르던 불길이 질러대던 비명이 소음으로 여겨질 만큼 커다란 굉음이 울리며 화산을 진동시켰다. 무림 삼대금용병기 천화통의 현신이었다.

콰과광―!!

"으아악~!"

"아니? 이게 무슨 소리인가?"

"무슨 일인지는 모르지만, 분명 화재로 인한 소리는 아닙니다. 거기다 사람의 비명이 들린 듯합니다. 안에… 사람이……."

"서둘러라! 어서 나무를 베어라~!"

옷가지 위로 흙을 담아 짊어지려던 화산파의 사람들은 갑자기 들려온 천둥 치는 듯한 괴성에 아연실색하며 소리가 들려온 불길 쪽으로 시선을 돌렸다. 생각지도 못했던 사람의 비명까지 들리자 마음이 급해진 무현 진인과 사람들은 서둘러 검을 휘둘러 나무를 쳐내기 시작했다.

텅~! 텅~!

우지직―

"넘어간다!"

근 오 장여에 달하는 높이에 장정 서넛이 팔을 둘러야 겨우 닿을 듯한 둘레의 거목이 조금 전 울린 괴성만큼이나 커다란 소리를 내며 불길을 향해 몸을 던졌다.

콰과과광!!

콰르릉~

차례대로, 하지만 거의 동시다 싶을 정도로 불길의 한곳을 향해 나무들이 쓰러지고 있었다.

쿠구구궁!!

구구궁~!

지진이라도 난 것처럼 나무가 넘어가며 구른 충격에 땅이 심하게 요동치고 있었기에 잠시 중심을 잃고 휘청거린 사람들이었지만, 이내 중심을 바로 하고 어깨에 흙더미를 이고는 나무로 만들어진 다리 위로 신형을 날리기 시작했다.

"일단 임로(林路) 위에 흙을 뿌리시오! 돌아 나올 길을 확보해야 하오!"

철웅의 외침에 서둘러 신형을 날리던 몇몇 사람들이 신형을 멈추고 길게 뻗은 나무 위에 흙을 뿌리기 시작했다. 마침 눈이 내린 지 얼마되지 않아 제법 깊은 곳의 흙은 습기를 머금고 있었고, 내력까지 동원하며 세차게 뿌려대는 흙비의 위세에 걷잡을 수 없이 타오르던 불길도 조금씩 그 힘을 잃어가고 있었다. 푸른색으로 타오르던 불꽃 역시 나무가 구르는 충격에 흩어져 사방으로 비산하며 그 위세가 한층 꺾여 있었다. 하나 역시나 마물과 같은 푸른 불꽃은 흙으로 덮어버려도, 덮인 흙 속에서 불꽃이 되살아나 덮었던 흙을 뚫고 나오며 불꽃을 피워 올리고 있었다. 거의 일 장에 달하는 너비로 퍼져 있던 푸른 불꽃을 덮기 위해, 다른 불꽃보다 서너 배나 많은 흙을 소비하고 나서야 불꽃을 완전히 덮을 수 있었다. 하나 덮은 흙이 모락모락 허연 김을 피워 올리는 것이 가히 마물이라 불러도 손색이 없을 정도로 끈질긴 불꽃임에는 틀림이 없었다.

"잔나무는 쳐내 버리고, 바닥을 파헤쳐 불길을 흩어버리시오!"

화산파의 인물들이 제압한 불길 위를 따르면서도, 철웅은 혹여 자신의 목소리가 불꽃이 타오르는 소리에 묻혀 들리지 않을까 싶어 고래고래 소리를 지르고 있었다. 하나 모두 무공을 익힌 자들인 까닭에 그의 목소리를 듣지 못해 허둥대는 이는 없었고, 상황이 너무나 급박하게 돌아가다 보니 그의 지시에 반하는 행동을 하는 자들도 없었다. 철웅의 지시는 그때그때 상황에 맞는 시기적절한 것들이었기에 화산파 인물들의 행보에 거침이 없었다. 강호에서도 일류고수라 불리는 화산파의 인물들이 가는 길이니 그 진도가 철웅의 예상보다 몇 배는 빨랐다. 그런 철웅의 눈에 무리를 앞질러 나가며 허공으로 몸을 띄우는 자가 들어왔다. 불길에서 독단으로 행동하는 것은 위험한 짓이었기에 급히 소리쳐 말리려 하였으나 그 순간 벌어진 상황에 놀라 말을 이을 수가 없었다. 근 십여 장에 달하는 불길을 뚫고 나가던 일행의 앞에 거대한 괴수처럼 버티고 서 있는 나무가 나타났다. 사 장에 다다를 듯한 높이의 고목 전체가 화염에 휩싸여 불꽃을 피워내니, 일행 모두 감히 그것을 어쩌지 못하고 우회하려 하고 있었다. 그 순간 일행을 제치며 이 장 가까이 허공으로 몸을 날린 무현 진인의 손에 은은한 자광이 어리더니 외마디 장소성과 함께 거대한 빛줄기가 되어 눈앞의 화마(火魔)에 부덮쳐 갔다.

"하압~! 태을미리장(太乙迷離掌) 붕천(崩天)!"

구구구궁~!

주위로 타오르던 불길이 무현 진인의 태을미리장의 소용돌이 같은 기류에 말려들어 가며 짙은 자광의 장력에 붉은 화염을 꼬리에 매단 가공할 모습으로 일행을 가로막고 서 있던 고목을 덮쳤다.

콰광~!

화산파 최고의 절기 중 하나이며, 강호 삼대장법 중의 하나로 손꼽히는 태을미리장(太乙迷離掌)의 위력은 과연 명불허전이었다. 아무리 오랜 시간 불에 타 그 우직함이 덜해졌다고는 하나, 장정 서넛이 팔을 벌려야 맞잡을 수 있을 만큼 거대한 고목이 단 일 수에 절반 이상 둥치가 날아갔고, 무게를 견디지 못한 거목이 사방으로 화염의 열기를 뿜어 대며 모로 넘어가고 있었다.

'정녕… 정녕 저것이 인간의 힘이란 말인가?'

뒤에 떨어져 그 모습을 바라보던 철웅의 마음은 경악으로 물들고 있었다. 내력이라는 것의 힘과 묘용이 놀랍고, 배워두면 쓸모가 있을 것이라 생각하곤 있었지만 방금 전 무현 진인이 보여준 무위는 가히 천상 신장이 강림하였다 하여도 믿지 않을 수 없을 법한 것이었다. 천하의 매화검수와의 싸움에서도 밀리지 않았던 철웅이 받은 충격을 어찌 몇 마디 말로써 설명할 수 있을까. 만약 자신의 뒤에서 들린 재회의 목소리가 아니었다면 자기 자신에 대한 자괴로 이어졌을지도 모를 일이었다.

"과연… 무현 진인이십니다. 천하제일장(天下第一掌)이라 불릴 만하십니다."

"천하… 제일장?"

"아, 장 대협께서는 잘 모르시겠군요. 강호에서 무현 진인을 가리켜 말하길, 천하제일장이라 한답니다. 화산의 태을미리장을 천하 장법의 으뜸으로 만드신 분이시지요."

"천하… 제일…….."

철웅은 무현 진인을 바라보고 있었다. 다 꺼지지 않은 화염을 토해 내며 힘겨운 마지막을 맞이하고 있는 듯한 고목. 쓰러지고 나서도 감히 범접치 못할 화염을 토해내는 그 모습이, 마치 심장에 살을 맞고 죽음을 기다리던 맹수의 마지막 포효 같았다. 그리고 자신의 전리품인양 화염을 토하는 고목을 피하지 않고, 그 앞에 당당히 서 있는 무현 진인의 모습에 천하제일이란 말을 실감하고 있었다.

"저것이… 대체…….."

혁련웅은 물론 황보광과 이십팔숙, 그 자리에 함께 있던 야조들까지도 자신들의 눈앞에서 벌어진 참상에 벌어진 입을 다물 줄 몰랐다. 너무나 갑작스레 울린 괴성이었는지라, 너 나 할 것 없이 본능적으로 몸을 숙이기에 급급하였다. 잠시 후 고개를 들었을 때 자신들을 둘러싼 불길 속에서 뇌성을 울리며 뿜어진 화염이, 그들과 조금 떨어진 곳에서 마음의 결정을 내리지 못해 주춤거리던 십여 명의 야조를 순식간에 휩쓸고 지나가 버렸다는 사실을 알게 되었다. 살아남은 자는 단 한 사람도 없었다. 아니, 화염에 휩싸여 널 부러져 있는 무수한 파편들만으론 그 자리에 있던 것이 사람이었는지 짐승이었는지 구분할

길마저 막막해 보인다. 뿜어진 화염에 가장 가까이 있던 자는 사지육신이 갈갈이 찢겨져 나갔고, 가장 멀리 떨어져 있던 자도 온몸 여기저기에 구멍이 난 채 피를 뿜어내는 것으로 보아 화염 속에 모습을 감추고 있는 또 다른 무엇인가가 있다는 것을 짐작할 수 있을 뿐이었다.

"어, 엎드려!"

목불인견의 참상에 온몸이 굳어져 가고 있던 좌중의 고막에, 다급한 강추의 고함 소리가 들렸다. 그리고 강추가 외친 고함의 여운이 채 가시기도 전, 두 번째 화염이 굳어 있던 그들을 덮쳤다.

콰광~!!

강추의 외침에 사람들은 황급히 몸을 엎드렸다. 그러나 정체불명의 화염은 미처 몸을 피하지 못한 십여 명의 야조를 다시금 휩쓸고 지나갔다.

화르르륵~

꿈에 볼까 두려운 동료들의 주검에 바짝 긴장한 야조들과 이십팔숙까지 서둘러 바닥에 몸을 밀착시키며 엎드렸지만, 반응이 한발 늦었던 자들은 화염의 압력에 몸이 휩쓸리며 삼 장 가까이 날아가 떨어지고 있었다. 온몸이 찢겨 사방으로 흩어진 채. 두려운 마음에 함부로 고개도 못 들던 그들의 귀에 화염이 뿜어지며 나오던 괴성에 묻힌, 또 다른 굉음이 멀리서 들리고 있었지만 아무도 그것이 무슨 소리인지에 대해 궁금해하지 않았다.

"삼오… 이이……."

간신히 고개를 든 일삼의 눈에 온전한 모습으로 살아남은 동료는 자신과 령주, 그리고 자신의 뒤에 죽은 듯이 엎드려 벌벌 떠는 사오가 전부인 듯싶었다. 사십여 년을 살아오며 별에 별꼴을 다 보아온 일삼이었지만, 지금과 같은 참혹한 모습은 한 번도 본 적이 없었기에 목구멍으로 욕지기가 치미는 것을 겨우 참아내고 있었다.

"적기당주… 네놈이 정녕……."

땅에 엎드린 채 고개도 들지 않으며 씹어뱉듯 읊조리는 령주의 목소리에, 일삼은 자신들에게 불벼락을 내린 것이 오늘 아침 찾아온 련의 적기당주란 자라는 것을 알아챌 수 있었다. 분노가 침잠된 눈으로 화염이 시작된 곳을 바라보니, 화염이 휩쓸고 지난 자리가 둥근 모양으로 뻥 뚫린 불길 속으로 붉은색의 무엇가가 모여 있음을 볼 수 있었고, 모여 있던 붉은색의 그것들이 자신들의 동료라 생각했던 적기당주라는 것을 알 수 있었다.

"이… 이 죽일 놈들."

손에 들려 있던 검을 쥔 손에 힘이 들어가며 당장이라도 뛰쳐나가 동료들을 배신한 적기당주에게 달려가려던 일삼이었으나, 다시 한 번 화염 속의 굉음이 울리자 자신도 모르게 고개를 바닥 깊숙이 처박고 말았다.

콰광!

하지만 세 번째로 울린 굉음은 화염을 뿜지도 않았으며, 일삼과 강추를 노리지도 않았다. 세 번째 천화통은 이십팔숙의 목숨을 원하고 있었다.

"산개(散開)! 모두 피해!"

강추의 외침에 본능적으로 몸을 낮추었던 황보광 역시 일삼처럼 화염이 뿜어진 그곳을 바라보았고, 그곳에 있던 붉은 옷의 인물들 역시 볼 수 있었다. 하지만 일삼과는 달리 그는 그들보다 그것을 보고 있었다. 자신들을 향해 방향을 돌린 그것을. 생각하고 말고 할 것도 없었다. 조금 전의 위력이라면, 아무리 자신들이라도 막을 수 있으리란 자신을 할 수 없었다. 그는 다급히 혁련옹의 겨드랑이에 자신의 팔을 끼고는 신형을 날렸고, 이십팔숙들 역시 저마다의 살길을 찾아 사방으로 흩어졌다. 하나 화염의 병풍이 둘러쳐진 이십여 장의 좁은 공간에서 안전한 곳 따위가 있을 리 없었고, 불길 속의 마병은 그들의 생각보다 빨랐다.

콰광!

파파파파~!!

황보광은 혁련옹을 옆에 긴 채 몸을 날리면서도 불길 속에서 쏟아지던 그것을 똑똑히 볼 수 있었다. 붉게 달아오른 채 자신들을 향해 날아들던 수십 발의 강전들. 다행히 자신이 몸을 날린 반대 방향으로 날아들어 목숨을 건질 순 있었지만 그의 마음속엔 철전에 꿰뚫린 것보다도 더한 고통이 밀려들고 있었다.

"진회?! 도연!"

그는 보았다. 이십팔숙의 두 사람. 이십팔숙 중 오숙과 칠숙의 자리에 있던 진회와 도연이 철전에 꿰뚫려 온몸에서 피분수를 뿜으며 바닥으로 무너지는 모습을……. 이십팔숙 중에서도 그와 가장 오래 생활한 몇 안 되는 형제들이었고, 이따위 철전 따위에 꿰뚫려 생을 마감해서는 안 되는 자들이었다. 주변의 이글거리는 화염이 그의 눈 속에서 더욱 매섭게 불타오르고 있었다.

파파파파!!

"으아악!"

잠시의 쉴 틈도 주지 않고 다시금 날아든 불길 속의 철전에 진회와 도연의 뒤를 이어, 다시 두 명의 형제가 피분수를 뿌리며 목숨을 잃었다. 불길 속의 마물은 이십팔숙 모두의 목숨을 원하는 듯하였고, 황보광은 죽어간 형제들을 위해 절규하는 대신 불길 속의 마물을 바라보며 두 눈 가득 살기를 피워 올리고 있었다.

"으드득……."

얼마나 세게 이를 악물었는지, 황보광의 입에서 한줄기 가는 피가 흘러내리고 있었다. 이미 화염의 반구 중앙에는 아무도 없었다. 살아남은 야조는 물론, 이십팔숙 역시 화염에 닿을 만큼 가장자리로 몸을 피한 상태였기에 불길 속의 마물도 넓게 퍼진 그들을 향해 쉽사리 철전을 토해내진 못하고 있었다. 하지만 그것도 시간이 문제일 뿐, 마물과 조금 가까이 있던 이십팔숙 한 명이 다시금 마물의 손에 목숨을 잃었다. 허공이 아닌 바닥으로 낮게 쏘아진 철전이었지만 대부분의 철전이 땅속 깊숙이 박혔어도, 한 사람의 목숨을 앗아가는 데에는 서너 발의 철전이면 충분하였다. 분노한 이십팔숙 몇몇이 분기를 참지 못해 도를 휘두르며 마물을 향해 쇄도해 보았지만, 막아선 도를 부러뜨리며 육신을 꿰뚫는 철전 앞에 수십 년의 수련도 아무런 소용이 없었다.

'방법이 없다, 방법이…….'

이미 다섯 명의 형제가 목숨을 잃었다. 천하의 이십팔숙이란 위명이 부질없게만 느껴지고, 한낱 철전 따위가 두려워 고개를 들지 못하는 자신이 부끄럽게만 느껴지고 있던 황보관이었지만, 무심히 들린 혁련옹의 한마디에 부끄러워하던 마음은 사라지고, 그 빈자리에 미약한 공포가 들어서고 있었다.

"천화통이야. 재화 염숭이 만들어낸 무림 삼대금용병기. 삼 장에 달하는 화염(火焰)과 철전을 보고 진즉에 알아차렸어야 했는데……."

물론 진즉에 알아차렸다 하여도 뾰족한 방법이 있는 것은 아니었다. 천화통이란 마병의 공포는 이미 십여 년 전에 전 강호를 진동시켰었고, 다시금 나타난 천화통의 위력을 보고 있자니 믿을 것이 없다는 강호의 소문 중에도 간혹 진실에 가까운 것이 있었다는 것을 알게 되었을 뿐이다.

'거리를 좁힐 수가 없다. 어차피 마병이라곤 하나, 사람이 움직이는 병기일 뿐. 마병을 조종하는 자만 베어버리면 되건만, 가까이 다가설 방법이 없으니…….'

형제를 잃은 분노가 사라진 것은 아니었다. 다만 죽어간 형제들의 복수를 위해 천화통을 당긴 자를 베어야 한다는 목적이 생겼을 뿐이다. 하나 천화통을 당긴 자는 타오르는 불길 속에 있었고, 자신들은 그자의 손에 들린 천화통의 아가리 앞에 벌거벗겨진 것이나 마찬가지였다. 방법이 없었다.

그렇게 무너진 하늘에서 솟아날 구멍이 생긴 것은 마병이 숨어 있던 곳에서 그리 멀지 않은 곳에, 화염에 휩싸인 채 불길을 토하고 있던 한 그루 거목이 굉음을 울리며 쓰러진 직후였다.

"이런……?!"

적기당주 염승은 갑자기 뒤에서 들린 굉음에 놀라 고개를 돌렸다. 놀란 염승의 눈에 자신이 있던 곳과 불과 십여 장도 채 떨어지지 않던 곳에서 불타고 있던, 유난히도 거대했던 한 그루 거목이 돌연한 굉음과 함께 서서히 옆으로 쓰러지고 있는 것이 보였다.

'저절로 쓰러진 것이 아니다. 누군가… 청린화진(靑燐火陣)을 뚫고 들어왔다!'

절대 불가능했다. 청린마화를 끌 수 있는 것은 세상에 존재치 않았다. 스스로 타오르다 스스로 꺼지기만을 기다릴 수밖에 없는 기물(奇物)이었다. 하지만 자신의 등 뒤에 있던 거목이 스스로 쓰러질 리는 없었으니 다른 결론은 찾아낼 수가 없었다.

'젠장, 거의 다 잡았는데… 어찌한다?'

염승의 눈에는 아쉬움과 다급함이 뒤섞여 있었다. 이십팔숙 중 다섯을 잡았다. 섬서무림을 넘어 전 강호에 위명이 쟁쟁하던 절정고수 다섯을 자신 혼자 처치한 것이다. 그리고 시간만 허락했다면, 이십팔숙이란 이름을 강호의 인명부에서 완전히 지워 버릴 수도 있었다. 제아무리 신출귀몰하다는 혁련웅도 청린화진 안에 갇힌 이상, 그의 손에 잡힌 것이나 진배없다. 그냥 버리기엔 아까운 먹잇감들이었다.

"너희는 뒤를 맡아라."

염승은 결정했다. 청린화진을 파훼한 자가 누구이든 상관없었다. 그에겐 아직 열두 번의 기회가 있었고, 이십팔숙의 남은 스물셋을 처리하는 데에 아홉 발의 천화철전과 여섯 발의 열화철전이라면 차고도 넘쳤다.

하지만 염승이 미처 깨닫지 못한 것이 있었으니, 얼마간의 시간은 남아 있으리라 여겼던 침입자들이, 자신들이 하얀 분말로 만들어놓은 길을 따라 달려오고 있었다는 것과 그가 잡으려 했던 먹잇감이 온순한 토끼가 아닌, 사나운 맹호였다는 것이다.

뜨겁게 타오르고 있던 불길 속에, 마치 누군가 만들어놓은 듯한 길이 나 있는 것을 이상히 여기면서도 무현 진인을 비롯한 화산파 인물들과 철웅은 그 길을 따라가지 않을 수 없었다. 불길 속에서도 너무나 또렷이 들을 수 있었던 연이은 굉음과 비명이 그 길이 나 있던 방향에서 들렸기 때문이다. 불길 속에 나 있던 그 길을 따라 움직이는 화산파 인물들 대부분의 몰골이 말이 아니었다. 머리는 열기에 그슬려 매캐한 내를 풍기고 있었고, 옷가지는 바싹 말라 금세라도 삭아 부서져 내릴 것처럼 변했다. 하지만 철웅을 제외한 나머지 사람들은 내력을 운용하며 주변의 열기에 대항하고 있었기에, 숨 막히는 열기는 느낄망정 몸으로 침투하려던 화기는 그들의 피부를 뚫지 못하고 있었다. 내력이 없는 철웅만이 그런 화산파 사람들에 둘러싸여 겨우겨우 열기를 피하며 함께 불길 속을 이동하고 있었다. 서너 명은 족히 어깨를 맞대지 않고 지나다닐 수 있을 만큼 넓은 소로를 따라 걷던 일행의 눈에, 붉은 옷을 입은 자들이 보인 것은 대략 오 장여를 전진했을 무렵이었다.

"저들은 분명 사람이 아닌가?"

무현 진인이 놀란 목소리로 전방에 보이는 자들을 보며 말했다. 그리고 불길 속에서 사람을 만난 것이 반가웠는지 서둘러 그들을 향해 걸음을 재촉하려던 순간, 붉은 옷의 사내들이 들고 있던 무언가에서 굉음이 울리며 화염이 뿜어져 나와 그들을 덮쳤다. 그러나 그보다 먼저 일행의 고막을 때린 철웅의 외침이 먼저였다.

"엎드려!"

콰과과광~!!

한 호흡. 단 한 호흡 차이였다. 불길을 잡는 데만큼은 철웅의 지시를 따르던 일행이었기에, 다급히 엎드리라는 철웅의 외침에 반사적으로 몸을 숙일 수가 있었고, 그 한 호흡의 차이로 머리 위로 스친 화염과 그 속의 철전을 피할 수가 있었다.

"적이다!"

누군가의 외침이 들렸고, 엎드렸던 몸을 바로 세우기가 무섭게 무현 진인이 휘두른 쌍장에서 발출된 장력이 붉은 옷의 적들을 향해 날아갔다. 워낙 다급히 내지른 장력이었기에 그의 본신 진력의 삼할에도 채 미치지 못한 위력이었지만, 그것만으로도 붉은 장포를 입고 있던 무리의 머리 위에 불벼락을 내리기엔 충분하였다. 일부러 그런 것인지 다급한 마음에 실수를 한 것인지, 무현 진인이 내지른 두 개의 장력은 붉은 장포인들이 아닌 그들의 좌우에 서 있던 두 그루의 나무에 격중되었다. 비록 힘이 많이 들지 않은 장력이라 하여도 천하제일장이라 불리는 무현 진인의 장력이니, 고작 어른 팔뚝만한 굵기에 불과한 나무쯤은 충분히 바수어 버릴 만큼의 위력이 담겨 있었다.

펑! 펑!

"으… 으히힉!"

두 개의 장력에 격중된 나무는 여지없이 부러져 버렸고, 부러진 나무가 떨어진 곳은 다름 아닌 천화통이 실려 있던 궤짝 위였다.

"이… 이런?!"

장력이 부딪치며 낸 폭음에 놀라, 황급히 고개를 돌린 염승의 눈에 불길에 휩싸인 채 천화통을 담았던 궤짝 위로 떨어지는 두 그루의 나무가 보였고, 단 한순간도 지체하지 않은 빠른 몸놀림으로 신속히 신형을 날려 그 자리를 피했다.

콰광~! 쾅!

쿠구궁!

급히 그들을 쫓던 무현 진인이 놀라 나뒹굴었을 만큼 커다란 폭발이 붉은 궤짝에서 터져 나왔다.

천화통을 격발시키는 작약에 불길이 옮겨 붙었으니 폭발이 일어난 것은 당연한 결과였고, 방원 삼 장여에 달하는 구덩이를 만들어 놓을 정도의 폭발이었으니, 그곳에 모여 있던 이십여 명의 적기당 인원 중 태반이 폭발에 휘말려 목숨을 잃고 만 것도 당연한 결과였다.

불길이 타오르고 있었다. 거세게 타오르고 있었다. 하지만 화염의 반구 안에 살아남은 단 세 명의 수하와 함께 서 있는 염승을 바라보는 이십팔숙의 눈빛만큼은 아니었다.

"네놈이었느냐?"

진득한 살기가 묻어 나오는 황보광의 목소리에, 뜨거운 열기로 가득한 그곳에서 한줄기 식은땀을 흘리고 있는 염승이었다. 염승은 아무 말도 없었다. 단지 주춤거리며 주위를 둘러보곤 절망으로 눈을 물들일 뿐이었다. 이십팔숙이 서 있었고, 혁련웅이 있었다. 자신이 죽음으로 내몰았던 강추와 살아남은 두 명의 야조도 그를 바라보고 있었고, 굳이 바라보지 않아도 등 뒤에 몰려든 화산파의 인물들이 자신을 바라보고 있음을 알 수 있었다.

"지독하군."

"우… 우웩!"

장내를 둘러본 무현 진인이 치가 떨린다는 표정을 지으며 한마디 내뱉었고, 목불인견의 참상을 접한 재희는 결국 고개를 돌리고 욕지기를 뱉고 있었다. 다른 화산파의 인물들도 별반 다르지 않은 감정으로 염승을 바라보고 있었다. 황보광은 손에 들린 삼 척 장도에 힘을 주었다. 절대 살려둘 수 없다. 다섯 형제가 죽었다. 비무도 아니고, 대결도 아닌, 숨어서 쏘아댄 철전에 맞아. 이십팔숙이란 이름에 걸맞지 않은 죽음이었고, 한 사람의 무인으로서 값없는 죽음이었다.

"가, 가까이 오지 마라!"

염승은 황보광의 스산한 눈빛과 푸른 기운이 송골송골 맺혀가던 그의 도에 질려, 다급히 두 손에 쥐고 있던 천화통을 끌어 올렸다. 혼자 들기 버거워 보일 만큼 그 크기가 작지 않았지만, 손끝의 경련이 확연히 보일 정도로 떨고 있는 천화통의 아가리는 분명 황보광을 겨누고 있었다.

"이 개자식아… 나부터 죽여라."

우측에서 들린 이 가는 소리에 화들짝 놀라 천화통의 아가리를 그쪽으로 돌리자, 두 눈 가득 핏발 선 모습의 일삼이 허연 이를 드러내 보이며 수중의 검을 들어 보이고 있었다.

"이 후레자식. 가죽을 벗겨 기름에 튀겨 버릴 자식. 사지를 잘라 저 자에 내다 걸어도 시원치 않을 자식. 눈알을 뽑아 씹어 먹을 자식. 지 애미랑 배 붙을 자식. 끓는 솥에 넣어 육수로 만들 자식……."

차마 입에 담기 힘들 정도로 욕설을 퍼붓고 있었음에도, 고작 이류 무사에 불과한 일삼에게 적기당주 염승은 분노보다 공포를 느끼고 있었다.

"그대가 어떤 마음인지는 모르겠으나. 저자의 목은 내가 베어야겠네."

"흐흐, 웃기지 마슈. 댁들이야 다섯밖에 안 죽었지만 우리는 마흔일 곱이 죽었어. 아니지, 뒈져 버린 십조 새끼들도 저 새끼랑 같은 편이니 우리 식구는 서른일곱이 죽은 거구만. 그래도 우리가 댁보다 빚이 많으니 죽어도 내가 먼저고, 목을 따도 내가 먼저요."

일삼의 눈에는 이십팔숙도 없었고, 화산파의 사람들도 보이질 않았다. 분노에 사로잡힌 이성은 그에게 모든 사고를 정지할 것을 명한 듯했다. 오직 동료들을 죽음으로 내몰고 자신마저 죽이려 한 적기당주를 죽여야 한다는 생각만이 그의 머리 속에 가득 차 있었다.

"이십팔숙 중 다섯이 죽었다. 그대들과 무게가 같지 않다."

"씨발, 어디서 개수작이야! 다르긴 뭐가 달라! 당신도 사람이고 나도 사람이야. 어차피 뒈지는 건 다 똑같아. 당신 같은 고수들이나 우리 같은 하수들이나……."

악에 받친 일삼의 고함에 황보광은 말문이 막히고 말았다. 하지만 아무런 말도 하지 않았다. 눈앞의 무사가 한 말이 틀리지 않았기에 아무 말도 할 수 없었다.

"자, 어디 당겨봐라. 아까처럼 당겨보란 말이다. 왜 못 당기냐? 당겨보란 말이다!"

고함을 지르며 한 발 한 발 다가서는 일삼의 모습에 염승은 자신도 모르게 주춤거리며 뒷걸음질치고 있었다. 천화통을 들고 있는 손이 떨리고 있었으나, 이내 그 떨림이 잦아들고 일삼을 노려보기 시작했다.

"이 밥버러지 같은 자식. 네놈이 감히 나에게 그따위 망발을 하고 살아남을 성싶으냐?"

"흐흐, 누가 살고 싶다 하던? 죽이라고 했지, 누가 살려달라 하던?"

입가를 히죽거리며 다가서는 발걸음을 멈추지 않는 일삼을 바라보던 염승의 눈이 잔혹하게 변했다.

"오냐. 네놈이 원하는 대로 죽여주마. 그전에……."

말끝을 흐리던 염승이 한곳에 모여 있던 황보광과 이십팔숙을 향해 천화통의 아가리를 돌리며 소리쳤다.

"네놈들이 먼저다!"

콰광!

불길이 치솟고 있던 화산의 한곳, 조금씩 바람의 방향이 산정으로 바뀌고 있던 그 순간. 화산에 울린 마지막 포성이 메아리가 되어 사방으로 울려 퍼지고 있었다.

"크어어!"

괴성을 지르며 바닥을 나뒹굴고 있는 염승을 바라보는 사람들과 이 장여를 날아간 채 나뒹굴고 있는 천화통을 바라보는 사람들. 그리고 이 모든 상황을 만들어낸 무현 진인. 염승의 두 팔은 폭발의 여력이었는지 손목 어림부터 완전히 날아가 버렸고, 무릎 사이에 파묻혀진 그의 얼굴은 볼 수 없었지만 언뜻 보이는 머리카락이 절반 가까이나 불에 타 없어진 것을 보아 얕지 않은 화상을 입은 듯하였다. 고통에 몸부림치며 바닥을 나뒹굴고 있는 염승이었지만, 그곳에 있던 누구도, 심지어는 그와 함께 살아남은 세 명의 적기당 인물도 감히 그를 살피지 못했다.

"저들을 포박해라. 험험."

무쇠로 만들어진 천화통이 반으로 접혀지다시피할 만큼 웅혼한 내력이 실린 일 장이었다. 이십팔숙을 노린 염승의 공격을 막기 위해서는 불가피한 일 장이었으나, 그의 일장을 맞은 천화통이 내부에서 폭발을 일으켰기에, 그 폭발에 휘말린 염승의 두 손이 날아가 버리게 된 것이었다. 사람들의 시선이 자신에게서 떨어질 줄 모르자, 옆에 있던 제자들을 시켜 염승과 적기당의 인물들을 포박하라 명하곤 헛기침으로 무안함을 떨친 무현 진인이었다. 무현 진인의 기침에 그제야 그에게서 시선을 뗀 사람들이었지만, 누구도 그의 행동에 대해 왈가왈부하진 못했다. 목숨의 구원을 받은 황보광만이 한발 앞으로 나오며 수중의 도를 맞잡고 포권하며 도움에 감사를 표했다.

"초씨세가의 황보광이라고 합니다. 도움에 감사드립니다."

"무량수불. 빈도는 화산의 무현이라 합니다. 이런 참혹한 짓을 저지른 자가 또 다른 죄업을 지으려 하기에 막았을 뿐이니, 황보 대협의 예는 받잡기 어렵습니다."

도복만 벗기면 산동호걸이라 불러도 손색이 없을 법한 무현 진인의 손사래에 황보광은 가만히 읍하며 감사의 뜻을 전했다.

"화산에 침입한 자들은 이들이 전부인가?"

옥현 진인의 나직한 한마디에 일삼과 강추, 사오의 어깨가 움찔하며 한걸음 뒤로 물러서고 있었다.

"그대들도 화산에 잠입한 자인가?"

옥현 진인의 물음에도 강추와 일삼의 입은 떨어질 줄 몰랐다. 어쩌면 자신들의 생사가 걸릴 수도 있는 대답이었기에 경솔히 답하지 못하고 있는 것이었지만, 무언은 긍정이라는 공식은 화산에서도 통용되고 있었다.

"답을 하지 못하는 것을 보니, 이자들 역시 화산에 잠입한 자들이 맞는 것 같구나. 이들도 묶어라."

무현 진인의 호령에 염승과 적의인을 포박하던 제자들 중 몇이 나서며 자신들에게 다가오자, 쉽사리 포박을 받지 않으려는 듯 조금씩 뒤로 물러서고 있는 강추와 일삼이었다. 하지만 사방이 화염이고, 그들의 주위에 있는 사람들 모두 자신들과 척을 진 자들뿐이니 그들이 몸을 숨길 곳 따위가 있을 리 만무했다. 그들은 체념하며 검을 바닥에 떨어뜨렸고, 여섯 명의 포로를 잡은 화산의 제자들은 무현 진인을 바라보며 명을 기다렸다.

"그런데 무슨 이유로 이곳에 오시게 된 것입니까?"

화산파의 사람들은 사람의 입을 막는 재주라도 가지고 있는지, 무현 진인의 물음에 이번에는 황보광의 말문이 막혔다. 지은 죄가 있는 것

도 아니요, 화산에 굽힐 무엇이 있는 것도 아니었지만 그는 쉽사리 혁
련옹과 함께 화산을 찾았노라 말하지 못하고 있었다. 혁련옹이란 이름
석 자가 가지는 의미가 이들에게 얼마나 큰 것인지 알고 있었고, 그가
지닌 자하신검이 이들에게 어떤 의미인지를 알고 있었기 때문이다. 화
산의 보물이면서, 동시에 감추어야 할 비밀로 남겨질 자하신검이었기
에 그것을 지녔던 혁련옹의 앞길이 그리 평탄치 않을 것이라 짐작할
수 있었고, 산을 오르던 내내 그런 혁련옹의 안위를 걱정하였던 그였기
에, 쉽사리 혁련옹의 존재를 화산의 사람들에게 말하지 못하고 있는 황
보광이었다. 이십팔숙과 혁련옹 사이에 생긴 작은 인연의 끈이 그의
입을 막고 있었다.

"이들은 나를 데리고 온 것이오."

그런 황보광의 등 뒤에서 들린 걸걸한 목소리. 문득 그들과 조금 떨
어진 곳에 자리하고 있던 철웅의 눈빛에 이채가 어리고 있었지만 좌중
의 누구도 그를 주시하고 있진 않았다.

"어찌 오신 분이신지……."

무현 진인의 앞으로 한걸음 나오며 조심스레 입을 연 옥현 진인이었
다. 얼굴에 굵은 주름 하나 없건만 세월이 그대로 묻어 나오는 듯한 노
안을 보고 있자니, 노인의 나이가 좌중의 누구보다 적지 않음을 느낄
수 있었다. 옥현 진인은 알고 있었다. 자신이 직접 초한상에게 부탁을
하여 움직이게 한 이십팔숙이었다. 초씨세가가 원하던 보답을 약속하
고……. 그런 이십팔숙이 누군가를 데리고 왔다면 그는 자신이 찾아주
길 부탁했던 그일 가능성이 높았다. 하지만 서두를 일은 아니었다. 확
실하기만 하면 되는 일이지, 결코 서두를 일이 아니었다. 그리고 그리

서둘지 않았음에도 눈앞의 노인은 어렵지 않게 자신이 누구인지 스스로 밝히고 있었다.

"나… 혁련옹이란 사람이오."

옥현 진인의 입가에 의미심장한 미소가 걸렸고, 무현 진인과 상현 진인의 눈은 경악으로 물들고 있었다. 철웅의 얼굴에 실린 감정은 이 자리에 모여 있던 그 어떤 사람과도 다른 그 무엇이었으나, 혁련옹은 그런 철웅의 시선을 애써 외면하고 있었다.

*　　　　*　　　　*

불길은 저녁나절이 되어서야 겨우 잡을 수 있었다. 사람들이 불길에서 빠져나온 뒤 얼마 지나지 않아 청란마화의 불꽃은 스스로 자취를 감추었다. 청란마화가 사라지고, 남은 불길을 잡는 일은 힘은 들지언정 어렵지는 않았다. 세 시진 가까이 걸린 진화였으나 결국 불길은 그 기세를 잃고 검은 재가 되어 방원 삼십 장 정도의 자취만을 남기고 말았다. 구름 위에서 내려다본다면 넓디넓은 화산에 작은 점으로나마 겨우 남을 흔적이었지만, 그 흔적들 속에서 칠십여 명에 달하는 주검의 잔재를 모두 훑어내려면 얼마나 오랜 시간이 걸릴 지 아무도 모를 일이었다. 새까맣게 타버린 거목들과 잡목들이 이리저리 뒤섞여 마치 군마가 짓밟고 간 폐허와 같은 모습으로 허연 연기를 뿜어내고 있었으나, 작은 불씨들을 잡아내며 삼삼오오 무리 지어 있던 사람들의 눈에는, 산정의 본산까지 화가 미치기 전에 불길을 잡을 수 있어서 다행이라는 듯한 안도가 자리하고 있었다.

"휴… 이제 겨우 불길을 잡았네요."

복면 밖으로 얼굴이 보이는 부분이라 봐야 넓은 이마와 동그란 귓불이 전부였지만, 보이는 피부 이곳저곳에 검댕을 묻히고 서 있는 재희의 모습이, 여자라 하여 불길 구경만 하지는 않은 듯했다.

"그렇군요. 천만다행입니다."

철웅의 눈은 재희를 지나 산정의 화산파 건물들을 바라보고 있었다. 제법 멀리 떨어진 곳이라 겨우 처마와 기둥이 분간될 정도였지만, 그곳에서 자신을 기다리고 있을 소소를 생각하니 무난히 불길이 잡혀 다행이다 싶었다.

"장 대협이 아니 계셨다면 참으로 난감할 뻔했습니다. 아까 전 상궁 장문인과 다른 장로님들께서도 고마움을 표시하셨지만, 저 역시 장 대협께 큰 은혜를 입었음에 감사하고 있습니다."

고개를 돌리고 있던 철웅은 고개까지 숙이며 자신에게 감읍하고 있는 재희를 보고는 민망한 마음을 숨기지 못하고 얼굴을 붉혔다.

"허허, 그다지 한 일도 없는데… 그런 마음은 받기 어렵구려. 화산파의 여러분이 아니 계셨다면 감히 엄두도 내지 못할 일이었으니, 가장 큰 공을 세운 분들은 화산파 사람들이오. 내가 받을 마음이 아닌 듯싶소. 그나저나……."

손사래까지 치며 재희의 굽혀진 허리에 어쩔 줄 모르던 철웅이 짐짓 말끝을 흐렸다. 무슨 말인가 싶어 철웅을 가만히 바라보고 있는 재희의 시선에, 철웅은 헛기침을 한 번 하고 나서야 말을 이을 수 있었다.

"아까 산으로 먼저 올랐던 그분들 말이오. 무슨 일로 화산파를 찾아온 분들이신지…….”

“아, 그분들이라면…….”

재희는 금세 철웅이 말하는 그분이 누구인지 알아챌 수 있었다. 화산에 잠입했던 외인들. 초씨세가의 이십팔숙, 그리고 또 한 사람. 불길을 빠져나온 옥현 진인과 무현 진인, 그리고 상현 진인마저도 철웅에게 감사하단 말을 남기곤 불길도 잡지 않은 채 산으로 올라가 버렸다. 아홉 명의 매화검수로 하여금 포로로 잡은 외인들을 잡아끌게 하고, 이십팔숙과 그 사람이 서둘러 화산으로 오르길 종용하며.

“저… 잠시.”

재희는 철웅에게 눈짓을 하곤 사람들과 조금 떨어진 고목나무의 뒤편으로 자리를 옮겼다. 철웅은 의아해하면서도 말없이 그녀의 뒤를 따라 자리를 옮겼고, 그곳에서 들려준 재희의 이야기를 들으며 적지 않은 충격을 받고 있었다.

“후… 어디서부터 이야기해 드려야 할지…….”

자리를 옮기고도 쉽사리 말문을 열지 못하던 재희였으나, 결국 화산을 구한 은인과 같은 철웅에게까지 숨길 일은 아니라 판단하고, 혁련웅과 자하신검에 관한 이야기를 꺼내기 시작했다. 강호에 조용히 퍼진 소문. 화산파의 비전절기인 자하신공의 후반부가 숨겨져 있다는 자하신검과 그 자하신검을 가지고 있다는 혁련웅. 그를 쫓기 위해 화산파가 벌인 근 한 달여의 추적. 그녀가 알고 있는 부분에 관해서는 거의 모든 부분을 거짓없이 털어놓았다.

이십팔숙과 혁련웅의 관계까지야 그녀가 알 수 없는 일이었으니, 자세한 설명을 해줄 순 없었지만 화산에 침입한 자들의 행동으로 보아,

그들 역시 혁련웅을 노리고 있었던 것이 분명하다는 자신의 생각까지. 철웅이 알아야 할 모든 이야기가 그녀의 입을 통해 흘러나오고 있었다.

"그런데……."

"네?"

"그 자하신공이라는 것이 그리 대단한 것이오? 이렇게 많은 사람들이 희생당해도 좋을 만큼?"

"음."

재희는 느닷없는 철웅의 물음에 잠시 할 말을 잃었지만, 자신 역시 화산파의 제자라는 것을 상기하곤, 나름의 생각을 철웅에게 설명하고 있었다.

"천하에 사람의 목숨보다 중요한 물건이 있을 리 없지요. 하지만 자하신공이라면… 화산파의 장문인만이 익힌다는 절세무공이라면… 아마 죽음보다 더한 일이라도 할 수 있을 겁니다."

"…그것이 강호요?"

"……."

마치 치부를 들킨 것마냥 얼굴이 붉어지는 재희였다. 하나 아무리 어여쁜 말로 포장을 하고 감언이설을 늘어놓는다 하여도 진실은 변하지 않는 것임을 알기에, 그녀는 있는 그대로 말하였다. 무공을 얻기 위해 사람의 목숨마저 희생시킬 수 있는 것이 무림인의 생리라고. 그리고는 얼굴을 붉히고 있다. 검을 든 자로 그리 부끄러운 일도 아니었건만……. 하지만 어느새 돌려진 철웅의 고개는 붉게 달아오른 재희의 얼굴이 아닌, 어둑해져 잘 보이지도 않는 연화봉의 정상을 바라보고 있었다.

'좋지 않다. 재희 소저의 이야기를 풀자면, 어르신은 화산파의 중요한 보물을 가지고 있었다는 이야기다. 그것도 그 존재를 감추고 싶어 했던 보물을. 물론 도교의 성지라 불리는 화산파의 인물들이 헛짓이야 할까만, 아까 전 그들과 산을 오르던 혁련 어르신이 나를 보고 모른 척한 것이 마음에 걸리는구나. 보지 못하였을 리가 없건만······.'

단 한 번의 만남이었고, 그저 스치는 인연이라 볼 수도 있었다. 하나 사람의 인연이라는 것이 오랜 시간 알고 지냈다 하여 모두 좋은 인연이라 말할 수 없듯 짧은 시간 만났다 하여 중요치 않다 말할 수 없는 것이었으니, 혁련옹과 자신과의 하룻밤 술 대작은 당연히 후자였다고 단언할 수 있었다.

그저 함께 자리하였던 것만으로 머리 속에 깊이 각인된 사람이었고, 훗날의 만남이 기다려질 만큼 자신의 마음속 자리가 작지 않았던 사람이었다. 더군다나 그는 자신과 다시 만날 것을 약속하며 증표까지 남기지 않았던가? 그는 다시 만나리란 약속을 지켰다. 하나 그는 약속을 지켰음에도 그를 외면했다. 마치 자신을 알고 있다는 사실 자체를 숨기려는 듯.

'나까지 위험에 빠지지 않을까 염려하였던 게지.'

기우이길 바랐으나 이 정도의 상황도 눈치 채지 못할 만큼 그의 머리가 늙진 않았다.

'일단 산에 올라 조금 더 알아보아야겠다. 어르신의 본심을, 화산파 사람들의 의중을······.'

철웅은 재희와 함께 산을 올랐다. 몸을 의탁하고 있던 안식처에서, 서로의 가슴에 검을 겨누어야 할 적진이 될지도 모를 그곳으로……

＊　　　　　＊　　　　　＊

"실패하였단 말이지?"

"예."

화음현의 한 객잔. 오 장여를 치솟던 청린마화의 불꽃이 보이기엔 턱없이 멀리 떨어져 있던 곳이었으나, 객잔의 한쪽에 앉아 차를 마시고 있던 단아한 외모를 한, 삼십대 초반으로 보이던 청년의 귀에는 그곳에서 일어났던 모든 상황이 한 치의 틀림도 없이 낱낱이 보고 되고 있었다.

"염승이란 자를 내가 너무 높이 본 것인가?"

"속하가 본 바로는 적기당주의 계획 자체는 그리 나쁘지 않았습니다."

"그리 나쁘지 않았다?"

"예."

아직은 해가 서산에 반쯤 걸려 있었으나, 객잔으로 들어오는 마지막 양광만으론 실내를 밝히기가 어려웠는지, 점소이 두엇이 나와 객잔 벽을 따라 걸려 있던 유등의 심지에 화섭자를 옮기며 객잔 안을 밝히고 있었다. 단 두 사람만이 객잔에 자리하고 있었으나, 그들이 찻 값으로 내놓은 돈이 적지 않았기에 조금 서둘러 객잔 안을 밝히고 있었던 것이겠지만, 이야기를 방해받은 두 사람은 하던 말을 멈추고 그들이 하는 양을 지켜볼 뿐이었다. 잠시 후 몇 안 되는 객잔의 유등에 모두 불을 밝힌 점소이들이 힐끔 객잔 안을 둘러보곤 서둘러 주방으로 들어가는 것이, 몸은 객잔에 나와 있어도 마음은 벌려놓은 마작판을 뜨지 못한 까닭이리라.

"그럼, 네가 보기에 무엇이 문제인 것 같으냐?"

보고를 하는 자는 회의(灰衣)를 걸친 사십대 초반으로 보이는 자였으나 고작 삼십대 초반으로 보이는 백의(白衣) 청년의 하대에도 눈썹 한 번 찡그리지 않는 것이, 청년의 지위가 중년인과 많은 격차가 있음을 말해 주고 있었다.

"변수가 있었습니다."

"변수?"

"화공(火攻)에 능한 자가 화산에 있었습니다."

"음, 구대문파의 일좌인 화산이라면, 양강지공(陽强之功)을 익힌 자가 있을 수도 있지 않을까?"

"무공으로서의 화공(火功)이 아니라, 병법(兵法)상의 화공(火攻)을 말씀드린 것입니다.

"그 말은 화산에 병법을 익힌 자가 있다는 말인가?"

"음… 단정하긴 어려우나 그냥 등잔 밑에서 병법서를 배운 자가 아니라, 실전상에 필요한 병법을 정확히 찾아 운영할 수 있을 만큼 노련한 자가 그곳에 있던 것 같습니다."

수하의 말대로라면 정녕 변수였다. 그리고 충분히 작전 실패의 이유가 될 수 있었다. 제아무리 극양의 양강지공을 익힌 자라 하여도, 일개인이 깨우친 불[火]의 묘리만으로 청란마화로 만들어진 청란화진을 파훼한다는 것은 어불성설이다. 청린마화가 양강지공 따위로 어쩌지 못한다는 것은 이미 오십 년 전 청염마군에 의해 확인된 사실이었다. 하지만 제아무리 병법을 깨우친 자라 하여도 청린화진은 그리 쉽게 깨뜨릴 수 있는 성질의 진이 아니었으니, 청린화진의 파훼가 어떤 식으로 이루어졌는지가 궁금해진 백의청년이었다.

"어떤 방법이었느냐?"

그리고 이어진 회의 중년인의 이야기에 백의청년이 감탄하지 않을 수 없게끔 하고 있었다.

"호오, 묘수로구나. 나무로 길을 내고 흙으로 나무를 덮는다. 시간이 지나면 불이 붙겠으나, 불길을 잡는 시간 동안은 분명 그들의 교두보로 손색이 없다. 묘수이구나."

백의청년의 탄성에 회의 중년인은 잠자코 상관의 혼잣말을 듣고만 있다가 그의 탄성이 식을 무렵, 자신이 알고 있는 한 가지 사실을 덧붙여 말해 주고 있었다.

"한데… 그 방법이란 것이 속하가 어디선가 보았던 것과 흡사하였습니다."

"……?"

"과거 속하가 군부에 투신하고 있을 때 남만으로 원정을 간 적이 있사온데, 그곳에 있던 어느 부대에서 이와 비슷한 방법으로 적을 소탕하는 것을 본 적이 있사옵니다."

말없이 수하를 바라보던 백의청년의 눈빛은 상세한 설명을 요구하고 있었다.

"남만의 한 부족이 불을 잘 놓기로 유명하였는데, 이천 정도의 토벌군 병사들이 그만 그들이 놓은 불길 속에 갇혀 죽음을 기다리고 있었습니다. 그 모습을 보며 아무도 그들이 살아 돌아올 수 있으리라 여기지 않았지만, 아름드리 나무 수십 개가 한 번에 고꾸라지면서 길을 놓아 병사들이 그곳을 무사히 빠져나올 수 있었습니다. 물론 주변에 있던 그 남만의 부족들은 모조리 목이 잘리고 말았지요. 그 작전을 생각해 낸 자가 병부의 한 천호(千戶)였다 들었습니다."

"흐음."

청린화진과 많이 비슷한 상황이었지만, 우연의 일치일 뿐이라 생각한 백의청년이었다. 남만이라는 위치가 그랬고, 병부의 장수란 이야기가 더욱 청린화진과의 연관성에 재를 뿌리고 있었다. 관부(官府)와 무림이 서로 관여치 않은 것은 이미 오래전의 일이었다.

"재미있는 이야기다만, 우연일 뿐인 듯싶구나."

"예."

혹시나 하여 기억난 그의 이름까지 말해 줄까 하던 중년인이었지만, 그다지 호기심을 보이지 않는 상관이었기에 억지로 기억해 낸 정천호(正千戶) 이세민(李說民)이란 이름은 어느새 그의 머리 속에서 지워지고 있었다.

"그나저나, 련주께는 무어라 보고한다?"

머리를 털며 실책에 대한 책임 추궁을 어찌 피할지 고민하는 듯한 백의청년이었지만, 회의 중년인은 절대 련주가 백의청년을 두고 뭐라 하지 않을 것임을 알고 있었다.

'꾸지람이나 조금 듣고 마시겠지. 련주님의 아들 사랑이 원체 지극하시니……'

백의청년. 련이라 불린 그곳에 존재하는 수만의 사람들 중 련주 단 한 사람을 제외하곤 그 누구에게 하대를 하여도 손가락질받지 않을 유일한 사람. 그를 아는 사람들은 그를 백호(白虎) 한수(韓修)라 부르고 있었으나, 천하가 그 이름을 듣게 된 것은 화산에 재난이 닥치고 몇 해나 지난 후였다.

第十四章
재회(再會)

재회
再會

허공의 만월이 혁련옹의 주름진 얼굴을
비추며 두 사람의 재회를 말없이 바라보고 있었다

　　스무 명 정도는 자리를 찾아 앉을 수 있고, 그 주변의 공간까지 사람이 들어선다면 백여 명 정도는 충분히 수용할 수 있는 상청궁의 회의실이었으나, 자리를 잡고 앉아 있는 단 다섯 명의 인물이 뿜어내는 기도만으로도 회의실이 비좁다 느껴질 만큼 방 안의 공기는 무겁게 가라앉아 있었다. 상석에 앉아 있는 옥현 진인이 자신의 좌측에 앉아 있던 무현 진인과 상현 진인을 바라보다 이내 사제들의 맞은편으로 고개를 돌리고는, 방 안에 무겁게 가라앉아 있는 공기를 밀어내며 말문을 열었다.

　　"본시 화산을 오르는 길이 그리 험한 길이 아닌데, 빈도들이 부주의하여 귀빈이 흉액을 겪으셨습니다. 형제 분들의 희생에 무어라 사죄를 드려야 할지……."

"이미 지나간 일입니다. 명을 받들다 일어난 일이니 누구를 원망할 수도 없는 일. 하나 받잡은 명을 무사히 수행할 수 있게 되었으니, 눈 감은 형제들도 여한은 없을 것입니다."

옥현 진인의 의례적인 인사에, 속마음이야 어떨지 몰라도 황보광 역시 의례적으로 답을 하고 있었다. 그 후 얼마간 서로의 공치사가 이어졌으나 자리에 앉아 있던 사람들 모두 이러한 요식 행위 따위에 큰 신경을 쓰고 있지는 않았다. 수십 명의 외인을 척살한 것보다 초씨세가의 이십팔숙이 몇 죽어 나간 것보다 훨씬 중요한 자가 자신들의 눈앞에 있었으니 그들의 마음속에서 죽어간 그들의 존재가 희미해지는 것은 그리 오랜 시간이 걸릴 일도 아니었다.

그토록 애타게 찾았던 혁련옹이 눈앞에 자리하고 있었으니 어서 빨리 자하신검의 행방에 대한 이야기를 꺼내라 재촉하고도 싶었지만, 대사를 논하는 데에도 그에 합당한 격식이라는 것이 있는지라 무현 진인과 상현 진인은 옥현 진인과 황보광의 이야기에 가만히 고개를 끄덕여주는 무관심으로 화산파의 미덕을 보여주고 있었다.

그러한 좌중의 무관심이 깨어진 것은 황보광과 이야기를 주고받던 옥현 진인이 조용히 앉아 있던 혁련옹에게 말을 건네는 것으로 시작되었다.

"한데 혁련옹께서는 어떤 이유로 본 파를 방문하시었는지……."

"험."

혁련옹은 낮은 헛기침으로 말문을 열고는 잠시 아무 말도 하지 않았으나, 좌중의 누구도 그를 재촉하거나 조급해하지 않았다. 무엇 때문에 혁련옹이 화산을 찾아온 것인지 모를 사람은 아무도 없었지만, 그들은 이러한 상황에서 대문파의 사람들이 보여주어야 할 모습이 어떠한 것인지 너무나 잘 알고 있었다. 하나 혁련옹은 자신이 찾아온 이유를 그리 쉽게 말해 주고 싶지 않았나 보다.

"내 나이가 올해로 일흔넷이라오. 한데 내 칠십 평생의 기억을 아무리 뒤져 봐도 오늘 같이 흉험한 일을 당했던 기억은 없구려. 몸도 지쳤고, 마음도 평상시 같지 않으니 그대들과 중요한 이야기를 나누기가 힘들듯하오. 물론 화산파에서 나를 오랫동안 찾고, 또 기다렸다는 것은 익히 알고 있으나… 오늘은 조금 쉬고 싶구려."

혁련옹은 구렁이 담 넘어가듯 자리를 피하고 있었다. 단 한 마디면 되건만, 자하신검이 나에게 있노라, 단 한 마디의 확인만 해주면 되건만 혁련옹은 그런 그들에게 조금 더 기다리라 말하고 있었다. 그런 혁련옹의 말에 대문파의 중진으로서 소양이 부족한 듯한 무현 진인이 다급한 마음을 참지 못하고 혁련옹에게 말을 걸었지만, 상석에 앉아 있던 옥현 진인은 대문파의 인물이 이런 상황에서 어찌 처신해야 하는지를 잘 알고 있는 사람이었다.

"조금 힘드시더라도……."

"아닐세, 무현. 내가 생각이 짧았네. 그런 흉액을 당하신 분을 다급히 모시고 이런 이야기를 꺼낸 것이 무례였네. 심신이 많이 지치셨을 터인데, 빈도의 마음만 생각하고… 귀빈의 안위를 미처 생각지 못하였습니다. 용서하십시오."

"아니오. 그저 몸이 피로하고 생각의 정리가 필요할 뿐이니 내일쯤 다시 자리를 만들어도 될 듯싶소."

"허허, 아닙니다. 굳이 내일이 아니더라도, 몸과 마음 조리가 다 되었다 싶으실 때 말씀해 주서도 늦지 않습니다."

"허허, 마음 써주어 고맙소."

"허허, 별말씀을……. 숙소는 저희가 따로 마련해 드릴 것이나, 머무시는 데에 불편함이 없도록 하겠습니다."

"그럼."

무겁게 가라앉았던 회의실의 공기는 의자가 밀리는 소리와 함께 상청궁 밖으로 날아가 버렸다. 옥현 진인의 명을 받은 상현 진인이 황보광과 혁련웅을 인도하며 회의실을 나가고 한참이 지난 후에야 옥현 진인이 입을 열었다.

"무현, 어찌 생각하는가?"

"글쎄요. 그다지 다른 뜻이야 있겠습니까? 이미 화산에 스스로 발을 들인 사람인데."

옥현 진인은 눈앞의 사제에게 던진 질문이 상대를 잘못 확인한 질문이었음을 알고 속으로 작게 탄식했다. 자신보다 고작 두어 살 아래이고, 항렬로도 목현 진인의 바로 아래 위치한 화산 팔대장로 중에서도 그 지위가 낮다 말할 수 없는 무현 진인이었지만, 자신과 함께 의식을 공유할 상대는 아니었다. 평생 무공만을 파고들어 당금에는 천하제일장이란 위명을 떨치고 있는 화산파의 자랑거리 중의 하나였으나, 지금 옥현 진인에게 필요한 것은 천하를 위진시킬 무공이 아니라 천하를 아우르는 지모(智謀)였다.

"목현에겐 연락하였는가?"

"예, 어제저녁 당도한 전서에 종남으로 향한다는 이야기가 있어 그쪽으로 전서를 띄웠습니다."

"음. 아무래도 전서는 믿음직스럽지 못하니 발이 날랜 아이 둘을 뽑아 그쪽으로 보내게."

"예."

어렵지 않은 명이었는지라 웃으며 대답하던 무현 진인을 바라보는 옥현 진인의 눈빛에는 뜻 모를 아쉬움이 남아 있었다.

"허어, 과연 영산이로다! 본시 내 그리 말이 많은 사람이 아니지만, 화산의 수려한 경관을 보고 있자니 이 입을 가만히 둘 수가 없구려."

상청궁의 회의실을 나와 석로를 밟으며 걸음을 옮기던 혁련옹이 연신 감탄사를 연발하고 있었다. 그런 혁련옹의 모습에 상현 진인은 가만히 미소를 베어 물고는 그의 찬사에 화답했다.

"세상에 영산이 어찌 화산뿐이겠습니까만, 혁련옹께서 그리 보아주시니, 빈도의 눈에도 수십 년을 함께했던 화산이 새롭게 보이는 듯합니다."

"허허, 상현 진인의 말을 듣자니 내가 이런 경관을 조금 일찍 알았다면, 나 역시도 화산에 몸을 의탁했을지도 모르겠다는 생각이 드는구려. 이렇게 아름다운 경관을 매일 볼 수 있다면, 그 어떤 부귀영화가 부러울까."

조용히 석로를 걷던 그들의 뒤로 언제 따라붙었는지, 이십팔숙의 그림자가 그들을 쫓고 있었다. 이제는 다섯이 줄어 이십삼숙이라 불리는 것이 마땅하건만, 그들이 인정하지 않는 한 강호에는 이십팔숙만이 존재할 것이다. 다섯이 줄었다고는 하나, 아직 그들은 강호 최강의 도객들이었고 그들은 죽어간 다섯 명의 형제를 잊지 않을 것이다.

"미리 준비하지는 못했으나 상청궁과 가까운 이곳에 여장을 푸시면 될 것입니다."

"자소각(紫昭閣)이라."

"화산을 찾아오신 분들 중 귀빈이라 생각되는 분들이 머무실 수 있게끔 특별히 지어진 곳이지요. 창으로 보이는 풍경이 보기 나쁘시진 않을 겁니다."

"일견하기에도 참으로 멋들어진 곳이오. 배려에 감사드린다고 장문인께 꼭 전해주시오."

"허허, 그렇게 하지요."

몇 개의 방을 정해 혁련옹과 이십팔숙에게 나누어 주고, 식사나 근방의 지리 같은 소소한 몇 가지를 알려준 상현 진인은 잠시 후에 다시 오겠노라는 말을 남기고는 자소각을 떠났다. 상현 진인이 정해준 방으로 들어가 창을 열고, 그가 말했던 것보다 몇 배는 더 아름다운 화산의 경관을 바라보던 혁련옹의 방으로 황보광이 찾아온 것은, 한눈에 다 들어오지 않는 화산의 자락을 바라보며 홀로 찬사를 보내고 있던 그때였다.

"노야, 몸은 좀 어떠십니까?"

"허허, 내가 뭐 한 게 있어야지. 그냥 마음이 조금 좋지 않았을 뿐이네."

"그러시다면야 다행이지만……."

"허허, 정녕 아름답지 않은가? 도대체 그 끝 간 곳이 보이질 않을 만큼 크고 장엄하면서도, 어느 한곳 아름답지 않은 곳이 없으니……."

황보광을 맞이했던 눈을 돌려 창밖을 바라보던 혁련옹의 입에서는 화산에 대한 찬사가 끊이질 않고 있었다.

"본시 중원오악(中原五岳) 중에 서악(西岳)으로 손꼽히는 명산이니, 그 수려함이야 이루 말로 다 표현 못할 지경이지요. 아직 사람의 눈길이 닿지 아니한 곳도 부지기수고, 발길이 닿지 아니한 곳은 이루 셀 수도 없을 만큼 신비로움이 가득한 곳이 바로 화산입니다."

"그래, 자네 말대로 보는 것만으로도 신묘한 기운이 느껴지는 것 같아. 하나 이러한 곳에 살면서도 욕심이란 것을 버리지 못하는 걸 보면, 그 기운이 그리 영험한 것만은 아닌 듯허이……."

혁련옹의 눈으로 착잡한 마음이 투영되고 있는 듯하였다. 가려서 가려지는 것이 있고, 가릴 수 없는 것이 있다. 예의를 갖춘 말과 부드러운 눈을 하고 있다 하여도, 결국 그들의 마음에 자리하고 있던 것이 욕심이라는 것을 혁련옹은 느낄 수 있었다.

화산으로 오르던 그 길에서 자그마치 칠십여 명의 사람이 떼죽음을 당하였음에도 그들은 산에 오르자마자 자리를 마련하고, 자하신검의 행방을 궁금해하였다. 명색이 도인이라 불리는 자들이었건만……. 어차피 마음을 정하고 오른 화산이었건만, 그런 그들의 작은 행동마저도 혁련옹의 다짐에 회의를 느끼게 하기 충분하였다. 하나 회의를 가지기엔 이미 늦었다. 그저 더 이상 자신의 결심이 흔들리지 않게 조용히 시간이 흐르길 바랄 뿐.

"그나저나… 아까 우리를 습격했던 자들은 어찌 되었는지 알고 있는가?"

"화산의 모처에 감금된 것으로 알고 있습니다."

"흠. 무언가 좋지 않은 느낌이 드네. 청란마화의 등장도 그렇고, 천화통도 그렇고……."

"저도 그렇게 생각하고 있습니다. 청란마화와 천화통이 함께 출현한 것도 미심쩍고, 감히 화산에 올라 미리 준비를 하고 있던 치밀함도 그렇고… 어느 일개인이나 작은 단체에서 할 수 있는 일들이 아닙니다."

"좋지 않아. 화산에서 그들의 배후를 밝힐 수 있다면 좋으련만……."

혁련옹과 황보광이 대화를 나누고 있는 사이에도, 창밖으로 보이는 해는 서서히 서산으로 기울 차비를 하고 있었다. 조금씩 붉은 기운으로 뒤덮이고 있는 하늘을 바라보던 두 사람 모두 잊고 있던 피로가 몰려옴을 느끼며, 자신들의 여정이 끝났음을 인식했다. 그들이 힘겹게 두 발로 딛고 서 있는 그곳은 화산(華山)이었다.

*　　　　*　　　　*

화산에는 수십 개의 암동이 산재해 있었다. 전해 내려오는 이야기로는 화산파의 시조로 불리는 학대통이 수련을 위해 동굴을 팠으나, 뒤이어 그곳을 찾은 수행자들에게 그것들을 내어주고 다시 파기를 거듭하여, 총 일흔두 개나 되는 동굴을 연화봉에 만들어놓았다 전해지고 있었다. 게다가 자연적으로 발생한 암동들의 수는 이루 셀 수도 없을 만큼 산재해 있어, 화산에 기거하고 있는 도인들의 수를 정확히 어림하기 힘들 정도였다.

"일삼, 우리 이제 죽는 겁니까?"

"시끄러."

"화산파에서 우릴 그냥 두지 않겠죠? 화산파에 와서 불도 지르고, 이십팔숙도 다섯이나 죽었으니……."

"시끄럽다니까."

"우리가 살아 있다는 걸 알면, 련에서도 우릴 가만두지 않겠죠?"

"……."

작은 횃불 하나만이 덩그러니 켜진 암동에서 목소리가 울리고 있었다. 화산에 산재해 있는 수십 개의 암동 중 하나에 여섯 명의 사람이 무릎이 꿇려진 채 띄엄띄엄 앉아 있었다. 저마다 어깨 위에 긴 나무 봉이 하나씩 올려져 있었고, 양 팔이 봉 위에 얹혀진 채 포박되어 있었다. 무릎 꿇려진 발목에 묶여 있던 포승 한 줄이 등 어림을 타고 올라와 다시 봉에 묶여 있어 일어나지도, 손을 쓰지도 못하게끔 되어 있었다. 전신의 혈도가 봉쇄되어 내공을 사용하진 못하였지만 그나마 아혈까지 봉쇄되진 않았는지, 사오 영우의 입에서는 쉴 새 없이 주절거림이 새어 나오고 있었다.

"령주님."

"…이젠 령주라 부르지 말거라. 어차피 련에서도 버림받은 몸이니……."

자신의 상관에게 말을 붙이던 영우는 강추의 자조 섞인 탄식에 잠시 할 말을 잃었다. 하나 그도 잠시, 무척이나 고요한 암동이 싫은 듯 또다시 목소리를 울려 암동에 누군가가 있음을 알리고 있었다.

"그럼 령주님을 뭐라고 부릅니까?"

"……."

"그럼 일삼도 일삼이라고 부르면 안 되겠다. 일삼, 일삼은 원래 이름이 뭡니까?"

"허허, 버르장머리없는 놈의 자식 같으니라고. 이놈아! 네 녀석 이름을 먼저 말하고 나서 어른 이름을 물어라."

"헤, 그런가? 제 이름은 영우입니다. 그냥 영우. 일삼은요?"

"…그냥 일삼이라고 불러라. 그게… 낫겠다."

"쳇! 무슨 비싼 이름이라고… 령주님은?"

"강추, 비마추룡 강추. 련의 사냥개. 크크."

강추라는 이름이 들린 것은 강추의 입이 아니라, 맞은편에 앉아 있던 산발 괴인의 입에서였다. 말없이 앉아 있던 그의 입에서 나온 낮은 목소리에 찔끔 놀랐던 영우가 이내 눈을 부라리며 소리를 질렀다.

"이… 누가 당신한테 물어봤어? 씨발……."

하지만 눈을 부라리던 영우는 살짝 들려진 괴인의 산발 속에 번득이는 눈과 마주하자 화들짝 놀라 무릎으로 기어 일삼의 옆에 바짝 붙었다.

"꼬마, 주둥아리 함부로 놀리지 마라."

"너나 그 주둥아리 닥치고 있어. 씹어 먹을 새끼."

스산하게 울리던 괴인의 목소리에 영우가 부르르 떨며 고개를 돌리려 할 때, 영우의 옆에 있던 일삼이 눈빛을 굳히며 이가 갈리는 목소리로 괴인에게 으르렁거렸다.

"후후, 내가 지금 이런 모습이라고 아주 뵈는 게 없나 보구나."

"지랄하지 마라, 적기당주. 너 같은 후레자식한테 겁먹을 내가 아니다."

산발 괴인, 그는 적기당주였다. 봉 위에 올려진 두 팔의 끝에는 있어야 할 손이 없었고, 길게 산발한 머리 중 절반은 타 들어가 없었다. 한쪽으로 쏠린 머리카락 사이로 보이는 눈빛이 하나인 것을 보아, 한쪽 눈은 폭발 때 실명한 듯 보였다.

"크크, 인생무상이라더니……. 천하에 재화 염승이 너희 같은 조무래기들에게까지 업신 여김을 받는구나. 크크크."

사람에게 이름이라는 것이 참 중요한 것이긴 했나 보다. 염승을 노려보던 일삼의 눈빛에 놀람이 떠올랐고, 일삼 뒤에 숨었던 영우의 눈은 경악으로 물들고 있었다.

"네가 재화 염승이라면… 그럼 아까 그게 천화통이냐?"

"크크, 왜 아니겠느냐? 너희 같은, 하루살이 같은 놈들에게 쓸 물건이 아니었으니 죽은 네놈 동료들도 영광으로 알아야 할 것이다. 하하하!"

광인처럼 웃어 젖히는 염승의 모습에, 잠시 놀람을 보였던 일삼의 눈에선 살기가 피어오르고 있었다.

"미친놈. 그깟 화포 따위로 사람을 죽이는 것이 뭐가 대수인가? 결국 살인자는 될지언정 무인은 되지 못할 겁쟁이 같은 놈."

일삼의 냉소에 하나밖에 남지 않은 염승의 눈에서 불꽃이 피어오르는 듯했다.

"놈! 뚫린 입이라 함부로 지껄이지 마라. 천화통이 없어도 너 같은 놈 따위는 한 손만으로도 충분히 모가지를 비틀어 버릴 수 있으니……."

"크크, 어런할까. 한데 이를 어쩐다? 내가 모가지를 내준다 하여도 비틀 손이 없으니. 하하하!'

일삼의 고소하다는 듯한 박장대소에 염승의 눈에서 진득한 살기가 피어오르고 있었으나, 그것을 바라보는 일삼 역시 그에 못지않은 살기를 마주 흘리고 있었다.

"네놈, 죽여 버리겠다. 반드시 죽여 버리겠다."

"네놈이 먼저다, 염승. 네놈이야말로 반드시 내 손으로 죽여 버리고 말겠다."

두 사람의 눈빛이 허공에서 부딪치며 새파란 불꽃을 일으키고 있는 듯하였지만 두 눈의 살기만으로 서로의 목숨을 취할 수 없었기에, 으르렁거리는 허연 이빨을 내보이며 분을 삭이는 것이 두 사람이 할 수 있는 전부였다.

그런 그들의 귓가로 누군가가 다가오는 소리가 들렸고, 으르렁거리던 두 사람은 물론 암동 안의 사람 전부의 이목이 암동의 입구 쪽으로 쏠리고 있었다.

"아직 기운들이 팔팔한가 보구면. 서로 못 잡아먹어 안달 내는 소리가 암동 입구까지 들릴 정도이니."

그들의 코앞까지 다가선 한 사람. 구 척에 달하는 큰 키에 푸른 도사 복장을 한 그는 큰 키에 걸맞게 오만하다 싶을 정도로 당당한 시선으로 그들을 내려다보고 있었다.

"나는 화산파의 무현이라고 한다."

'천하제일장?!'

그곳에 있던 자 중 천하제일장 무현 진인의 위명을 듣지 못한 자는 아무도 없었다. 그리고 자신들을 향해 다가서는 거구의 도사를 보며, 그의 말이 거짓이라 생각하는 사람은 아무도 없었다.

"내가 왜 왔는지는 잘 알고 있겠지?"

꿀꺽.

무현 진인의 물음에 겁에 질린 채 일삼의 등 뒤로 바짝 붙어 있던 영우가 목울대 울리는 소리로 대답했다.

"자, 나도 이런 일은 썩 내켜하진 않는 성미다. 단지 화산에서 이런 일을 할 만한 사람이 나밖에 없으니 할 수 없이 하는 거고. 하지만 기왕 하려고 마음먹었다면 원하는 답을 얻는 것이 좋겠지. 말하면 살려주고, 말하지 않으면 죽는다. 누가 보내서 왔나?"

눈앞의 거구의 사내 말이 거짓은 아닐 것이다. 누가 뭐래도 그는 천하제일장. 화산의 도사로 찾아온 것이 아니라 강호의 절대고수로 찾아온 것일 테니. 그리고 이곳에서 그들이 죽는다 하여도 그 사실을 누가 알겠는가? 설사 누군가 그 사실을 알게 된다 하여도 상대는 천하제일의 장법을 구사한다는 절대고수다. 복수 따윈 기대할 수도 없다. 선택의 여지가 없는 최악의 상황이었다. 하지만 대답한다 한들 무엇이 남겠는가? 살려준다 해도 이곳에서 내보내 줄지 의문이었지만, 내보내 준다 해도 비밀을 토설한 자를 살려둘 런이 아니다.

외통수. 화산으로 끌려온 여섯 사람 모두 이러지도 못하고 저러지도 못할 제대로 된 외통수에 걸려 버렸다. 마음의 결정을 재촉하는 침묵이 이어지고 있었고, 사람의 피를 말리는 듯한 침묵을 깨버린 것은 다름 아닌 영우였다.

"저… 지금 당장 말씀 드려야 합니까?"

"뭐?"

"저, 그게. 쪼금만 생각할 시간을 주시면……."

전혀 상황 파악을 못하고 있는 강호초출의 한마디에 당황한 것은 무현 진인이 아니라 영우와 함께 무릎 꿇려 있던 그들이었다.

'저런 미친놈 같으니…….'

손이 자유로웠다면 저 철딱서니없는 강호초출의 뒤통수를 갈겨주거나, 최소한 자신의 머리에 손을 짚고 고개라도 살래살래 흔들어주었을 테지만, 두 손이 자유롭지 못한 그들이었기에 그저 조용히 눈을 감는 수밖에 없었다. 천하제일장의 손에 죽어 나갈 강호초출의 명복을 빌며. 하지만 강호초출의 말보다 천하제일장이라는 무현 진인의 대답이 그들의 정신을 더욱 혼란스럽게 하였다.

"그래? 얼마나 주면 되겠느냐?"

"에… 내일 아침쯤?"

도저히 온전한 정신으론 이해할 수 없는 상황이 벌어지고 있었지만, 이 우습지도 않았던 상황은 내일 아침 자백 여부를 결정하기로 하며 우습게 끝나고 있었다.

"좋아. 내일 아침 다시 오겠다. 그때까지 마음의 결정을 해놓아라."

그리고 무현 진인은 뒤도 안 돌아보고 성큼성큼 암동 밖으로 사라져 버렸다. 그저 멍하니 그 모습을 바라보고 있던 사람들의 귓가로 영우의 한마디가 들려왔다.

"어떻게 할 겁니까? 불어요, 말아요?"

암동 안의 정적은 생각보다 오래 지속되고 있었다.

*　　　　*　　　　*

"호호, 고생이 심하셨나 봅니다."

"고생이랄 게 뭐 있겠소. 그래도 오랜만에 이리저리 뛰어다녔더니, 강호를 누비던 젊었을 적 생각이 다 나려고 합디다. 허허."

상현 진인과 청상 진인의 앞에 놓여 있는 찻잔에서 심신을 맑게 해 주는 느낌의 향이 우러나와 내실을 가득 채우고 있었다.

두 사람의 찻잔에 담긴 차가 장강 이북에서는 만금(萬金)을 주고도 사기 힘들다는 용정차(龍井茶)였고, 그런 용정차 중에서도 최고로 치는 명전차(明前茶)라는 것은 실내에 가득한 다향만으로도 능히 짐작할 수 있었다.

"호호, 어련하시겠습니까. 한 이십 년 전만 하더라도 무현 진인과 함께 화산의 우검좌장(右劍左掌)이라 불리던 진인이신데……."

"허허, 나조차 잊어버리고 있던 것을 도우는 용케도 기억하고 계시는구려."

"진인의 그 모습을 어찌 잊으리까. 진인의 검무에 매화가 춤을 추고 화산이 요동하며, 운율을 타던 그 모습을. 진인께서는 기억이 안 나실지 모르지만 과거 진인께서 검을 꺾으셨을 때, 무현 진인이 탄식하며 하신 말씀을 저는 아직 기억하고 있습니다. '천하에 그의 검을 꺾을 자가 없어 스스로 검을 꺾은 것임을 아는 자는 나와 하늘뿐이리라'"

"허허, 평소에도 장문 사형의 눈을 피해 잘도 술을 드시더니, 무현 사형이 그날 많이 취하셨었는가 보오. 허허."

상현 진인의 마음이야 어찌 되었든 가만히 찻잔을 들며 기억에 잠긴 청상 진인은 말없이 찻잔 속에 서 있던 그를 바라보고 있었다. 한 자루 검을 들고 서 있는 그 모습은, 천하의 누가 있어 이 사내를 꺾을 수 있을까란 생각이 들 만큼 당당하였다. 그녀 역시 마음 한편을 열어 남몰래 흠모하던 그였건만. 그가 스스로의 검을 꺾는다 하였을 때 화산파의 모든 사람들이 달려와 그의 절검(折劍)을 말렸을 정도이니, 그 위상은 지금의 천하제일장이라 칭송되는 무현 진인과도 어깨를 나란히 할 정도였다. 화산의 원로들마저 시간이 더 흐른다면 능히 천하제일인을 바라볼 수 있을 것이라 장담할 수 있었을 정도로. 하나 그의 결심을 꺾을 수 있는 것은 아무것도 없었다. 그런 그에게 돌아온 것은 화산의 명예를 드높일 책임을 저버렸다는 무언(無言)의 비난이었고, 만약 그가 제자들마저 육성하지 않겠다 말하였다면 파문마저 고려했을지도 모를 만큼 그에 대한 화산의 실망은 이만저만이 아니었다. 하나 그의 손에 키워진 제자들치고 매화검수로 위명을 떨치지 않은 자가 없고, 강호에 공적이 적은 자가 없으니 그나마 화산에서 그의 존재를 괄시하지 못하고 있었다.

"아직도 그 마음은 변치 않으셨는지요?"

말없이 찻잔만을 바라보던 청상 진인의 물음에 상현 진인은 작은 미소를 머금고 담담히 답했다.

"마음이 변한다 하여 다시 붙일 수 있는 검이 아니라오."

그들 사이에 흐르는 정적이 너무나 무거워 청상 진인은 자신도 모르게 울컥 눈물을 쏟아낼 듯한 마음이 되어버렸지만 그래도 마음에 담아

둔, 아직도 마음에서 밀어내지 못하고 있는 그의 앞에서 눈물을 쏟을
수는 없었기에 말없이 들고 있던 찻잔을 입으로 가져가 흐르는 눈물처
럼 찻물을 삼킬 수밖에 없었다. 말없이 차를 들던 두 사람의 이목으로
사람이 가까이 오는 것이 느껴졌기에, 청상 진인은 급히 자신의 마음을
다스리며 내실로 들어서는 그들을 맞이할 준비를 하였다.

"사부님, 제자 재희입니다."

"그래, 들어오너라."

내실의 문이 열리며 들어선 재희의 모습에 청상 진인은 아연한 눈빛
을 띠며 입을 열었다.

"아니? 네 그 모습이 어찌 된 것이냐?"

"송구합니다만, 산 아래 있었던 산불을 잡는 곳에서 바로 올라오는
길인지라 옷을 단정히 하지 못하였습니다. 죄송합니다."

사부의 작은 힐책에 재희는 숙인 고개를 들지 못하고 있었다. 하지
만 그 모습을 바라보던 상현 진인은 기특하다는 듯 재희를 두둔하였다.

"허허, 나무라지 마시구려. 저 아이의 고생도 나 못지않게 심하였다
오. 더군다나 저 아이가 아니었다면 오늘 큰 낭패를 볼 뻔하였으니, 오
히려 도우께선 상을 내려야 할게요. 그래, 불길은 모두 잡고 올라온 것
이냐?"

상현 진인도 혁련응과 이십팔숙에 관한 일을 처리하고 청상 진인을
찾았는지라, 산 아래에서 있었던 일들에 대해선 간략하게만 설명하였
을 뿐이다. 한데 때마침 그곳에 자리하였던 재희가 돌아오자 그녀의
노고를 사부에게 일러주며 화재의 결과도 함께 물어보는 상현 진인이
었다.

"예. 그리 큰 탈 없이 모두 잡고 올라왔습니다."

"그래? 잘하였다. 근데 혹 문밖에서 들어오지 않고 기다리고 있는 사람이 철웅, 그 사람이냐?"

"예? 아, 예. 먼저 사부님께 말씀을 드리고 그분을 들여야 할 듯하여 잠시 문밖에서 기다리시라 하였습니다."

별 뜻이 있었던 것도 아니건만 상현 진인이 문밖에 서 있는 철웅을 언급하자, 조금 당황하며 얼굴을 붉히는 재희였다. 그 모습에 청상 진인은 의아한 마음이 들었으나 눈앞에 상현 진인이 있는지라 내색은 하지 않고 엷은 미소를 지으며 재희에게 말했다.

"내 무슨 대단한 사람이라고 손님을 문밖에 세워놓느냐. 어서 드시라 해라."

사부의 말이 떨어지자 재희는 고개를 숙여 보이고는 몸을 돌려 문을 열곤 문밖을 향해 무어라 속삭였다. 재희의 속삭임에 문이 열리며 한 사람이 실내로 들어왔다.

"철웅이라 합니다."

방 안으로 들어서며 손을 모아 상현 진인과 청상 진인을 향해 수인 사를 하는 사내. 그를 바라보는 상현 진인의 눈에는 아까의 일에 대한 고마움이 자리했고, 재희의 눈에는 미약한 호감이 흐르고 있었다. 그리고 그런 철웅과 재희에게 시선이 향해 있던 청상 진인의 눈에는 의아함과 당혹스러움이 어리고 있었다. 여인인 자신은 느낄 수 있었다. 자신의 제자가 보여주고 있는 눈빛이 무엇을 의미하는지.

'설마……?'

새로이 찻물을 끓여 내실로 들어서던 재희는 철웅의 왼쪽 어깨에 난 상처를 살피는 사부와 상현 진인의 모습에, 잠시 그 자리에 서서 그들의 치료가 끝나길 기다렸다. 자신을 구하기 위해 스스로 찢어낸 상처였는지라 그 모습을 보는 것만으로도 가슴이 아려오는 재희였다.

"이제 되었네. 보아하니 그냥 풀린 상처가 아니구먼. 무슨 일이 있었던 것인가?"

"글쎄요. 아까 불길을 잡던 중에 떨어진 모양이지요."

재희를 구하기 위해 그랬다 말한다면, 어찌 된 영문인지를 말해야 했겠지만, 알몸으로 벗겨진 채 겁간의 위험에 처했었던 그녀의 이야기를 사람들 앞에서 들춰낼 만큼 악취미를 가진 사람은 아니었기에, 대충 둘러대고 마는 철웅이었다. 재희는 그런 철웅의 모습에 마음속으로 고마워하면서도 감히 내색치 못하고, 사람들의 찻잔에 찻물을 붓고는 가만히 사부의 뒤에 앉고 있었다.

"너도 내 옆으로 와 앉거라."

"예."

사부의 말에 가만히 고개를 숙여 보이곤 몸을 움직여 사부와 나란히 앉은 재희의 모습에 상현 진인이 가만히 고개를 끄덕이며 잠시 멈추었던 말을 이었다.

"아까 전에는 정말 고마웠네. 자네가 없었다면 무슨 낭패를 보았을지 몰랐을 것이네."

"허허, 별말씀을…… 할 수 있는 일을 한 것입니다. 그리고 수고야 화산파 분들이 다 하신 것이니, 진인의 말씀은 다른 분들이 받으셔야 할 듯싶습니다."

"허허, 과례는 비례라 했네. 어찌 자네의 공이 작다 할 수 있겠는가. 조금만 늦었어도 불길 안에 있던 사람들에게 어떤 불상사가 닥쳤을지 모를 일인 것을. 다른 사람들도 그렇고, 나 역시 자네를 화산의 은인이라 생각하고 있네. 오죽하면 자네를 이곳으로 이끈 것이 혹 하늘의 뜻이 아니었나 의심을 할까. 허허."

"허허, 너무 높게만 생각해 주시니 민망스럽군요. 허허."

상현 진인은 정녕 철웅에게 감사해하고 있었다. 처음의 만남이 그리 유쾌하지 못하였기에 지금의 상황이 더욱 고마워지는지도 모를 일이었다. 아니, 처음 철웅과 만났던 일 역시 어쩌면 자신과 제자에게 찾아온 복(福)이라 생각하고 있던 상현 진인이었으니, 철웅에 대한 상현 진인의 마음은 화산의 누구와도 남다른 것이었다.

'자네는 숨길지 몰라도 나는 분명히 보았네. 어깨에 칼이 찔린 채 미소 짓던 자네의 얼굴을. 그건 절대로 꺾인 자의 표정이 아니지. 자네가 팔을 크게 다치면서까지 내 제자에게 한 수 양보한 이유가 있었다는 것을 알지만, 그것 역시 다른 의도를 가진 악심(惡心)이 아니라 자네가 데리고 온 환자를 생각한 자기 희생이니, 이로써 나는 자네에게 두 가지 은혜를 입은 셈이 되었네. 내 제자의 목숨과 내 사문의 안위를 구해준 두 가지 은혜…….'

상현 진인은 알고 있었다. 화음의 저자에서 일어났던 제자 운엽과 그의 싸움이 어떤 것이었는지. 자신의 제자가 약하다 생각한 것은 아니지만, 철웅이 보여주었던 미소의 의미는 본래 대결의 결과가 결코 쉽게만 끝날 것이 아니었음을 말해 주고 있었다. 최악의 경우 그는 자신이 가르치던 마지막 제자를 잃을 수도 있었다. 더군다나 전화위복으로 사문의 위엄과 강한 무공만을 좇던 자신의 제자에 대한 마지막 가르침의 열쇠까지 되어주었으니, 이는 그 어떤 것으로도 쉽게 보답할 수 있는 것이 아니었던 것이다. 그러하기에 청상 진인을 직접 찾아와 그가 데려온 환자를 돌보아달라 청을 넣었던 것이고, 도가의 비전을 정성껏 베풀어 그의 어깨에 난 상세를 손수 치료한 것이었다.

"청상 도우도 알고 있겠지만, 이 사람이 바로 도우에게 맡겨진 소소라는 아이의 보호자 되는 사람이오."

"혹, 도우께서 큰 빚을 지고 있다는 사람이 바로……?"

두 사람의 대화에 빚이란 말이 나왔을 때 철웅은 직감적으로 알 수 있었다.

'역시, 상현 진인은 알고 있었구나.'

철웅도 내심 상현 진인이 직접 자신을 데리고 화산으로 올랐다는 말을 들었을 때 짐작이 가긴 하였으나, 어떤 언질이나 내색도 하지 않았기에 설마 하는 심정으로 고개를 젓곤 했다. 한데 하는 말들을 듣자하니 어찌 알았는지 상현 진인은 그날의 싸움이 철웅의 양보였다는 것을 알고 있는 듯했다.

"도우께서도 이제 이 사람에게 빚을 진 거나 다름없소. 이 사람이 아니었다면, 화산의 본산까지 화마(火魔)가 미쳤을지 모르니. 허허."

상현 진인의 너스레에 청상 진인은 가만히 미소 지으며 그의 말에 동조하는 듯하였다. 그런 청상 진인의 눈에 재희의 옷고름이 눈에 띈 것은 정녕 우연이었다.

'음?'

무언가 이상한 매듭. 마치 누군가가 대신 매어준 듯한 모양에 묶여

진 모양도 조금 이상하였다. 그리고 조금 눈길을 돌려 맞은편에 앉아 있던 상현 진인과 철웅의 옷고름을 보았을 때, 그 이상한 모양이 남자들의 옷고름 매는 방법이라는 것을 깨달을 수 있었다.

팅!

제법 큰 소리를 내며 다탁 위로 떨어진 청상 진인의 찻잔이 반쯤 남아 있던 찻물을 튀기었다. 담소는 중단되었고, 영문을 알 수 없던 사람들의 시선은 찻잔을 지나 청상 진인의 얼굴로 향하였다. 하나 떨어진 찻잔만큼이나 청상 진인의 얼굴에 어린 노기(怒氣)를 이해하기 힘들었던 사람들은 아무 말도 하지 못한 채 청상 진인이 스스로 그 이유를 말해 주기를 기다리고 있었다.

"무슨 일이오, 청상 도우?"

상현 진인의 물음에도 청상 진인의 얼굴은 좀처럼 펴지지 않았다. 그녀의 시선을 받고 있는 재희 역시 영문을 모르긴 마찬가지였으나 부들거리는 사부의 노화에 놀란 것인지 당혹스럽다는 표정을 지으며 안절부절못하고 있었다.

"사… 사부님?"

하나 재희의 떨리는 물음에도 청상 진인은 아무 말도 하지 않고 있었고, 좌중의 사람들은 그런 청상 진인의 갑작스런 변화에 당혹해하고 있었다.

"진인, 그리고… 손님. 오늘은 밤이 늦었으니 이만 자리를 파하는 것이 좋겠습니다."

축객령(逐客令). 갑작스러운 청상 진인의 축객령에 당혹스러워진 것은 상현 진인이었다. 지난 삼십 년간 알고 지내왔던 청상 진인이었으나 이렇게 노기를 보인 것도 처음이었을뿐더러, 이렇듯 단호하게 자신을 내몬 일도 처음이었다. 하나 주인이 가라고 하는데 객이 가지 않을 도리가 있을까. 상현 진인과 철웅은 무언가 씁쓰레한 기분을 느끼면서도 자리를 털며 일어섰고, 의례적인 인사를 나눈 후 남천궁을 나올 수밖에 없었다.

  문밖 배웅도 받지 못한 채 사람들이 떠나고, 청상 진인과 재희만이 남은 내실의 공기는 무겁다 못해 단단히 굳어 있어 숨조차 제대로 쉬기 어려울 정도였다.
  "무슨 일이 있었던 것이냐?"
  "……?"
  노기를 억지로 참고 있다는 것이 역력하게 묻어 나오는 청상 진인의 목소리에 재희는 아무 말도 할 수 없었다. 무엇을 묻는 것인지 모르니, 무엇을 대답하여야 하는지도 알 수 없었다. 하지만 뒤이은 사부의 호통에 화들짝 정신이 들며 사부가 진노한 까닭을 알 수 있었다.
  "어서 대답하지 못할까?! 네가 누구 앞에서 옷을 벗었는지!"
  재희는 아차 싶었다. 몇 번이나 어색한 옷매무새에 신경을 썼으면서도, 다급한 상황의 연속이었는지라 의복을 정리하지 못한 것이다. 하나 그녀의 사부 역시 여인이었고, 그녀의 눈을 속일 수는 없었다. 이미 엎질러진 물. 재희는 급히 고개를 바닥에 닿을 듯 깊이 숙이며 용서를 빌었다.
  "사부님! 그런 것이 아니옵니다."
  "너의 몸에서 사내의 흔적이 이리도 역력하거늘 감히 나를 속이려

드는 것이냐?"

청상 진인의 분노는 그 누구도 상상할 수 없었다. 자그마치 십오 년
에 걸친 도술이었다. 처음 자신에게 맡겨진 재희를 보았을 때, 이 아이
가 자신과 인연이 닿아 있음을 느끼지 못했다면 쉽사리 술법을 허락하
지 못했을 정도로 그녀에게 씌워진 도화살의 기운은 강성한 것이었다.
각고의 노력이었고, 이제 그 노력의 결실에 가까워지고 있었다. 사오
년만 더 펼친다면 그녀에게 내려진 도화의 살을 거두어낼 수 있을 듯
싶었다. 지금껏 그녀에게 펼쳐진 도력을 내공으로 따진다 해도 수십
년의 수련과 맞먹을 만큼 청상 진인 자신의 노력이 지대하였건만, 그녀
의 제자는 그런 모든 노력을 물거품으로 만들어 버렸다. 정녕 분노하
지 않을 수 없었다. 스승으로, 어미로······.

"아닙니다! 그런 것이 아닙니다!"

재희는 서둘러 자신의 사부에게 말하지 않았던 일들을 소상히 말하
기 시작했다. 오전에 있었던 일들··· 평생 감추고 싶었던 그 일들을 결
국 자신의 사부에게 모두 털어놓고 말았다. 자신의 마음까지야 굳이
털어놓을 필요도 없었지만, 인자하기만 하였던 스승의 불 같은 노기 앞
에서 그녀는 정상적인 사고를 할 수 없었고, 자신도 모르는 새 철웅과
처음 만났던 그날의 일들까지 고해 바치고 있었다.

모든 이야기가 끝나고 정신을 차린 재희가 자신이 하지 말았어야 할
이야기까지 한 것이라 후회를 해보았지만, 쏟아진 물을 주워 담을 방법
같은 것이 있을 리 없었다.

"후."

그녀의 이야기를 모두 들은 청상 진인의 입에서 한숨이 흘러나왔다.

두서없이 이어진 이야기였지만 자신이 알아야 할 것은 모두 들어 있던 이야기였다. 아니, 재희의 이야기보다는 그 이야기를 하고 있던 재희의 마음을 눈치 채는 것이 더 쉬울 것 같았다.

'이 아이가… 그를 마음에 담고 말았구나.'

다행인지 불행인지 모를 일이었지만, 아직은 자신의 노력이 모두 물거품이 된 것은 아닌 듯싶었다. 혹시나 하는 마음에 팔을 뻗어 그녀의 완맥(腕脈)을 쥐었다. 사부의 손길이 자신의 완맥을 잡고 있음에도 재희는 감히 팔을 어쩌지 못하고, 눈을 감은 채 사부의 처분만을 기다리고 있었다.

'휴, 아직 통정(通情)을 하진 않았구나. 하나 사내를 마음에 담아버린 듯하니…….'

청상 진인의 분기는 많이 가라앉아 있었다. 아니, 봄눈 녹듯 모두 풀려 있었다. 그녀의 상태는 그녀의 설명과 다름이 없었다. 잠시나마 제자를 의심한 것에 미안함마저 드는 청상 진인이었다. 하나 사내를 마음에 품어버렸으니, 앞으로의 법술을 펼침에 난제가 생긴 것만은 분명하였으니 노기가 사라진 청상 진인의 가슴에 곤혹스러움이 대신 자리해 가고 있었다.

'법술이 끝날 때까지는 청백지신(清白之身)을 유지하여야 하고, 음심(淫心)은 물론 사사로운 감정마저도 절제해야 하거늘…….'

하나 마음속으로 고개를 젓고 마는 청상 진인이었다. 사람과 사람이 끌리는 것을 무엇이 막을 수 있단 말인가. 자신 역시 삼십 년이 넘는 세월 동안 마음속에 자리한 그 사람을 밀어내지 못하고 있었으니…….

여인인 자신이 보기에도 아름다운 자신의 제자가 스물다섯이 되도록 누구를 만나도 아무런 감정이 생기지 않을 것이라 믿은 것이 바보스러운 것이었음을 청상 진인 스스로 깨닫고 있었다.

"그자, 철웅이란 자가 마음에 드느냐?"

눈을 감고 사부의 처분만을 기다리던 재희의 귀에 사부의 목소리가 들렸다. 하나 사부의 질문에도 재희는 감았던 눈을 뜨지 못하고 있었다. 눈을 뜨고 사부와 눈이 마주치기라도 한다면, 얼굴이 새빨갛게 달아올라 그 자리에서 울음이라도 터뜨려 버릴 것 같았기에 감히 눈을 뜰 엄두도 못 내고 있었다. 하지만 이미 그녀의 얼굴은 벌겋게 달아올라 굳이 답을 듣지 않아도 그녀의 답이 무엇인지 청상 진인은 알 수 있었다. 그런 제자의 모습을 보고 있자니 마음 한구석이 허전해지면서도 훈훈해지는 것이, 마치 딸자식이 꺼낸 사내 이야기에 야단을 하면서도 기특해하는 어미와도 같았다. 고개를 들지 못하고 있는 제자의 모습이 어쩌나 사랑스럽던지, 조금 전의 노기는 다 어디 가고 자신도 모르게 장난기가 동하는 청상 진인이었다.

"네 마음에 들지 않는다면 내가 참지 않아도 되겠구나. 너의 청백지신을 본 자이니 이대로 둘 순 없다. 당장 달려가 그자의 목을……."

"안 됩니다, 사부님!"

일어서는 시늉을 하던 청상 진인의 다리를 붙잡고 매달린 채 고개를 세차게 가로저으며 재희가 소리쳤다.

"그분을… 그분을… 은애(恩愛)합니다……. 흑."

굵은 눈물이 방울져 떨어지는 재희의 모습에 청상 진인은 가만히 미소 지으면서도 가슴 한편이 서글퍼짐을 느끼고 있었다.

'나도, 너처럼 그렇게 소리칠 용기가 있었다면…….'

고개 돌린 청상 진인의 눈에 한 사람의 모습이 선명하게도 떠오르고 있었다. 한 자루 부러진 검을 들고 있는 그 사람의 모습이…….

"거참 이상타. 저 사람이 저럴 사람이 아닌데……."

남천궁을 나서면서도 상현 진인은 흔들던 고개를 멈출 줄 모르고 있었다. 화산에서 유일하게 마음을 터놓고 있는 사이라 말해도 과언이 아닐 그녀였건만, 조금 전 보여주었던 모습은 그를 당혹스럽게 하기 충분했던 모양이다.

"무슨 일이야 있을까만, 재희를 딸처럼 아끼는 청상 도우가 왜 그리 화가 났는지 당최 이유를 알 수 없구나."

하지만 아무리 친한 사이라 하여도 엄연히 서로 몸담은 파벌이 다르니, 그런 것까지 궁금해할 수는 없었기에 자연 생각이 다른 쪽으로 쏠리는 상현 진인이었다.

'당분간 그 소소란 아이는 청상 도우가 맡겠다 하였으니 철웅 그 사람이 적적하겠구나. 오늘 화음으로 남은 일행마저 내려가 홀로 남게 되었으니.'

상현 진인은 자시공(子時功) 수련을 하기 위해 남천궁을 나와 철웅과 헤어져 홀로 연화봉의 산정으로 걸음을 옮기고 있었다. 얼마나 걸었을까, 문득 걸음을 옮기던 상현 진인의 걸음이 멈추어지며 고개가 상궁 쪽으로 돌려졌다.

"이런, 철웅 그 사람에게 숙소에 다른 사람들이 있음을 이야기하지 않았구나."

상현 진인은 자소각에 혁련옹과 이십팔숙이 묵고 있음을 철웅에게 미처 말하지 못하고 헤어졌음을 깨닫고 다시 산을 내려갈까 하다 이내 고개를 가로저으며 가던 걸음을 계속 걷기 시작했다.

"별일이야 있을까. 서로 얼굴도 모르는 사이일 텐데……."

상현 진인은 내려가던 길이 귀찮아서였는지, 지금 내려가도 자소각에 철웅이 도착하기 전에 만나기가 힘들어서였는지, 마음을 고쳐 먹고 오르던 산을 계속 오르기 시작했다. 철웅에게 군이 자소각에 사람이 있음을 말해 줄 필요는 없었으나, 자소각에 머물던 사람들에게는 철웅의 존재를 알릴 필요가 있다는 것을 미처 깨닫지 못하고.

＊　　　　＊　　　　＊

시간이 많이 흘러 사위가 제법 어둑해져 있었으나 월광을 받은 석로가 그 빛을 반사시키고 있었기에, 석로를 따라 어렵지 않게 자신이 머무는 숙소로 올라올 수 있었던 철웅이었다. 자소각이라 쓰인 현판을 바라보며 안으로 들어가려던 철웅의 이목에 무엇인가가 잡힌 것은 자소각으로 오르던 계단에 발을 딛기 직전이었다.

'누군가 있다?'

자소각에는 분명 누군가가 있었다. 그것도 한두 명이 아닌, 꽤 많은 숫자의 사람이……. 철웅은 자신이 머물고 있던 자소각이라는 건물이 외부인을 위한 숙소라 들었던 것을 기억해 냈다. 그리고 오늘 산을 오른 외부인은 혁련웅과 그 일행뿐이라는 것을 깨닫고 급히 자소각 안으로 발걸음을 옮겼다. 하지만 자소각으로 연결된 계단을 모두 오르기 전 그를 제지하는 어떤 느낌에 놀라 걸음을 멈추어야 했다. 자소각으로 들어가는 문이라 봐야 계단에서 겨우 대여섯 걸음 떨어져 있을 뿐이었지만, 머리 위에서 느껴진 어떤 존재감은 철웅의 걸음을 쉽사리 떼어놓지 못하게 하고 있었다. 하나 가만히 고개를 들어 처마 위를 바라본 철웅은 놀라움과 반가움이 뒤섞인 눈으로 처마 위의 그를 반겼다.

"어르신!"

"허허, 조금 늦었구먼……."

철웅을 반긴 목소리가 자소각 처마 위로 늘어져 있던 그림자를 벗어나듯 일어섰고, 허공의 만월이 혁련옹의 주름진 얼굴을 비추며 두 사람의 재회를 말없이 바라보고 있었다.

"자네 모습을 보니 꽤나 험하게 화산을 오른 모양이더구먼."

혁련옹의 시선을 따라 자신의 어깨를 내려다보던 철웅이 피식 웃고는 혁련옹을 바라보며 말했다.

"제가 보기엔 어르신께서도 그리 순탄하게 산을 오르지는 않으시더이다."

철웅과 혁련옹은 서로를 바라보지 않았다. 자소각과 조금 떨어진 바위 위에 한 팔이나 떨어져 있을까 싶을 정도로 가까이 앉아 있던 그들이었지만, 그들은 어둠에 묻힌 화산을 바라볼 뿐 서로의 시선을 의도적으로 피하는 듯싶었다.

"자네……."

"어르신……."

잠시 흐르던 정적을 깬 두 사람의 목소리가 동시에 흘렀고, 무안한 마음에 헛기침을 하던 두 사람은 멋쩍은 미소를 지으며 서로에게 먼저 이야기할 것을 권하고 있었다.

"먼저 이야기하게."

"어르신이 먼저 말씀하십시오."

철웅의 양보에 혁련옹은 가만히 바위 아래의 절벽을 내려다보다 무언가를 다짐한 듯한 눈빛으로 철웅에게 물었다.

"자네… 저번에 내가 맡겼던 물건은 잘 가지고 있는가?"

철웅은 가만히 미소 지으며 고개를 들어 먼 곳을 바라보았다.

"자하신검 말씀이십니까?"

혁련옹의 눈이 놀라 커졌지만, 이내 원래의 눈빛으로 돌아오며 작은 한숨을 내쉬며 말을 이었다.

"알고… 있었는가?"

"아니요. 오늘 아침까지만 하더라도 전혀 알지 못했지요."

"음? 하면 어찌……."

"오늘 오후에서야 어르신의 이야기를 들을 수 있었습니다. 오늘 일어난 모든 일이 그 자하신검이란 것 때문에 일어난 일이란 걸 듣고 나니, 어르신이 저를 보시고도 모른 척 지나치셨던 것이 이해가 되더군요."

"그랬군… 그랬어."

혁련옹은 다시 작은 한숨을 내쉬었다. 화산을 찾아올 때만 하여도 이런 식으로 철웅과 마주치게 될 줄은 생각지 못하고 있었다. 그저 화산의 어느 골짜기에 머물고 있을 줄 알았건만.

"미안허이."

"미안해하실 것까지는 없지만, 어쩌자고 그런 물건을 저에게 맡기신 겁니까? 만에 하나 저와 이곳에서 만나지 못하기라도 하면 어쩌시려고."

"허허. 자네와 화산에서 만나기로 했는데, 무엇이 걱정인가? 화산에서 만나기로 했으면 화산에서 만나는 것이지."

정체를 알 수 없는 믿음이었지만, 철웅은 그런 혁련옹의 말에 고마움을 느끼고 있었다. 그가 보기에 적어도 자신이 약속을 어길 만한 자로는 보이지 않았나 보다. 자하신검이라는 귀한 것을 맡기고도 걱정치 않을 만큼.

"험, 그건 그렇고, 어찌실 겁니까?"

"자하신검 말인가?"

"그들에게… 돌려주실 겁니까?"

"허허. 자네는 어찌하였으면 좋겠는가?"

짓궂은 혁련옹의 되물음에 철웅은 쉽사리 답을 내놓지 못하고 있었다. 어제만 하여도 아무런 보잘 것 없는 녹슨 쇠꼬챙이에 불과하다 생각했던 물건이었지만, 그것은 자신의 생각보다 훨씬 귀한 물건이었고, 그마만큼이나 위험한 물건이 되어버렸다. 그것을 노리는 자들을 피해 평생 동안 도망 다니며 살아야 할 만큼. 하나 주인에게 돌려주는 것만으로 쉽사리 끝날 일이었다면 지금과 같은 고민은 할 필요도 없었으리라.

"오(吳)왕 합려(闔廬)는 자신에게 간장(干將)검을 진상하였던 간장의 목을 베었지요. 화산의 도량이 오왕과 비할 바는 아니겠지만, 안일한 마음에 쉽게 건네줄 일만도 아닌 것 같습니다."

철웅의 인상은 제법 굳어 있었다.

전설의 명검인 간장과 막야. 명검을 탐하였던 오왕 합려는 오산(지금의 절강성 막간산(莫干山))에 살고 있던 명장 간장의 명성을 듣고 그에게 천하명검을 만들게 하였다. 하나 간장이 만들어온 검이 천하에 다시없을 명검임을 알아보곤 그와 같은 명검이 또다시 나올까 두려워하여 간장의 목을 쳤다는 고사는 굳이 강호의 칼밥을 먹는 자가 아니라 하여도 누구나 한 번쯤은 들었을 유명한 이야기였다.

"한데 정녕 자하신검 안에 자하신공이라는 것이 담겨 있긴 한 것입니까?"

"허허허허. 이보게, 내가 그 검의 주인이 아닌데, 그것이 그 안에 있는지 없는지 어찌 알겠는가?"

철웅은 혁련옹의 말에 두 가지 뜻이 담겨 있음을 알 수 있었다. 검의 주인이 아니니 그것을 알려 하지도 않았다는 것과 그 검의 주인이 아니면 다른 사람은 그것을 알 도리가 없을 것이라는 것. 어찌 생각한다 해도 혁련옹이 자하신공을 탐하지 않았다는 사실에는 변함이 없었다.

"그들이 쉽게 믿어주지 않을 것이라는 것이 문제지요."

달라진 것은 없다. 만에 하나 자하신검 안에 자하신공이 없다면, 혁련옹이 아무리 자신의 청렴과 결백을 주장하더라도 그들이 혁련옹을 의심할 것은 불을 보듯 뻔한 일이었다.

"그래, 언제쯤 돌려주시기로 하셨습니까?"

"아직 확답은 하지 않았네. 그리고 자하신검을 가지고 있는 건 내가 아니지 않는가? 자네가 돌려줘야 주든지 말든지 할 것인데 말이야. 허허."

혁련옹의 넉살에 철웅은 가만히 미소 지어 보였다. 화음으로 내려간

의형과 소아가 무사히 올라오길 빌면서.

*   *   *

"이씨, 배고파 죽겠네."

한동안 잠잠하던 암동을 울린 영우의 짜증 섞인 목소리에, 벽에 등을 기댄 채 내일을 걱정하던 사람들의 시선이 하나 둘 모이고 있었다.

"일삼, 배 안 고파요?"

"…안 고파."

퉁명스레 대답한 일삼이었지만, 그 역시 뱃속이 허해 쉽사리 잠을 이루지 못하고 있었다. 기실 암동 안의 사람들 모두 마지막으로 끼니를 때운 것이 오전 무렵이었는지라, 영우의 한마디에 잊고 있던 허기가 몰려들고 있음을 느끼고 있었다.

"크크, 곧 죽을 놈이 말이 많구나."

"뭐… 요."

귓가를 거슬리는 목소리에 버럭 짜증을 내며 소리를 지르려다 그 목소리의 주인공이 어둠 속에 웅크린 염승이라는 것을 알고는 말꼬리를 흐리고 마는 영우였다.

"죽긴 누가 죽는다고 재수없게……."

순간 움찔한 자신이 창피했는지 고개를 돌리면서도 한마디 투덜거리는 걸 잊지 않은 영우였지만, 뒤이어 들린 염승의 말에 숙였던 고개가 바짝 쳐들리고 있었다.

"어차피 우린 다 죽는다. 설마… 화산파 놈들이 우릴 살려줄 거라 생각하는 건 아니겠지? 크크."

영우는 염승의 말에 사납게 한 번 노려보곤 그렇지 않을 것이라는 것에 대한 동조를 바라듯 일삼을 보았지만, 일삼의 눈빛에도 살고자 하는 의지 따윈 보이지 않았다.

"이, 일삼?"

"영우야, 저 새끼 말이 맞다. 아마… 모두 죽을 거다."

"왜요? 원하는 걸 말해 주면 살려준다고 했잖아요?"

"거참, 너 바보냐? 정말 살려줄 거라고 생각한 거냐?"

"그래도… 그래도 명색이 정판데… 그 사람은 천하제일장인데……."

영우의 눈빛이 초점을 잃고 있었다. 어쩌면 살 수도 있을 거라 생각했었는데, 그들이 원하는 것을 모두 해주면 살 수 있을 것이라 생각했었는데. 멍해진 영우의 귀로 염승의 자조 섞인 목소리가 들려왔다.

"정파고 사파고 다 똑같다. 아니, 힘을 가진 놈들은 다 똑같다. 필요하면 살려두고, 필요없어지면 버린다."

"그래도……."

"크크, 멍청한… 우리는 장기판의 졸이다. 장기판의 졸이 포차(包車)에 잡히면 어찌 되는지도 모르는 거냐?"

모든 것을 포기한 듯한 말투였고, 실제로도 염승은 삶에 대한 희망을 버린 지 오래였다.

"후후, 우리는 졸이라 버려진다 쳐도 네놈은 억울해서 어쩌하나? 그래도 련의 화포 중의 하나였는데."

일삼의 조롱이 염승의 꺼져 가던 눈에 불길을 당겼다.

"죽일 놈……."

하지만 틀린 말이 아니었으니 반박할 수도 없었다. 뚫어져라 일삼을 노려보던 염승의 입가에 미소가 걸린 것은 그때였다.

"크크, 어쩌면… 어쩌면 살아날 길이 있을 법도 하구나."

"……!!"

일삼과 영우, 말없이 그들을 지켜보던 강추와 적기당 수하들까지 염승의 나직한 목소리에 두 귀를 쫑긋 세웠다.

"그래… 그렇구나. 살아날 길이 있었구나. 크하하하!!"

염승의 광소가 적막했던 암동을 뒤흔들고 있었으나 좌중의 누구도, 심지어는 서로 잡아먹지 못해 안달했던 일삼마저 그의 그런 행동에 아무런 말도 하지 못하고 있었다. 그가 남긴 살아남을 수 있는 길이란 말은 암동에 있던 모든 사람의 사고를 정지시켜 버렸다.

"그게… 무슨 뜻이냐?"

염승의 광소가 잦아들자 그를 바라보고 있던 강추가 입을 열어 조심스레 물었다. 하지만,

"크크, 내 명(命)은 이곳에서 끝나지 않지만, 너희 명까지 지고 갈 손이 없으니 어쩐다? 크하하하!"

염승은 고소하다는 듯 일삼과 좌중을 한 번 쓸어보더니 다시 한 번 미친 듯이 광소를 질러대고 있었다. 그런 그의 모습을 말없이 보고만 있던 두 명의 적기당원 중 한 사람이 조용히 다물고 있던 입을 열었다.

"당주, 배반할 생각이오?"

그 목소리가 얼마나 스산하였던지 광소를 울리던 염승마저 흠칫 놀라며 고개를 돌렸다.

"당주, 련은 배신자를 용서하지 않는다는 것을 잊었소?"

"크크, 련이 아무리 두렵다 해도 눈앞의 칼보다야 두려울까. 내 일찍이 목숨을 부지하기 위해 련에 몸을 의탁하였으나 어차피 나는 련의 외인. 내가 련을 위해 바친 희생이 작지 않았으나 칠 년의 세월 동안 련이 나에게 준 것은 고된 임무와 허울뿐인 당주 자리가 고작이었으니 련에서 나를 해코지하려 한다면, 그것이야말로 배은망덕일 것이다."

염승의 눈빛이 차분히 가라앉았으며 자신의 수하로 두었던 두 명의 적의인을 바라보고 있었다. 두 눈 가득 살기를 뿜어내고 있던 적의인들이었으나, 더 이상의 대화는 부질없다 생각했는지 조용히 고개를 돌리곤 자기들끼리 무엇인가 대화를 주고받는 듯했다.

'이자들은 련에서 나고 자란 자들. 나와 같이 외부에서 영입된 자들과 함께 행동시키기 위해 조련된 자들이다. 말이 수하이지 기실은 감시자였을 뿐. 이런 자들까지 떠맡을 이유가 없다.'

염승은 그런 그들에게서 시선을 떼곤 암동 바닥에 시선을 내리깔은 채 의미심장한 미소를 짓고 있었다.

사위가 어두웠기에 염승의 미소까지 보일 리 없었지만, 염승에게서 느껴지던 자포자기했던 모습이 오간데없이 사라진 것을 보아 그냥 허언을 한 것은 아닌 듯싶었다.

'저놈이 도대체 무슨 생각을 하고 있는지 알 수가 없구나.'

강추는 물론 강호에서 잔뼈가 굵은 일삼마저도 염승이 보여준 자신감이 어디에서 비롯된 것인지 알 도리가 없었다. 영우는 부러운 시선으로 염승을 바라보곤 있었지만, 감히 입을 열어 연유를 캘 만한 담력은 없었다.

'살려달라고 빌어볼까? 에이 씨발, 나도 사내다. 저런 새끼한테까지 빌면서 살고 싶은 생각은 없다구. 하지만 정말 살 수만 있다면……'

영우의 머리 속은 복잡하게 얽혀가고 있었다. 그리고 그의 그런 고민은 동편으로 뚫려 있던 암동으로 빛살이 스며들 때까지 그칠 줄을 몰랐다.

'살려달라고 빌까? 에이 씨발……'

        *   *   *

바위 위에 앉아 있던 혁련옹과 철웅은 멀리서 여명이 밝아오는 것을 보고 나서야 자신들이 짧지 않은 시간을 함께하였음을 알 수 있었다. 시간이 짧지 않았으니 오간 말도 적지 않았지만, 자하신검에 관한 것만은 말이 돌고 돌아 쉽사리 결론을 낼 수 없었다. 그들이 내린 결론은 일단은 자하신검을 돌려줄 수밖에 없는 상황이라는 것뿐이었다.

"그래서 자네 일행이 언제쯤 산으로 올 것이라고?"

"오늘 늦게나 늦어도 내일이면 올 수 있을 것입니다."

"허허, 적어도 오늘 하루는 마음 편히 화산을 구경 다녀도 된다는 말로 들리는구먼."

혁련옹이 자리에서 일어서자 철웅도 함께 어깨를 맞추어 섰다. 겨울 화산의 여명은 어느샌가 그 모습을 완전히 드러내었고, 금빛 햇살을 얼굴 가득 받으며 일어선 두 사람의 표정은 세사에 달관한 고승처럼 평안하기만 하였다.

"함께 가세. 소개시켜 줄 사람이 있네."

"화산에 함께 오른 분들 말씀이십니까?"

"허허, 화산과 인연이 없는 내가 소개시켜 줄 사람이 어디 또 있겠는가."

두 사람은 천천히 걸음을 옮겨 자소각으로 향했다. 사람들의 이목을 피하기 위해 찾은 한적한 곳이었는지라, 그들이 자소각에 당도하였을 때쯤엔 화산을 타 넘던 태양이 능선 위로 한 치는 더 솟아올라 있었다.

"노야! 어디 가셨더랬습니까?"

혁련옹과 철웅이 자소각을 오르는 계단에 발도 걸치기 전 자소각의 정문이 벌컥 열리며 황보광이 나왔다.

"음? 날 찾았나?"

"한참 찾았습니다."

밤새 잠을 못 이룬 것인지 황보광의 눈에는 옅지만 붉은 기운이 어려 있었다. 그 고생을 하며 오른 화산이었으니 혁련옹의 안위가 몹시도 궁금하였을 것이다. 혹시나 하여 둘러본 방 안에 혁련옹이 없어 밤새 그를 찾아 화산을 돌아다닌 모양이었으나, 사람이 호들갑스럽지는 않아 화산파 사람들을 깨우지는 않은 모양이었다.

"바람을 쐬러 가신 줄은 알았지만… 지인(知人)이 계신 줄은 몰랐습니다."

"허허, 놀라게 했다면 미안허이. 아참, 그리고 이쪽은 나와 친분이 있는 장철웅이란 사람이네. 이쪽은 상주 초씨세가의 황보광이라 하고."

"장철웅이라 합니다."

"초씨세가의 황보광입니다."

"허허, 이 사람이 벽력도 황보광이라고, 강호에선 이 사람 형제들을 가리켜 이십팔숙이라 부른다네. 도(刀)에 관해서는 천하에서 다섯 손가락 안에 드는 고수 중에 고수지."

"험, 초면에 너무 과한 칭찬이십니다."

황보광은 자신에 대해 상세히 설명하는 것을 보아 눈앞의 장철웅이란 인물이 강호의 사람이 아님을 알 수 있었다. 하나 황보광의 본능은 장철웅이란 사람에 대한 이상한 느낌을 전하고 있었다.

'흠, 평범해 보이긴 하나 평범한 자는 아니군. 밋밋한 태양혈이나 눈에 어린 탁기를 보면 내공을 수련한 자는 아닌 듯하지만, 말아 쥐고 있는 손이나 서 있는 자세를 보면 분명 무공을 수련한 자이다. 외문기공을 수련한 것인가?'

황보광은 잠시 철웅의 정체에 대해 생각해 보았지만 이상한 느낌과는 달리 별다른 특별한 점을 찾을 수 없었기에, 혁련웅이 이끄는 대로 방 안으로 들어가며 그에 대한 생각을 접고 있었다.

"제 방으로 들어가시지요. 제법 괜찮은 차가 있습니다."

"음, 그럴까?"

철웅은 자소각으로 들어서며 일행을 자신의 처소로 이끌었다. 어제 산을 올라 여장을 풀었으니, 그들에 비하면 자신이 자리를 만드는 것이 낫겠다 싶었기에 내린 결정이었다. 방으로 들어선 철웅은 불씨가 겨우 살아 있는 화로에 나무 몇 개를 집어넣어 불을 살리고, 철병(鐵甁)에 물을 받아 화로 위에 얹었다. 그리고 손님을 위해 비치해 놓은 것인지,

내실의 다탁 위에 있던 다구(茶具)들을 꺼내 한쪽에 늘어놓았다. 잠시 후 철병의 물이 끓자 다관(茶罐)에 찻잎을 넣어 물을 붓고, 찻잔에도 물을 부어 헹구어내는 것이 한두 번 차를 우려내 본 솜씨가 아니었다.

"미여관음중사철(美如觀音重似鐵)이라. 맛이 진하고, 감미로우며, 그 맛이 가실 줄을 모르는구나. 고고한 향이 마음을 달래고, 풀려진 찻잎마저도 이리 아름다우니, 과연 관음보살의 자비로다."

혁련옹의 감탄만큼이나 그 향이 감미롭고도 진해, 차란 마시는 것이라고만 알고 있던 황보광마저 자신도 모르게 고개를 끄덕이고 있었다.

"본시 철관음은 좋은 찻잎을 구하기도 힘들뿐더러 제대로 우리기가 여간 힘든 차가 아닌데, 자네가 내온 철관음은 지금껏 내가 마셔본 어떤 차 중에서도 으뜸이라 할 만하네. 자네가 이토록이나 다도(茶道)에 조예가 깊을 줄은 내 미처 몰랐군."

"말을 할수록 달아나는 것이 흥취입니다."

점잖게 혁련옹을 타이르듯 말하는 철옹의 모습에, 혁련옹은 가만히 고개를 끄덕이곤 찻잔을 입으로 가져갔다. 그간의 추적과 도피에 이런 차를 맛볼 여유가 어디 있었겠는가. 한 잔 차가 가져다 주는 넉넉한 여유에 잠시나마 시름을 잊을 수 있었으니, 철관음의 다향이 진정 관음보살의 자비와도 같다는 생각이 드는 혁련옹이었다.

"그들은 어찌 되었을까요?"

"음?"

다도와는 큰 인연이 없었는지, 황보광은 담담히 이어지던 흥취를 깨며 혁련옹에게 말을 걸었다.

"어제 저희를 습격했던 자들 말입니다."

"글쎄, 화산에서 그들을 잡아갔으니 알 도리가 없지."

혁련옹은 그들의 존재에 대해 그다지 신경 쓰지 않는 눈치였으나, 황보광은 혁련옹처럼 웃어 넘길 수만은 없었다. 다섯 형제의 원한도 원한이거니와 한편으론 그들의 신상에 어떤 일이 닥칠지 궁금해지기도 하는 황보광이었다.

'그자, 제법 강단있어 보이는 자였는데……'

황보광은 자신들을 습격했던 자들 중 자신에게 핏발 선 눈을 하고 대들던 자를 떠올리고 있었다. 몸담았던 조직에서 버림받은 하급 무사. 평생 무도일로만 걸어왔던 자신이 그 마음을 어찌 헤아릴 수 있을까만은, 동료의 죽음에 눈이 돌아가 버린 그자의 마음이, 형제를 잃어 분노한 자신과 그리 다르지 않음을 알기에 마음 한편에서 측은지심이 일어나고 있었다.

'내 형제를 죽인 자들과 한패인 자인데 내가 지금 무슨 생각을 하는 것인가.'

황보광은 자신의 마음에서 일어나려 하던 측은지심을 떨치기 위해 아직 채 식지 않은 차를 한입에 털어넣어 버렸고, 목구멍을 지지는 듯한 뜨거운 기운에 그만 사래가 들려 버렸다.

"커억!"

갑자기 찻잔을 비우고 기침을 해대는 황보광의 모습에 혁련옹은 가만히 그의 등을 두드려 주며 혀를 찼다.

"쯧쯧, 천하에 이름 높은 이십팔숙이 칠칠치 못하게."

＊　　　＊　　　＊

"너는 왜 그리 인상을 쓰고 있는 것이냐?"

"아닙니다."

"그런 얼굴을 하고 아니라 말하면 내가 믿을 수 있을까?"

"음, 흑기당을 올려 보내신 것 때문에……."

"그게 왜?"

"자칫하면 일이 커질 수 있습니다."

화음의 한 객잔. 백호 한수와 그의 수하인 패는 객방에 앉아 이른 조반을 들고 있었다.

"그들에게 자하신검을 빼앗아오라 한 것도 아닌데 무슨 큰일이 벌어진단 말이냐?"

"하나 화산파의 본산에 자객을 보내는 것 자체가 어떤 파장을 불러올지 모르는 일 아닙니까?"

이미 식사는 마친 것인지 조금 식은 찻물로 입을 헹구던 한수가 패를 보며 말했다.

"적기당주가 사로잡혔다. 이젠 쓸모없어진 인물이긴 하지만, 살아 있어도 안 되는 인물이야."

"화약 제조법 때문입니까?"

한수는 가만히 고개를 끄덕여 보이고는 다시금 찻잔을 입으로 가져가고 있었다. 찻물이 식어 떫은 맛이 나 그런 것인지, 한수의 미간이 살짝 찌푸려지고 있었다.

"적기당주는 제법 쓸 만한 재주를 가지고 있어. 화약 제조법도 그렇고, 화포나 화기 만드는 재주도 그렇고. 살려두면 다른 누군가가 써먹게 된다. 어차피 그렇게 살아남았던 자니까."

 런에서 그를 받아들인 것도 그의 재주를 높이 산 것이었지만, 고수들에게 쫓기던 그에게 슬쩍 내민 손을 염승은 살아남으려는 욕심 하나로 망설임없이 덥석 잡아버렸다. 아마 같은 상황이 되더라도 똑같은 선택을 할 것이다.

 "하나 화산에서 그런 재주를 필요로 할 것이라고는……."

 "네가 보증할 수 있느냐?"

 "……."

 세상일 누가 알까. 제아무리 명문정파이고 도교일문이라 하여도 쉽사리 호언장담하기엔 그들이 처한 상황이 그리 좋지 않다.

 무당과 청성. 천하에 도교지존의 자리는 하나였고, 그런 현실적인 이유는 차치하고라도 전진과 정일 두 교맥 사이의 분란은 어제오늘의 이야기가 아니었다. 명색이 도사라는 것들이 어찌 그리 만나기만 하면 으르렁대는 것인지 알다가도 모를 일이었지만, 무당과 청성의 두 정일 교파에 맞선 전진교파인 화산파였기에 염승에 대한 처리를 죽음이라 단정할 수만은 없었다.

 "사람 일은 아무도 모르는 것이다. 설사 그들에게 그가 필요치 않다 하더라도, 그를 필요로 하는 곳은 세상에 많을 것이다. 비싼 값에 팔아버릴 수도 있는 것이고."

 팔아버린다는 한수의 말에 패의 주먹이 불끈 쥐어졌지만, 갑자기 쥐어졌던 것만큼이나 순식간에 풀렸다.

 '그래. 팔아버릴 수도 있지. 값이 나간다면, 가치가 있다면… 나처럼.'

패는 가만히 고개를 끄덕였다. 재화 염승이란 이름이 강호에서 어떤 의미로 통하는지는 몰라도, 그가 팔린 련에서는 싼값에 재주를 판 자일 뿐이었다. 이제는 그 효용을 다해 내버려진…….

"병기에 관해서만큼은 그가 아는 바가 적지 않다. 만에 하나 살려둔다면, 대계(大計)의 발목을 붙잡을 수도 있다. 자라기 전에 잘라내는 것이 상책이다."

"애초에 혁련웅을 잡는데 흑기당을 투입하였다면……."

"훗, 패야. 너는 날이 갈수록 머리가 굳어지는 것 같구나. 우리에게 필요했던 것은 살아 있는 혁련웅이었지, 혁련웅의 목이 아니었지 않느냐? 흑기당 아이들에게 생포를 바라는 것은 무리한 요구라고 생각한다. 스스로 목숨을 끊지 않은 불경을 저지른 자들이라 이런 수고를 하게 되었지만, 그놈들의 몸에 련의 흔적이 남지는 않을 거다."

"그럼 혁련웅은 포기하는 겁니까?"

"그럴 수야 없지. 우리가 원했던 건 자하신검이 아니니까. 그가 강호에 뿌리고 다니던 그 많은 신병이기가 필요했던 것이기에 수십 년간 그의 뒤를 쫓았던 것이 아니냐? 그간의 노고가 아까워서라도 그는 잡아야지."

"화산파에서… 그를 놓아주지 않을지도 모릅니다."

"그럴지도 모르지만, 그들은 놓아주어야만 할 거야."

"무슨 복안이라도?"

"그래, 복안이지. 복안이니 너에게도 말해 주지 못하는 것이고. 후후."

회의 중년인 패는 더 이상 말을 잇지 않았다. 사실 이 정도의 말들도 그에게는 무리다 싶을 정도로 많은 것이었다. 다만 이렇게나마 자신이 사람이라는 것을 느끼고 싶었기에 작은 주인과 대화를 나눈 것일 뿐. 노예라는 것을 잠시 잊기 위해 그랬던 것뿐 다른 뜻이 있었던 것은 아니다.

항상 자신의 소주 곁에 머물던 네 개의 그림자가 화산으로 오르는 모습이 보이기라도 하는 듯 노예 패의 눈은 창밖으로 보이는 화산을 바라보고 있었다.

『노병귀환』 3권에 계속…

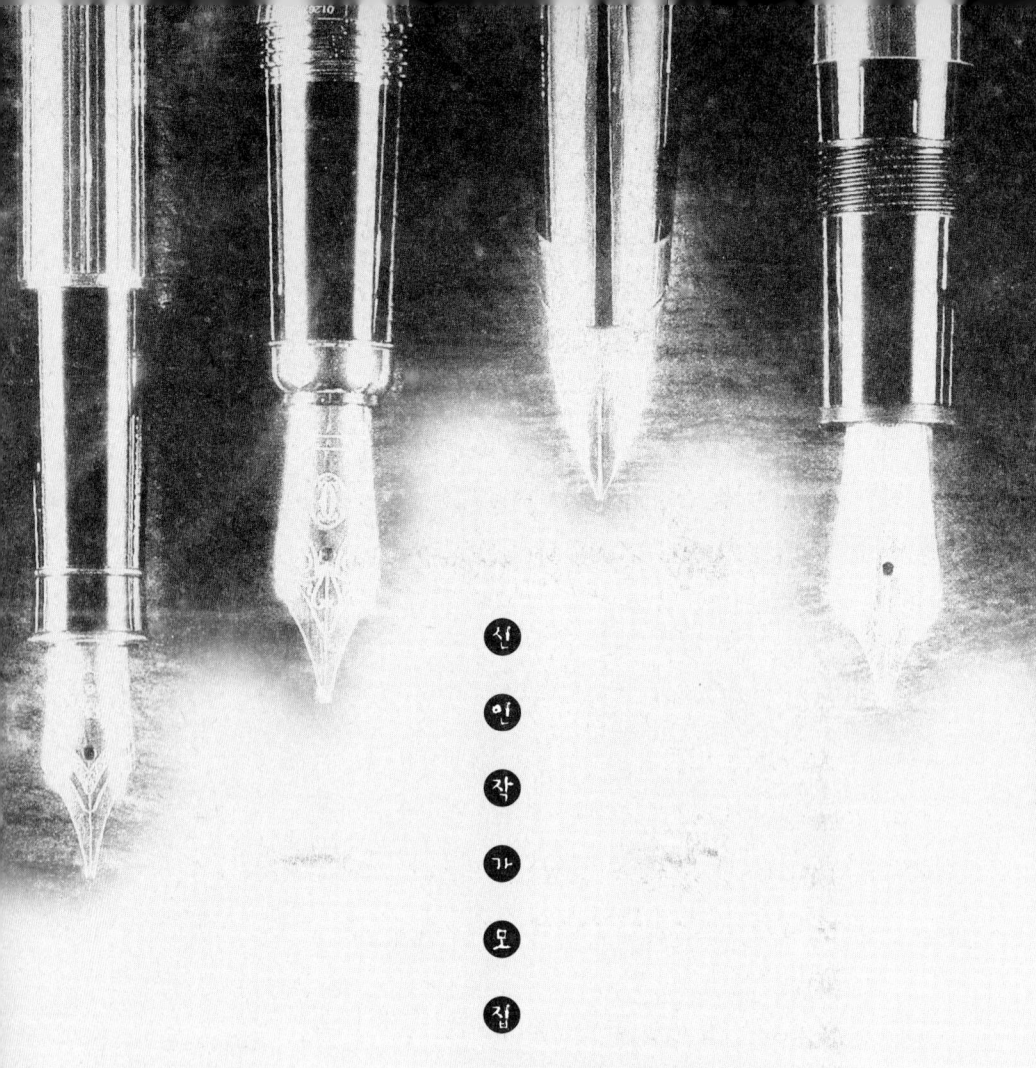